현대 중국의

여성 젠더를 말하다

분리와 배재, 왜곡과 은폐

내일을여는지식 어문 34

현대 중국의

• 이영자 지음

여성 젠더를 말하다

분리와 배재·왜곡과 은폐

ICSi 한국학술정보㈜

‘재주는 곰이 부리고 돈은 되놈이 받는다.’ 어려서 자주 흘려듣던 이 말이 오늘 우리 사회의 단면을 극명하게 꿰뚫는 표현이 아닐까 생각된다. 계급이나 인종문제보다 더 심각한 것이 바로 인류의 절반을 불의와 불평등 속에 방치해 온 젠더문제라는 인식 때문이다.

집 건너 대형 마트에 가면 분주하게 음식을 만들고, 상품을 판매하고, 종일 선 채로 계산대에서 일하는 수많은 여성들을 만난다. 여름에 시원하고, 겨울엔 따뜻하고, 쾌적한 화장실을 갖추어 고객을 주인으로 모시는 ‘행복한 쇼핑’ 공간이다. 그러나 그 속에서 허리가 휘도록 일하는 기혼여성들의 봉급은 최저 생활비에도 못 미친다. 지친 몸으로 귀가하면 밥, 빨래, 청소와 가족 뒷바라지가 또 그들을 기다린다. 얼마 전에는 ‘우리에게 의자를 달라.’는 현수막을 국회 앞 거리에서 본 적이 있으나, 그 후 아무 소식도 듣지 못했다.

1980년대 초 한국 보건복지부 발표에 따르면, 한국 여성의 연간 총 노동시간은 약 412억 시간으로, 220여 억 시간인 남성의 거의 두 배에 이른다. 또 1980년대 유엔은, 세계 총 노동량의 약 3분의

2를 여성이 담당하나 (아시아, 아프리카 농업지대에서는 최고 약 70－80%), 세계 전체 급여의 10%를 받고, 재화의 1%만을 소유하고 있다고 발표했다.

값싼 여성 노동력은 산업화 초기와 경제위기를 비롯하여 오늘까지 자본의 이익 극대화를 위해 유용한 도구로 활용되고 있다. 남성보다 더 많은 노동을 하면서도 소득 분배에서는 배제되는 여성은 주인을 위해 재주를 부려주는 곰이 아닐까 하는 생각도 들게 된다. 그러나 인권이 없는 곰에게 여성을 비유할 수는 없지 않은가.

왜 인간 사회는 이런 불합리한 구조를 갖게 되었을까. 나는 문학작품에서 이런 모습 뒤에 숨겨진 진실을 파헤쳐보고 싶었다. 신문 읽는 남편과 설거지 하는 아내, 정신노동과 육체노동, 이성과 비이성, 남녀의 지적 우열, 성 정체성과 젠더역할을 중국 문학작품에서 확인하여 여성 종속의 근원을 규명하고, 이를 현실사회에서 짚어보고자 한 것이 여기 묶어놓은 글들을 쓰게 된 동기다.

가부장제란 여성에 대한 남성 지배를 가능케 하는 일련의 제도로, 권위와 자원의 배분이 남녀에게 비대칭적으로 이루어지는 체제를 말한다. 가부장적 사회는 그런 사회관계를 유지하기 위해 여성의 성과 노동을 통제하고, 이로써 여성종속을 유지시킨다.

수천 년 동안 문화 창조에서 여성이 배제되도록 사회가 구조화되어, 그들은 침묵당하거나 눈에 띄지 않게 잊어지고 주변화 되었다. 중국의 하, 상, 주(夏 商 周) 이래 5천 년의 왕조사와 수메르의 문자로 시작되는 4천여 년의 서구 역사는 모두 남성의 역사(history)임을 말해 준다.

20세기 이전까지 교육에서의 여성의 배제는 여성의 열등성과 남녀의 지적 차이를 불러왔다. 많은 사상가들은 남성 지배와 우월성을 자연법칙의 권력으로까지 승화시켰고, 여성은 모성으로 규정되었다. 플라톤, 아리스토텔레스, 루소와 프로이트에 이르기까지 '결핍된, 열등한' 여성이란 은유적 구성물은 남녀가 본질, 기능과 잠재력에서 위계적으로 양분된 분명한 두 계급임을 암시하면서 가부장적 문화질서 속에 각인되었다.

이제 가부장제는 상당 부분 와해되어 가고 있다. 여성의 사회경제활동이 일반화되었고, 수십 세기 동안 감금되었던 잠재 역량이 젠더의 벽을 허물며 빛을 발하고 있다.

그러나 시장 영역 밖으로 배제되어 있는 가사노동은 여전히 여성의 노동을 왜곡, 은폐하면서 여성 종속을 지속시키는 물적 토대가 되고 있다. 그리고 바로 이 지점, 즉 시장에 포함되지 않는 재생산노동을 여성에게 배타적으로 담당하게 하는 노동관계에 여성 종속의 근원이 자리하고 있음을 나는 깨달았다. 따라서 이 구조적인 모순을 개선하지 않는 한, 젠더 문제는 해결의 실마리를 찾을 수 없을 것이라는 결론에 이르게 되었다. 의식과 물질은 어느 한쪽이 다른 한쪽에 일방적으로 영향을 줄 수 없고, 상관관계를 이루며 변화 발전하는 것이다.

이 책은 중국 현대 문학작품들을 통해 그런 가부장적 문화질서 위에 성 계급이 어떤 모습으로 드러나고, 그 뿌리는 어디 있으며, 또 현실사회에서 어떻게 권력관계를 맺는가를 따져 보는 작업이다.

사회 문화적 구성물로서 성 정체성과 남녀 역할분담의 역사적 근원을 피상적으로나마 추적해본 것이 1장이며, 그런 현상을 중국 문학에서 확인해 본 작업이 2 - 6장이다. 그리고 현실 속의 남녀 노동관계를 통해 중국여성의 종속성을 짚어 본 것이 7-9장이다. 특히 9장은 지금까지 나의 중국 여성에 관한 연구를 일차 마무리하는 작업으로, 시장에서 배제된 가사노동을 포함시키지 않는 경제적 평등이 실질적 양성평등을 가져올 수 없으며, 근본적으로 여성종속 구조를 해체하는 데 도움이 되지 못함을 지적한 내용이다.

나는 현대 중국문학과 중국학 학자로서 여성학을 체계적으로 연구하지는 않았다. 때문에 여성학 이론연구의 부족함을 느낄 때도 있음을 솔직히 시인할 수밖에 없다. 그러나 나 자신 여성으로서의 생생한 생활체험은 때로 이론의 무력함과 공허함을 실감하게 한다. 이론이란 현상을 정합하여, 이를 관통하는 질서와 법칙을 파악하는 것이기 때문이다.

학술 연구결과를 가능한 한 일반 대중과 공유하려는 것이 최근의 학계 추세다. 여성학 연구는 특성상 더 많은 여성과 남성 집단에게 공개되는 것이 바람직하다고 생각한다. 일상생활에서 겪는 절실한 체험과 깨달음을 갖게 될 절반 인구의 여성, 또는 여성문제에 천착하는 연구자와 학생들에게도 이 책이 조그마한 참고가 될 수 있다면 더 없는 보람이 될 것이다.

이 책의 출판을 위해 애써주신 한국학술정보(주) 사장님과 모든 직원들, 특히 처음부터 호의를 갖고 친절과 성의를 다 해주신 문진현, 양은정, 안선영 선생님께 깊이 감사드린다.

2009년 여름
한강이 보이는 서재에서
이영자

목 차

Ⅵ 루쉰 소설이 고발한 가부장성 / 165

Ⅶ 중국의 여성고용정책과 양성평등 / 193

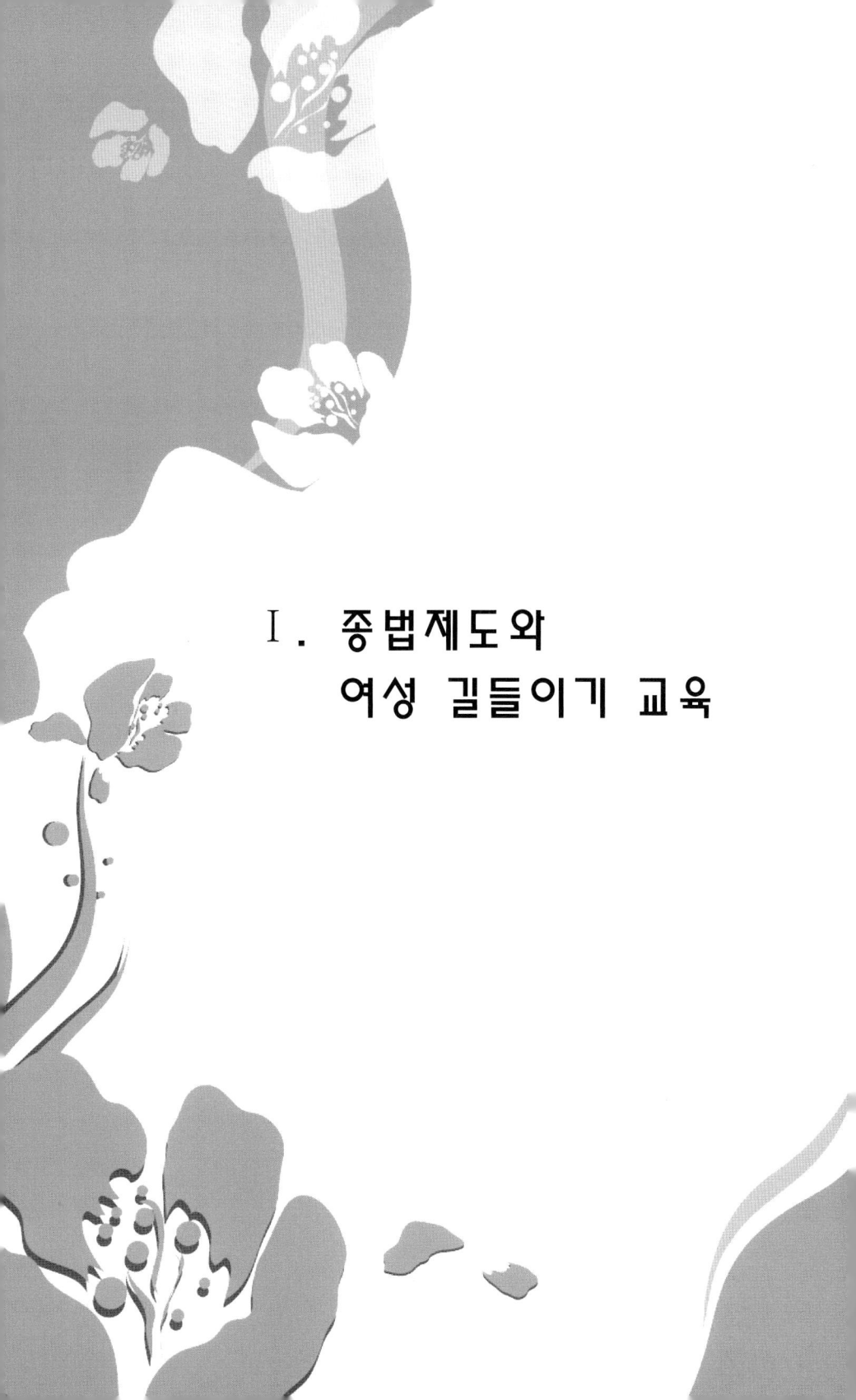

I. 종법제도와
여성 길들이기 교육

1. 문제의 인식

사람이 만물의 영장이라는 지위를 갖는 것은 야만적인 자연세계의 약육강식 원리를 인간적으로 관리해 극복할 수 있는 지적 능력에 있다. 그러나 인류 역사를 지배해 온 힘의 논리는 현대사회에서도 아직 정의롭게 관리되지 못하고 있다. 특히 양성 사이 힘에 의한 지배의 역사에서 그 모습을 잘 확인할 수 있다. 욕망과 이기심의 노예인 인간은 한편 동물 세계에 비해 더 잔인하고 야만적인지도 모른다.

모계사회가 정확히 언제부터 무슨 연유로 부권사회로 이행되었는지에 관한 신빙성 있는 연구 성과는 아직 이루어지지 못한 실정이다. 그러나 부권사회가 성립된 이후, 남성들은 권력을 잡기 위해 끊임없이 세력다툼을 벌였고, 일단 손에 넣은 권력을 대를 이어 계승하고자 한 점은 어렵잖게 추론할 수 있을 것으로 생각된다.

중국의 경우, 이러한 지배자들의 필요에 따라 생겨난 제도가 바로 종법제도라 할 수 있다. 역사적으로 지배자들의 통치이념은 그 사회를 지배하게 된다. 통치자들의 의도는 윤리도덕이란 이름으로 정교하게 포장되어 일반 백성들에게 교육되고 시대정신으로 자리잡는다.

부계혈통, 남성중심 사회와 성별분업은 종법제도에서 그 흔적을 찾아볼 수 있다. 지배자들은 정권의 계승을 위해 일반 백성과 여성을 제외시킨 뒤, 그들만의 순수한 혈통을 지킬 목적에 전력을 기울였다. 계급과 성의 지배는 이 지점에서 시작된다고 볼 수 있을 것이다.

혼인은 남계 혈통을 잇기 위해 자식을 낳아줄 여자를 데려오는 것에 본질적 의미를 두었다. 남계 혈통을 이어주고 남자를 위해 희생해야 할 여자는 확실한 남녀 역할 분담에 순응하도록 길들여진다. 여성에 대한 지배를 공고히 하기 위해 여기에 상응하는 윤리 도덕과 철학 사상이 창출된다.

주대(周代)에 토대가 세워지고 역대 왕조들에 의해 보완된 중국의 봉건 예교(礼敎)와 음양론은 여성을 예속화하는 데 결정적으로 기여했다. 뿐만 아니라 그 영향력은 현대에 이르기까지 동양 유교 문화권에서 강력하게 작용하고 계승되었다.

우리나라는 종법제도의 영향을 그 어느 나라보다도 깊게 받아, 남성 중심 사회, 부계 혈통과 성별 분업 구조를 최근까지 기본적으로 그대로 유지하고 있다. 동서고금을 통틀어 인류 역사에서 성의 억압이 끈질기게 이어졌지만, 우리나라에서 유달리 심각한 양상을 띠는 이유는, 유교 문화의 부정적 측면에 대한 인식과 비판이 부족했기 때문이 아닐까 생각된다.

평등은 자유와 더불어 인류가 영원히 추구해야 할 보편적 가치이다. 평등 가운데서도 인류의 절반씩인 두 성(性)의 평등은 계급, 인종, 민족이나 종교 등 어느 차원의 평등에 비해 결코 소홀히 할 수 없는 중요한 과제라 할 수 있다.

고대 중국 통치 이념의 본질을 깊이 이해하고, 거기서 비롯된 여성 억압의 실체를 확인하는 것은 이 때문에 중요한 의미를 갖는 작업이 될 것이다.

2. 종법 제도 - 친소, 존비, 성별 분리를 통한 정권의 공고화

주 왕조는 중국 문화사에서 중요한 시기로 말해진다. 주 시대의 예에 관한 제도(周礼)는 문자로 기록된 가장 오래된 전장(典章) 제도며, 행위 규범으로서 후세 왕조들의 전범(典范)으로 기능해 왔다.

원래 희주(姬周) 부족은 오늘의 산시 성(山西省) 일대에서 농경 생활을 주로 하던 강염(姜炎) 부족에서 분리되어 나온 것으로 전해진다. 주는 상(商) 귀족이 여색에 빠져 나라를 망쳤다는 사실에서 교훈을 얻어, 부권을 중심으로 한 통치 질서와 계급, 혈연, 성별에 따른 인간관계를 골자로 한 예법을 매우 중요시하여 나라를 다스렸다. 종법제도는 대략 은(殷) 왕조에 시작하여 주 왕조에 이르러 완성된 것으로 추정된다.

황제인 천자가 전국의 국토와 농노의 소유주가 된다[1]. 천자는 왕위를 적장자(嫡长子)에게 계승하는데 이를 천하의 대종(大宗)이라 일컫는다. 천자는 아들을 제후로 봉하며, 제후는 천자(大宗)에 대해 소종(小宗)이 된다. 제후는 다시 그 아들을 경(卿), 대부(大夫)에 봉하며, 이때 제후는 대종, 경과 대부는 소종이 된다. 경, 대부는 또 사(士)를 봉하며, 각 단계마다 적장자가 작위 계승자가 된다. 천자가 다스리는 영토를 천하(天下), 제후가 다스리는 봉토를 방(邦), 경과 대부의 봉토를 채읍(采邑), 사는 녹전(祿田)이라 일컫는다. 그리고 방은 국(国), 채읍은 가(家)라고 부른다.

---

1) "夫天之下莫非王土, 率土之濱非王臣." 무릇 하늘 아래 왕토가 아닌 것이 없고, 거느리는 땅의 물가에 신하가 아닌 것이 없다. 『詩経, 北山』.

종법제도에서 세습은 아버지에게서 아들(적장자)로, 형에서 아우로, 아들에서 다시 손자로 이어진다. 왕과 제후의 관계는 부계 중심의 친속 혈연관계이다. 정권 계승에서 모계 친속과 사돈(姻親)은 철저히 배제된다.

이처럼 종법제도는 우선 여성을 배제하고, 남자 중에서도 적자(嫡子)와 서자(庶子), 장자와 차자(次子)를 구별하고, 그 밖에 친족의 멀고 가까움(親疎), 존비(尊卑)의 등급에 따라 작위를 세습시키기 위한 제도이다. 그것은 왕족과 귀족의 고유한 혈통과 재산을 보존하고 상속하기 위한 목적에서 만들어진 제도라 할 수 있다.

이 통치 조직은 아래로부터 가(家) - 국(国) - 천하(天下)로 연결되어 정점에 천자가 있고, 천자 아래로 제후, 경, 대부와 사(士)가 순서대로 자리한다. 각 통치 기구의 수령은 정권, 군사권과 재산권을 소유하고 농노와 아녀자를 다스린다.

'(수신)제가치국평천하(齐家治国平天下, 『大学』)'에서 가(家)는 현대적 의미의 가정이 아니라, 대부와 사가 다스리는 영토, 즉 작은 규모의 통치단위를 뜻한다. 그러므로 천하가 잘 다스려지기 위해서는 각 제후국(诸侯国)이 잘 다스려져야 하고, 다시 더 아래 단위인 채읍(家)들이 잘 다스려져야 함은 두말할 나위가 없다. 다시 말해, 각 통치조직의 수령에게 절대권을 부여하여 하부조직이 잘 다스려지도록 함으로써, 천자가 직접 애쓰지 않아도 조직적, 효율적으로 천하가 다스려지게 한(无为而治) 제도라 할 수 있다.

종법제도에서는 남계혈통을 중심으로 혈연, 종법, 성별에 따라 지위, 명분, 권력관계가 엄격하게 정해진다. 그 기본원칙은 남녀와 존비, 친소의 구별이다.

상대(商代)에는 동성 사이의 혼인이 아직 남아 있었으나, 주 왕조 때부터는 엄격한 동성금혼의 외혼제가 실시된 것으로 전해진다. 원래 남계를 씨(氏), 여계를 성(姓)으로 불렀는데, 동성불혼은 같은 성의 여자를 남계혈통에 맞아들이지 않는다는 의미다. 동성혼의 경우, 자손이 번성하지 않는다고 믿었기 때문이기도 하지만, 그 보다는 부계혈통을 기준으로 고유한 존비친소(尊卑親疏)의 원칙을 지키겠다는 의도에서 나온 것으로 풀이된다.

이렇게 보면, 동성불혼제는 부권가정의 안정과 계승을 위한 필요에서 나온 것이다. 이로써 귀족들은 작위를 분봉하고 종묘를 모시는 데 있어, 부권과 왕권의 절대적 권위를 유지하려 했던 것이다. 혼인은 한 여자를 맞아들임으로써, 부계가정의 번영을 누리겠다는 목적에서 이루어지는 사회적 행위다. 『국어』(『国语, 周语』)에 보면, "무릇 혼인이란 재난과 복이 갈리는 일이다. 안쪽(남자 쪽)에 이로우면 복이 되고 바깥 쪽(여자 쪽)에 유리하면 화가 된다." (夫昏(婚)姻, 禍福之阶也. 由之利内则福, 利外则取禍.)고 한 것을 보면 이해할 수 있다.

여자는 남자에 비해 신분 등급의 구별이 덜 엄격한 측면이 있다. 그 이유는 여자는 남편에 따라 신분이 정해지기 때문이다. 여자의 경우, 시집가기 전의 신분은 그리 중요시되지 않는 경우가 많다. 천자, 제후, 경, 대부, 사와 서인의 등급에 따라 아내의 호칭이 후(后), 부인(夫人), 유인(孺人) 또는 명부(命妇)와 처(妻子)로 각각 달라진다. 귀족의 정처(正妻)는 귀족 출신의 여자만 될 수 있고, 그 밖에 시집갈 때 데려가는 잉첩(媵妾)이나 따로 얻어 들이는 첩들은 정처에 비해 천한 신분의 대우를 받는다.

여자는 시집가서 남계혈통을 이어주고 남편이 바깥일을 잘하도록 보필하는 데에 근본적인 존재 이유를 두었다. 이 때문에 시집가는 것이야말로 '제 갈 곳을 찾아서 돌아가는 것(归)'이라고 하였다. 여자는 남편 집안에 아들을 많이 낳아줌으로써 비로소 지위가 확보된다. 『시경(诗经)』의 「교목(乔木)」「인지지(麟之趾)」 등의 민요에서 아들을 많이 낳아야 복을 받는다는 내용을 볼 수 있는 것은 이 때문이다.

주례(周礼)에서 남녀 사이의 분업이 엄격히 이루어졌다는 것도 주목해야 할 사실이다. 여자는 결코 공적인 일에 참견해서는 안 되고, 길쌈과 집안일에만 전념하며 남편을 내조하고 자식을 낳아 기르는 것을 본분으로 삼아야 한다.[2] 주 유왕(幽王)의 애첩 포사(褒姒)와 달기(妲己)가 국정에 간섭하여 나라를 망쳤다는 얘기는 여러 문헌에 기록되어 있다.

그러면서도 한편 『예기(礼记)』에서는 여자를 존중하라고 언급하고 있다. 혼례에서도 천자와 제후를 제외한 그 이하의 귀족들은 여자를 맞아들일 때, 몸소 처가에 가서 신부를 맞아오는 친영(亲迎)을 지키도록 되어 있다. 그러나 이것도 깊이 따져보면, 여자가 자식을 낳아주는 것을 비롯하여 부권 가계에 바치는 공헌을 조건으로 존중하는 것이라고 볼 수 있다.

주 무왕의 모친인 태사(太姒)는 10남 1녀를 낳아 '주 왕실의 삼대 모친'으로 칭송되었고, 주 무왕의 왕후 읍강(邑姜)도 성황(成王)을 낳아 존경을 받은 것으로 전해진다. 그러나 설령 아들을 낳았다

---

2) "婦無公事, 休其蠶織, 牝鷄司晨, 惟家之索." 여자는 공적인 일을 하지 말고 한가로이 길쌈을 해야 한다. 암탉이 새벽에 울면 집안이 안 된다. (『國語, 鄭語』, 『詩經, 大雅』, 『尙書, 牧誓』)

해도 여자의 도리(妇道), 다시 말해 집안일을 넘어 정치에 간섭한 포사는 못된 여자로 낙인 찍혔다.

춘추 전국 시대로 오면서 세습제가 흔들리고 제후들이 실력으로 패권 다툼을 벌이면서 기존의 신분 질서 체계가 흔들리게 되었다. 따라서 이를 유지하기 위해 충효와 극기복례(克己复礼)의 덕목이 유난히 강조되었다. 공자의 인애(仁愛) 사상이 긍정적 측면도 있는 반면, 신분 질서 유지를 위한 부정적인 면도 있다는 견해는 이 때문에 설득력을 얻는다.

3. 가장의 권리와 의무 – 가족 처분권과 살해권까지 부여

노예제와 봉건제 사회에서 종법 조직은 국가 기구와 유기적 연관성을 갖는다. 여기서 가정은 종법의 최소 단위로서, 종법 조직과 국가 조직의 축소판이라 할 수 있다. 한 가정은 부부와 혈연인 자녀(귀족 가정의 경우, 그에 종속된 노비나 노예 포함)들로 이루어지며, 자녀는 부계혈통을 계승하면서 재산 상속자가 된다. 이런 가정 특유의 응집력이 봉건 통치의 든든한 협조자가 되는 것이다. 집안이 잘 다스려진 후에야 나라가 제대로 다스려진다(家齐而后国治)는 속뜻을 여기서 잘 이해할 수 있다. 천자나 제후가 힘들여 직접 다스리지 않고도 온 나라를 별 문제없이 다스릴 수 있도록 (无为而治) 도와주는 역할을 하는 것이 곧 가정이다.

가정의 정점에는 가장(家长)이 있어 권솔(眷率)들을 다스린다. 가장은 연령에 관계없이 종자(宗子)가 맡는다. 여자는 결코 가장이 될 수 없으며, 아버지가 없을 경우, 미성년자일지라도 아들이 가장이 된다. 이러한 규범은 최근까지도 이어 내려온 흔한 예에 지나지 않는다. 오늘날 아직도 대부분의 사람들은 가부장제에 길들여져 있다. 집안에 웃어른이 한 분 계셔서 가족을 통솔하는 것이 매우 당연하다는 인식을 갖고 있다.

가장은 한 가정에 한 사람뿐이다. "한 집안에 주인이 둘 있을 수 없다".3) "하늘에 해가 두 개 있지 않고 나라에 임금이 둘 있지 않듯이, 한 집안에 존엄한 사람이 두 사람 있을 수 없다".4)

가장은 국가로부터 강력한 권한을 부여받을 뿐만 아니라, 많은 의무도 함께 짊어지는데, 이것은 법적으로 규정되어 있다. 먼저 가장은 호적 관리에 대한 책임을 진다. 통치 수단의 기본은 호적을 잘 관리하는 것에 있다. 백성들에게 부역과 납세의 의무를 지우기 위해서는 호적에서 누락됨이 없어야 한다. 호적 이탈은 중요한 범죄 행위인데, 이 경우 본인이 아니라 호주가 대신 처벌을 받는다. 그 밖에도 가속(家屬) 가운데 범법자가 있을 경우, 본인 대신 호주가 형사처벌을 받는다. 특히 신분등급에 따른 의복이나 주거 형태 위반 등의 범법 행위가 봉건 신분사회에서 자주 문제가 되었다.

이것은 비단 중국뿐이 아니라 고대 로마법에서도 마찬가지다. 가장에게 절대권을 부여하여 권속 대신 처벌을 받게 하는 한편, 가족을 다스리기 위해 필요한 경우에는 가족 살해권까지 부여했다. 중국에서도 가장은 가족 처분권이 있었다. 흉년으로 기아가 심각할

---

3) "家無二主." 『禮記, 坊記』
4) "天無二日, 國無二君, 家無二尊." 『孔子家語, 本命解』

경우, 가족 중 한 두 사람을 싼값에 팔거나 남의 집 양자로 보내는데, 이것도 모두 가장이 결정한다. 자녀의 혼인이나 이혼 결정권도 가장의 권한에 속하며, 이것은 특히 동양 문화권에서 아직도 잔재가 많이 남아 있을 뿐 아니라 또한 당연한 도리로 받아들여진다.

이처럼 가족을 철저히 관리 단속할 의무와 권리가 주어진 가장은 권속들을 평소에 잘 교육해둘 필요가 있다. 서양에 비해 동양에서 유난히 힘과 빛을 내는 가훈의 유래는 여기에서 비롯된 것이다. 가훈 외에도 가범(家範), 가규(家規), 가의(家儀) 등 가족을 순화시키기 위한 의도적 노력은 윤리 도덕의 이름으로 교묘하게 포장되어 통치 기제에 이용되었다. 가장은 권위의 상징으로 조상 숭배, 경로와 우애를 가르치고 징계도 하면서 가족질서를 바로 잡는다. 동서 문화를 비교할 때, 옥석을 바르게 가려야 할 이유가 여기에 있음을 알게 된다.

제사 권은 가장의 중요한 의무요 권리다. 천자만이 나라(天下)를 대표하여 하늘에 제사 지낼 수 있다. 제후, 경과 대부는 신분의 등급에 따라 엄격한 제사의 형식(礼法)을 지켜야 한다.

가정에서는 가장(大宗)만이 제주(祭主)가 될 자격이 있다. 조상 숭배와 경로의식은 종족의 단결을 꾀하는 데 적절한 도구 역할을 한다. 귀족에게 있어 조상은 권력을 물려준 숭배의 대상이다. 농업 사회에서 평민(농민)들에게도 조상은 땅을 물려준 은인으로 통치권자들의 합목적적 도덕의식과 맞아떨어지기에 이들의 의도가 효과적으로 은폐된다. 경로사상은 통치자의 숨은 의도가 도사리고 있을 때마저도, 오늘날까지 동양 문화권에서 한결같이 신성한 덕목으로 인식되어 왔다.

가장은 가족 전체의 재산권을 독점한다. 가족 구성원, 특히 부인과 며느리는 시집올 때 가져온 재산일지라도 반드시 가장에게 귀속시키고 개인 소유는 금지된다. 고대에는 종실에서 재산을 공동 관리하고 유사시에는 공동으로 대처하기도 했다. 소종(小宗)의 재산이 대종의 재산보다 많아서는 안 된다. 이때 잉여분은 종실에 넘겨주는 대신, 과부나 가난한 집이 있으면 종실에서 생계를 보살펴주었다.

4. 혼인의 본질 - 대 잇기와 내조를 위해 부계로 편입

고대 중국에서 남녀의 결합은 천명사상으로 설명되었다. 남녀 구별과 부부의 도리는 군신, 부자 사이의 절대적 관계와 마찬가지로 하늘에서 정해준 것이다. "하늘이 변하지 않듯, 도 또한 변하지 않는다(天不変, 道亦不変)."는 말은 통치 논리를 정당화하는 데 강력한 이론적 무기로 작용한다.

혼인이라는 형식의 남녀 결합은 여자를 남자에게 종속시키고, 가정을 종실에 매어두며, 더 나아가 종실을 국가로 연결시켜주는 합법적 도구로 이용된다. 혼인에 있어 남녀 사이의 애정은 성혼 조건에 포함되지 않는다. 혼인은 남녀의 동등한 결합이 아니라 남자 가계(家系)로 여자를 데려오는 행위이다. 이 본질은 오늘날까지도 상당부분 그대로 보존되어 있다. 때문에 고대 중국에서 혼인의 목적은 다음의 몇 가지로 요약될 수 있다.

첫째, 조상 모시기와 후대 잇기이다. "혼인이란 두 성(性)이 잘 화합하는 것으로, 위로는 종묘를 모시고 아래로는 후대를 잇는 것"5) 이라고 밝히고 있다. 혼인은 두 개인의 결합이기보다 양가의 결합이다. 그 본질은 귀족들의 권력 계승을 위해 매우 중요한 의미를 갖는 사회적 행위라는 사실에서 비롯된다. 이들은 결합과 교환을 통해 정치, 경제적 특권을 공고히 하고, 이에 수반하여 군사적 목적을 이루고 화친을 꾀한다. 이를 위해 여자를 철저히 관리하여 혈통의 순결을 유지할 필요가 있다.

조상 숭배는 이러한 현실적 이익과 깊은 관련이 있다. 때문에 고대에는 혼인식을 가묘(家廟)나 가패(家牌) 앞에서 올렸다. 이것은 여자가 남자의 종실에 편입되었음을 선언하는 것이다.

혈통 잇기는 여자의 으뜸가는 의무다. "불효가 세 가지 있는데, 그 가운데 후손 없는 것이 가장 큰 불효다."6) 따라서 대를 이을 아들이 없을 경우, 첩을 들이는 것이 정당화된다. 이로써 일부일처다첩(一夫一妻多妾)이 지배계급뿐 아니라 일반 백성에게까지 일반화될 수 있는 길을 터 주었다.

노예제와 봉건제 사회에서 여자의 지위는 노예와 큰 차이가 없었다. 전쟁에서 포로로 잡혀온 남자들은 노예가 되고 여자들은 첩이 되었다. 노예는 주인에게 노역만 바치면 되지만, 여자 포로는 노역 외에 성 노리개 노릇까지 함께 해야 한다.

여자의 본분은 남자에게 시중드는 것이다. 후손을 낳아 기르는 외에 남편에게 먹거리, 입을 거리와 집안을 잘 보살펴 주는 것, 즉

---

5) "婚姻者, 合二性之好, 上以事宗廟, 下以繼後世."『禮記, 婚儀』
6) "不孝有三無後爲大."『孟子』

가사노동이 기본 의무다.

일부일처제가 부계혈통 계승을 위한 것임은 부정할 수 없는 사실이다. 그러나 혈통 계승 위에 성적 쾌락을 위해 일부일처 다첩이 합법화되었다. 첩은 남성 권력의 상징으로 풀이될 수 있다. 첩을 많이 거느리는 것은 지배계급에서 공식화되었고, 시대별로 벼슬의 높낮이에 따라 허용기준이 달리 마련되어 있었다.

『예기, 곡례(礼记, 曲礼)』, 『예기, 혼례(礼记, 婚礼)』, 『공양전(公羊传)』, 『백호통(白虎通)』 등의 고대문헌을 보면, 고대 중국 천자들은 6명의 궁(宫: 왕의 부인)에 3명의 부인, 9명의 빈(嬪), 27명의 세부(世妇) 그리고 81명의 어처(御妻)를 거느렸다고 기록되어 있다.

『사기, 진시황본기(史记, 秦始皇本纪)』에는 진시황이 죽은 후 수많은 궁녀들이 함께 순장되었다고 적혀 있다. 한(漢) 왕조 때에도 천자는 황후 외에 8개의 작위와 14개의 등급으로 구분된 많은 귀첩들을 거느린 위에 또 천첩들도 소유하고 있었다. 고전 문헌인 『진서, 무제기(晋书, 武制记)』나 『당회요(唐会要)』에는 수양제 양광(隋煬帝楊广)과 당 고조 이연(李渊)이 각각 삼천 궁녀를 갖고 있었다는 기록도 있다. 역대 왕들 가운데는 최고 만 명의 궁녀를 거느렸던 사람도 있었다.

5. 길들이기(馴化) 교육 – 남녀 등급 질서에 순응

성의 억압은 계급적 억압에 비해 더욱 끈질기고 정교하게 이루어졌다. 주례(周礼)의 신분 등급 의식, 주역의 철학과 홍범(洪范)의 음양설, 천인합일(天人合一) 사상은 여성을 예속화하는데 강력한 이론적 토대를 제공했다.

「홍범」은 『상서』의 한 편으로 기자(箕子)가 지었다고 전해진다. 여기에서는 자연과 인간관계를 오행(五行), 팔류(八类), 오사(五事) 등의 아홉 가지 범주로 분류하여 행위 규범을 정해 놓았다. 그리고 이 모든 것을 하늘이 주재하는 것이라 했다. 인간의 행위 도덕이 자연 질서와 감응하느냐(正常) 아니냐(反常)에 따라 길흉이 생긴다는 것이다. 가령 천재지변도 음양의 조화가 맞지 않는 데서 생긴 것으로 풀이된다.

이 이론은 등급제의 통치 질서와 성차별을 위해 합리적 이론을 제공했다. 남성은 강하고 여성은 부드러운 것(男刚女柔)이 우주의 섭리며, 중심에 있는 남자를 여자가 정성껏 받들어 보필하는 것이 자연의 이치에 꼭 들어맞는 일이라고 주장했다. 여기서 남존여비 사상은 자연스럽게 뿌리 내렸고, 남성중심 사회의 든든한 토대가 마련되었다.

"남자 아이를 낳으면 침대 위에 눕히고 아름다운 옷을 입혀 옥 장난감으로 놀리고, 여자 아이가 태어나면 침대 아래 뉘어 포대기로 싸고 기왓장으로 얼린다." 고대 민요에 널리 퍼져 있던 남존여비 관념은 수십 세기를 이어오며 동양 사회를 지배해왔다. 주역(周易) 철학은 자연을 이원(二元) 질서로 풀이한다. 8괘를 하늘, 땅, 우뢰, 바람, 물, 불, 산, 못의 자연에 비유하고, 다시 이것을 64괘로 배열 조합한 후, 여기에 우주만물을 맞추어 자연과 인간의 변화 및 길흉을 설명한다. 이원이 분리되면서 합해져 하나가 된다는 이론인데, 그 요지는 다음과 같다.

　　　阳 乾 天 日 君 男 父 夫 高 贵 动 刚 健...
　　　阴 坤 地 月 臣 女 子 妻 低 贱 静 柔 顺...

　이 이론에 따르면 존비, 주종(主从), 내외(內外)의 등급과 질서가
생길 수밖에 없다. 음양론은 강하고(阳刚) 부드러운(阴柔) 것과 귀
하고 천한 것, 그리고 높고 낮음(贵贱高下)의 개념으로 연결된다.
"하늘은 존엄한 것이고 땅은 비천한 것이다(天尊地卑)." 남자는
"하늘을 나는 용(龙飞在天)"이며 귀하고 강한 존재여서 통치자로
군림하도록 만들어진 반면, 여자는 낮고 천하고 피동적이어서 "남
자가 행위를 베풀어야 이룰 수 있다."고 했다. 음양이 조화를 이루
어 하나로 합해질 때, 자연 질서에 합치하는 것이며 만사가 형통한
다는 것이다. 남존여비, 부창부수(夫唱妇随), 부부일체란 말이 여기
서 비롯되는 것이다.

　남성중시 사상은 서양에서도 마찬가지다. 성서의 창세기에 나오
는 여성 천시와 악인화가 인간의 가치판단 의식에 미치는 영향력
은 대단히 큰 것이다. 그러나 노예제와 봉건 전제 군주제를 거치면
서 유교 윤리를 통치자들의 필요에 따라 재창조하여 활용한 동양
의 유교 문화권은 서양에 비해 더욱 끈질기게 그 잔재를 간직하고
있다.

　많은 옛 문헌에서 남자란 여자에게 있어 하늘같은 존재라고 설
명되고 있다. 설문해자 (说文解字)에 "부(妇)는 복종한다는 뜻으로,
여자가 비를 들고 물 뿌리고 비질하는 데서 나온 말이다."라고 했

고 또 "지아비에게 복종하고 섬겨라"고도 씌어 있다.

「석명, 석장유(釋名, 釋長幼)」편에는 천자, 제후경과 대부의 아내를 후(后), 부인(夫人). 내자(内子)와 명부(命婦), 그리고 사(士)와 서인(庶人)의 아내를 처(妻)라고 이름 붙이고, 각각의 뜻을 상세히 설명하고 있다. 그 요지는 여자는 뒤에서 다소곳이 집안일에만 상관하며 남편에게 순종하고 그를 돕는 것이 본분이라고 밝혔다.

『예기, 곡례(礼记, 曲礼)』에는 "부인(夫人)은 천자 앞에서 자신을 노부(老妇)라 부르고, 제후 앞에서는 과소군(寡小君), 군(君) 앞에서는 소동(小童), 여관(女官)들 앞에서는 비자(婢子)라 이른다."고 하였다. 정현(郑玄)은 여기에 주석을 붙여, 소동(小童)은 미성년자를 뜻하고 비(婢)는 비천하다는 의미라고 풀이했다. 결국 여자는 온전한 인격체가 아닌 비천한 존재에 지나지 않는다는 것이다.

『의례, 상복(仪礼, 丧服)』에 따르면, "지아비는 지어미에게 하늘과 같다." 『백호통, 가취(白虎通, 嫁娶)』에서 "음(阴)은 비천하여 홀로 있을 수 없고, 양(阳)에게 나아가야 이룰 수 있다"고 하였다. 여자는 결혼함으로써 비로소 인격이 완성되고 삶의 의미를 찾는다는 뜻이다.

성별분업은 고대부터 이미 강요되었던 일이다. 『예기, 내칙(礼记, 內则)』에서 "남자는 집안일을 말하지 말고, 여자는 바깥일을 말하지 않아야 한다. 안에서 하는 말은 밖으로 새지 말고 밖에서 하는 말은 안으로 들어오지 말아야 한다."고 경고하고 있다.

여자를 집안일로 안에 가둬 두면서 남자를 위하여 봉사해야 한다는 행위 규범이 여러 문헌들에 나타나 있다. 여자가 지켜야 할 도리(妇道)의 내용은 매우 많다. 기본적인 것으로는 시부모를 잘

봉양하고 남편을 섬기고 자식을 잘 기르는 것이다. 아울러 근검절약 하여 집안 살림을 잘 꾸려나가고 이웃과 화목하며 음탕한 것이나 쾌락을 생각하지 말고, 웃고 떠들지 말아야 한다. 이 내용들이 대략 '세 사람에게 복종 할 것과 네 가지 덕목(三从四德)' 속에 요약되어 있다. 『사기, 오제본기(史记, 五帝本纪)』는 요임금의 딸이 순임금의 친척을 잘 대접하여 부도를 갖추고 있다는 사실을 언급하고 있다.

고대 중국의 대표적 유가 경전인 『예기』의 「부녀자의 법도(内则)」 편에는 귀족 사회의 여자가 시부모와 남편을 섬기는 데 요구되는 예절에 관해 서술하고 있다.

귀족 부녀자들의 행실을 가르치기 위해 지은 『부녀 잠언(女史箴), 일명 (女师箴)』(東汉의 皇甫規 지음)과 진대(晉代)의 고개(顾恺)가 쓴 『부녀 잠언(女史箴图)』은 현재 베이징의 고궁박물관에 보관되어 있다.

전한(前汉)의 유향(刘向)이 쓴 『열녀전』은 후세 여성들에게 족쇄를 끼우는 데 크나큰 역할을 했다. 『고 열녀전』(古烈女传)이라고도 불리는 이 책은 모두 7권 7편으로 구성 되었다. 주요 내용은 「어머니의 모범(母仪 또는 母范)」, 「현명(贤明)」, 「인자와 지혜(仁智)」, 「정숙과 순종(贞顺)」, 「절개와 의로움(节义)」 등이다. 후에 이 책을 본따서 『속 열녀전』이 나왔는데, 저자는 알려지지 않았다. 이 두 권이 합본으로 출판되어 여성 교육서로 널리 읽혔다.

약 백 년 뒤 후한의 반소(班昭: 역사가 반고(班固)의 누이동생)가 저술한 『여계(女诫)』는 여성에게 순종을 가르치기 위한 삼종사덕의 교과서로 명성을 떨쳤다. 한 권으로 된 이 책은 「비천하고 나약한 아내」, 「공경과 근신」, 「여자의 행실(婦行)」, 「오직 한 마음」, 「굽혀 순종함」 등 모두 7편으로 구성되었다.

반소는 이 책에서 지아비를 하늘에 비유했다. 하늘은 피할 수 없고 배반할 수 없듯이, 여자는 절대로 남편을 배반해서는 안 된다. 남자는 재취할 수 있지만 여자는 재가해서는 안 된다. 지아비를 섬기는 것은 하늘을 섬기는 것과 같은 것이다. 그것은 효자가 아버지를 섬기고 충신이 임금을 섬기는 것과 같다. 그러므로 남편이 "그릇될 경우라도 문제 삼지 말며, 옳은 경우도 칭송하지 말고" 무조건 순종하는 것이 부덕(婦德)이라고 밝혔다. 여자는 "죽을 때까지 한 남편만을 섬기며" 시집가기 전에는 아버지에게, 시집가서는 남편에게, 남편이 세상을 떠난 뒤에는 아들에게 복종하는 것이 너무나 당연한 도리라고 했다(三從之德).

반소는 여자가 지켜야 할 기본 도덕을 네 가지(四德)로 요약 정리했다. 첫째 부덕이다. 여자는 재능이 뛰어날 필요가 없다. 그윽하고 정숙하며 행동이 깔끔하여 절개를 지키고 부끄러워할 줄 알아야 한다. 지아비에게 순종하고 시부모를 잘 모시고 친지들에게 정성껏 해야 한다. 모든 행동거지는 법도에 따라야 한다.

둘째 말씨(婦言)이다. 남에게 혐오감을 주지 말아야 한다. 말소리가 온화해야 하고, 말하면서 함부로 웃지 말고 이가 드러나 보이거나 높은 소리로 말해서는 안 된다. 남편의 일이나 바깥일에 관해 묻지 말아야 한다.

셋째 용모(婦容)에 관한 것이다. 얼굴이 꼭 예뻐야 할 필요는 없다. 그러나 깨끗이 씻고 의복을 정결히 하며 제때 목욕해야 한다. 몸을 더럽혀 욕되게 하지 말아야 한다. 행동을 바르고 곧게 하여 남편을 기쁘게 해야 한다.

넷째 여자의 일(婦功, 婦工 또는 婦紅)에 관한 것이다. 손재주가 다른 사람보다 뛰어날 필요는 없다. 그러나 집안 살림은 잘해야 한다. 길쌈에 전력하고 바느질과 수놓기를 잘해야 한다. 실없이 웃으며 장난해서는 안 된다. 술과 음식을 깔끔히 장만하고 정성을 다해 손님을 대접해야 한다.

이 밖에도 당대로 와서 태종(太宗)의 장손 황후가 지은 『여성의 모범』(약 30권으로 알려져 있음)과 정씨의 『부녀 효경』18장이 있다. 『여성의 모범』은 현재 전해지지 않으며, 『신당서, 예문지(艺文志)』에 「부녀의 모범 요약(女则要录)」으로 남아 있을 뿐이다.

당대의 여자 학사 송약신(宋若莘)이 저술하고 그의 여동생 송약소(宋若昭)가 주석을 붙인 『부녀 논어(女论语)』는 12편으로 이루어졌다. 이 책은 『논어』를 모방하여 서술했는데, 선문군 송씨(宣文君 宋氏)를 공자에 비유하고 반소(班昭)를 공자의 제자 안연(顏淵)으로 설정해, 여자가 지켜야 할 도리를 문답식으로 꾸몄다. 백화문으로 기록되어 읽기 쉬울 뿐 아니라, 네 글자를 한 구절로 하여 시적 운율을 지녀 재미있고 암송하기 쉬워 널리 애독되었다고 한다. 「남편 섬기기(事夫章)」 편은 '여자가 출가하면 남편을 주인으로 모셔야 한다. 전생의 연분으로 현세에서 혼인했다. 지아비는 하늘에 비할 것이니, 이 이치를 가볍게 여기지 말라. 남자는 강하고 여자는 부드러워야 사랑이 싹튼다.'고 가르친다.

『부녀 논어』는 『부녀 훈계(女诫)』 이후 가장 영향력 있는 책으로, 명대(明代)에 집대성한 『부녀 사서(妇女四书)』로 분류될 정도다. 그러나 원작자가 송씨가 아니라는 주장도 제기되고 있다.

당대의 귀족 막진모(莫陈貌)의 처 정씨가 『효경』을 모방해 저술한 『부녀 효경』은 모두 18 장으로 이루어졌다. 이 책은 왕비로 책봉된 조카딸에게 봉건 예절을 가르치기 위해 씌어졌다고 한다. 지아비를 하늘처럼 섬기라는 남존여비 사상과 남성중심의 윤리를 강조하는 내용이다.

송 대의 유학자들은 어느 시대 못지않게 여성들에게 봉건 윤리의 족쇄를 채웠다. 특히 여자의 정조를 생명보다 귀중한 것이라고 세뇌시켰다. 유명한 학자 정이(程颐)는 "굶어죽는 것은 작은 일이지만, 정절을 잃는 것은 지극히 중대한 일이다."라는 '명언'을 남겼다. 이러한 도덕관념은 강력한 영향력을 갖고 사회통념으로 뿌리내려 수십 세기를 두고 유교 문화권에 큰 영향을 미쳤다. 남자는 여러 명의 첩을 거느려도 되지만, 청상과부나 심지어는 정혼 후에 남자가 죽은 예비 신부도 평생 수절을 강요당했다. 『온공가범(溫公家范)』과 『정씨가범(郑氏家范)』은 남편에게 절대 복종하고 질투하지 말도록 가르치고 있다.

사마광(司马光)은 남녀를 하늘과 땅, 해와 달, 음과 양에 비유하여 남존여비는 거역할 수 없는 우주의 근본 이치며 하늘의 도(天道)라고 주장했다. 여조겸(呂祖谦)이 지은 『부녀의 규범(闺范: 곤범)』은 수절(守节)에 관한 도덕규범을 강조하고 있다.

송 대의 정이와 이학의 대가 주희 이후로 여자의 정조가 더욱 엄격히 다스려졌다. 그 후 원, 명, 청대로 오면서 여자에 대한 단속이 강도를 높였다. 『24사(二十四史), 열녀전』은 역대 왕조의 열녀들을 열거하고 있다. 당대에 열녀의 수가 54명, 송대 55명, 원대 187명이던 것이 명대에 와서는 일만 명을 넘는다. 어떤 열녀는 남편이 병으로 숨지자 스스로 목숨을 끊기도 하고, 자청하여 순장을 당하기도 했다.

명대 덕인효 황후(德仁孝 皇后)는 『여자에게 가르침(內訓)』을 써서 효도, 경로(敬老)와 절개의 중요성을 강조했다. 성조 때는 왕명을 받은 유학자들이 『고금 열녀전』을 지었다. 여곤(呂坤)의 『규방의 모범(閨范)』과 온황(溫璜)의 『온씨 어머님의 가르침(溫氏母訓)』도 여성의 봉건도덕에 관한 내용이다.

신종(神宗)의 명에 따라 집대성한 『부녀 사서』는 『규각사서 집주(閨閣四書集注)』라는 제목으로도 불린다. 이 책은 한 나라 반소가 지은 『부녀 훈계』, 당대 송약소의 『부녀 사서』, 명 성조 서 황후의 『여자에게 가르침』과 왕의 모친 유씨의 『여원(女苑)』 등 네 책의 합본이다.

명대에는 민간에 『처녀 경전(女儿经)』이 널리 읽혔다. 시집가기 전의 여자 아이들에게 순종의 행위 준칙을 가르치기 위해 쓰였는데, 특히 수절을 중심으로 한 부덕을 강조한다. 여러 차례 수정본이 나왔으나 그 가운데 천계(天啓)년 즈음에 조남성(赵南星)이 주석을 붙여 간행한 판본이 유명하다. 청 광서 34년에 간행된 『여아경』도 부녀 경전의 반열에 든다.

청대는 역대 왕조의 여자 순화 교육서들을 총정리한 시기라 할 수 있다. 어느 왕의 모친이 지은 것으로 전해지는 『여원첩록(女苑捷录)』은 모두 11장으로 이루어졌는데 가장 널리 읽혔고 영향력도 대단했다. 통론에 이어 어머니의 도리, 효행, 정절, 충의, 자애, 지혜, 근검, 재덕(才德)을 주요 내용으로 한다. 기존의 봉건 규범을 미신과 종교에 연관시켜, 여성 예속과 남성중심 구조를 우주의 섭리로 정당화하고 있다. 여자는 재능이 없는 것이 미덕임을 주장하고 정조관념을 강조한다.

이 밖에 남정원(藍鼎元)의 『여교경전통찬(女教経典通纂)』, 진굉모(陳宏谋)의 『여자에게 가르치는 규범(敎女遺規)』과 건륭년에 간행된 『부녀 학습(妇学篇)』 등이 여성의 봉건윤리를 담은 책들이다.

6. 성별·나이·신분별로 분리 소외시키는 종법제도

종법제도는 중국과 조선에서 오랜 세월 지대한 영향력을 행사해 왔다. 오늘날 우리나라에서 종법의식이 약해지긴 했지만, 그러나 아직도 기본적으로는 잔존해 있다. 가부장적 사회구조에서 결혼의 의미, 남녀의 역할 규정과 노동 분업 등에서 이 사실을 확인할 수 있다.

최근까지 결혼 형태를 보면, 여자가 부계 가족으로 편입된다는 사실을 확인할 수 있다. 예식의 준비에서 신혼살림을 꾸리고 새로운 인생을 시작하는 과정들을 살펴볼 때, 근본적으로 시집이 주체가 되고 신부 쪽은 그에 맞춰 따라가는 객체가 된다. 특히 며느리가 시집에 편입된 후부터는 내 집 식구로 동화시키기 위해 통제 관리하려는 시어머니와 자신의 주체성을 고수하려는 며느리 사이에 필연적으로 갈등이 생길 수밖에 없다. 시어머니의 가부장적 의식과 이를 거부하는 며느리 사이에 야기되는 갈등은 근본 원인이 제거되지 않는 한 피하기 어려운 일이다.

남성 집권자들의 필요에 의해 여성을 예속화하면서 강요된 남녀 분업도 오늘날까지 우리 사회를 지배하는 뿌리 깊은 모순이다. 봉건사회에서 혼인은 동등한 두 인격체의 결합이 아니라, 부계혈통을 이어주고 남편이 바깥일을 잘하도록 도와주기 위해 여자를 데려오는 것에 본질적 의미를 두었다. 따라서 현모양처가 되는 것이 여자의 최고 덕목이 될 수밖에 없었다. 현모양처 이데올로기가 최근까지도 우리나라에서 유난히 영향력을 가졌던 것도 그 역사적 근원을 깊이 살펴봐야 할 대목이다.

최근의 연구들은 전통적으로 알려진 여성스러움과 남성스러움이 상당 부분 사회 문화적 산물임을 증명하고 있다. 여성성과 남성성은 한 개인 안에 양가적 측면이 복합적 유동적으로 존재하는 것이다. 따라서 음양설로 남녀의 본질과 기능을 이원화시키는 것이야말로 가부장적 권력을 유지하기 위한 의도적 행위라고 할 수밖에 없다. 약자를 통제하고 예속시키기 위한 지배 이론이 오랜 세월 인류를 지배해 왔다고 생각된다.

여성의 영역으로 규정되어온 가정은 정치, 사회의 일방적인 지배 대상이며, 가사노동은 시장 외부에 위치하여 경제활동에서 제외될 수밖에 없다. 여성이 일생을 통해 남성보다 훨씬 많은 노동력을 제공하고도 정치, 사회, 경제에서 소외된 사실을 무엇으로 해명할 수 있을까. 그 중요한 단서를 바로 인간을 성별, 나이와 신분으로 선별하여 소외시킨 종법제도에서 찾아볼 수 있다.

고대 중국의 종법제도와 거기서 비롯된 봉건도덕, 여자를 예속시키기 위한 현모양처 교육의 실체는 이 때문에 더욱 깊이 분석되고 규명되어야 할 것이다.

참고문헌

권오순 역해, 『礼記』, 홍신문화사, 1976.

김인환 옮김, 『周易』, 나남출판사, 1997.

김진연 편역, 『史記』, 서해문집, 1997.

홍성욱 역해, 『詩經』, 고려원, 1997.

_____, 『十三經注.疏』, 台湾藝文印書館, 1965.

顧鑒塘, 『中國歷代婚姻与家庭』, 상무인서관, 2000.

鄧偉志, 『發現婦女的歷史』, 천진사회과학원 출판사, 2001.

杜芳琴, 『近代中國家庭的變革』, 상해인민 출판사, 1996.

_____, 『毛澤動婦女思想研究』, 홍기출판사, 1996.

徐安琪, 『中國婚姻質量研究』, 중국사회과학 출판사, 1998.

閔家胤, 『陽剛与陰幽的變奏』, 중국사회과학 출판사, 1998.

嚴汝嫻, 『中國少數民族婚俗』, 상무인 서관, 1997.

劉達臨 等, 『中國婚姻家庭變前遷』, 중국사회 출판사, 2001.

(2000년 12월 경기대 『여성논총』 3집에 발표한
「중국 고대문헌을 통해 본 종법제도와 여성 길들이기 교육」의
수정본임.)

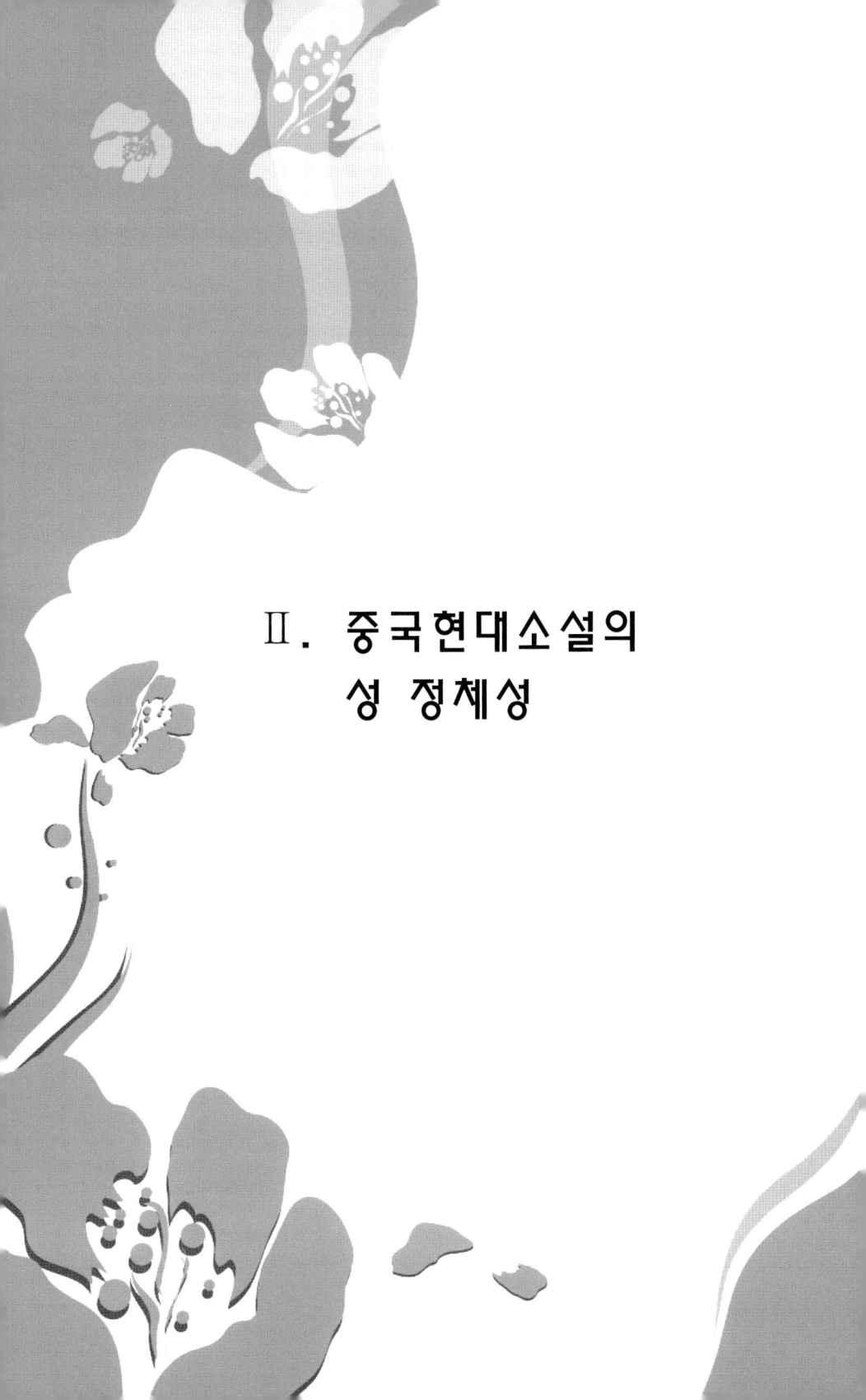

Ⅱ. 중국현대소설의
성 정체성

1. 분석의 틀

1-1. 가부장제 하의 양성

　문학에서 페미니즘을 주목하는 이유가 무엇일까. 양성평등이 없는 한, 민주주의는 허구며, 성 억압과 불평등이야말로 모든 억압과 불평등의 원형이라는 인식 때문이다. 페미니즘은 지류 여성학이 아니라 주류 사회학의 중심 과제여야 하는 이유가 여기에 있다.

　양성불평등의 뿌리는 가부장제에 있다고 할 수 있다. 밀레트는 가부장제를 과반수의 인류를 억압하는 정치 형식으로 규정하고, '성의 정치(Sexual Politics)'라는 개념을 정립했다(Kate Millett, 1970; 钟良明, 1999:95). 계몽시대 이래, 18, 9세기 선거와 민주제도의 발전, 사회주의적 분배 정의의 도입과 산업기술 혁명 등 여러 차례에 걸친 역사적 대변혁의 어느 단계에서도 인류 절반의 문제에 철저히 주목해본 적은 없었다.

　가부장제는 사실 3백여 만 년의 인류역사에서 볼 때, 3, 4천 년에 지나지 않는다. 그러나 상대적 시간 개념과는 별도로, 그것은 너무 오랜 시간 요지부동하고 완벽하게 뿌리를 내려, 사람들로 하여금 거의 이를 의식하지 못하게 한다.

　엥겔스의 공헌은 부권적 일부일처제에 대한 예리한 분석에 있다. 그는 일부일처제란 남성에 의한 여성 예속으로, 역사상 첫 번째의 계급적 대립이며, 모든 불의와 불평등의 근원이라고 지적했다. 그에게 있어 일부일처제는 부단히 변화하는 역사 속의 한 과정이며,

개혁의 대상으로 파악된다. 사유제의 발달에 따라 남성에게 토지, 노예와 더불어 여성에 대한 소유가 제도적으로 허용되었다(김대웅, 1989). 일부일처제는 여성에게만 적용되는 것이고, 남성은 줄곧 이중 기준에 따라, 축첩, 기생, 성매매 등 상대적인 성의 자유를 누려온 것이 사실이다.

그러나 엥겔스의 약점은 일부일처제의 역사를 분석하는 데 있어, 경제 물질관계에만 치중하고, 의식과 관습적인 측면의 연구를 소홀히 했다는 점이다. 부권사회 이래 일관되게 가부장제를 지속시켜온 근본 동력은 정치 사회제도 이면에 도사리고 있는 보다 강력한 비가시적 문화 의식이다. 사실 정치, 사회제도와 문화 의식은 상호 영향을 미치며 유기적으로 연결되어 불가분의 관계에 있다.

남성 우월주의와 여성 예속을 정당화하는 데 중요한 역할을 한 것이 서양에서는 프로이트의 정신분석학이다. 그는 여성의 '페니스 콤플렉스', 남녀 기질의 이분화, 남성의 우월성과 성적 능동성을 강조했다.

그 후 오랫동안 그것은 신빙성 있는 학설로 신봉되어, 남성의 성적 방종은 생물학적 근거를 갖는 것이며, 여성은 수동적이라고 믿어왔다. 그러나 최근의 생물학적 연구 결과는 이에 반론을 제기한다. 다시 말해, 여성의 성적 능력이나 욕구가 남성보다 뒤지지 않으며, 여성이 수동적이라는 믿음은 상당부분 사회 문화적 요인에 기인한다는 것이다. 밀레트는 Dr. Sherfey의 연구결과를 인용하여, 남성의 성적 기능은 한계가 있으나, 여성은 상황에 따라 수차례 이상 연속적으로 오르가즘에 도달할 수도 있음을 지적한다. 이로써 그녀는 남성이 성적 쾌락을 독점하고, 여성에게는 성을 죄악과 금기로 여기게 했던 빅토리아 왕조 시대 이래 남성 중심적 성문화의 본질을 비판한다.

한편 이슬람 문화권과 백인 노동자 계층을 대상으로 한 실증 연구도, 여성이 얼마나 왜곡된 성 의식을 갖고 있는가를 보여준다, 위의 사실들을 근거로, 밀레트는 성이 사회 역사적 구성물이라는 논의를 전개한다(鍾良明, 밀레트:178－180).

중국의 경우, 주 왕조(기원전 13세기－기원전 11세기) 시기에 정비된 것으로 알려진 종법제도가 여성을 통치조직에서 배제하고, 가정의 영역으로 구속하는 역할을 했다. 현모양처 이데올로기와 '여자 길들이기 교육'은 동서고금을 일관되게 지배하다가, 산업사회 이후 세계적으로 새삼 강조되었다. 그것은 여성을 사적 영역인 가정으로 제한하여, 종속적 지위에 고착시키기 위한 수천 년 역사의 맥락 위에서 파악할 필요가 있다(이영자, 2003).

1－2. 이원화된 성별 역할

20세기 이후만을 언급해 보면, 페미니즘의 공격 대상은 가부장제의 상부구조인 정치 경제 법률 제도와 교육문제 등이었다. 투표권, 상속권, 남성과 동등한 취업과 교육 기회의 쟁취들이 그것이다.

그러나 남녀의 기질과 역할을 이분화 한 가부장적 문화 의식의 핵심에 대해서는 진정한 충격을 가해본 적이 없다. 항상 공격의 대상은 가부장제의 표피뿐이고, 가부장적 정서와 가치관을 토대로 한 사회 문화 기제는 요지부동의 자리를 굳힌 채 대물림 되고 있다.

가정은 가부장제의 요체가 농축되어 있는 지점이다. 그것은 부권적 정치, 경제, 사회 각 영역이 점차 충격을 받는 것과는 달리, 아직까지 가장 끈질기게 원형을 보존하고 있는 최후의 보루다.[7]

가족의 개념은 전통적으로 기능주의를 강조한 남성학자들에 의해 설명되어 왔다. 산업사회 진입 후, 핵가족과 전통적인 성별 노동 분업의 불가피성이 역설되었다. 파슨스는 자녀의 사회화 교육과 남편의 정서적 건강 유지가 가족, 경제, 국가의 원활한 기능에 기여한다고 주장했다. 그는 남성의 도구적 역할(가족 부양)과 여성의 표현적 역할(보살핌)을 구별하고, 이 두 가지가 상호보완 함으로써 사회적으로 도움이 되며, 부부의 평등에도 별다른 문제가 없다고 보았다(Parsons, 1955).

그러나 1970년대 이후, 여성학자들은 여성들의 체험을 토대로, 위와 같은 남성 위주의 가치관에 강력한 이의를 제기했다. 성별 분업적 가정이 기능적이라고 말하려면, 반드시 그 규정에 대한 적합성과 권위가 뒷받침되어야 할 것이다. 기능주의적 이라고 주장되는 가정이 누구를 위해 기능적인가. 그러한 가정이 성별 및 가족구성원 간의 권력에 어떤 영향을 미치며, 남성과 여성, 노인, 아동 중 누구에게 이익을 가져다주는가 하는 점이다.

기능적이라 함은 어떤 제도 안에서 각 구성원이 안정적으로 자

---

7) Kate Millett는 가정이 국가 통치의 하위 구조라는 개념을 William J. Goode(1964)의 『The Family』, (Englewood Cliffs, New Jersey, Prentice Hall)에서 원용하고 있다. 고대 로마법에 따르면, '가장은 자녀, 부인, 노예, 토지와 일용품에 대한 소유권을 가지며, 가족들의 재산권과 생사 권까지 포함하는 절대권을 갖고 있다. Kate Millett(1970), 鐘良明(1990), 50, 51쪽 참조.
이것은 중국의 종법제도에서 가(家)가 천하를 통치하기 위한 하부조직으로, 가장에게 가족에 대한 전제권을 부여했던 사실과 일맥상통하는 부분이다. 이영자(1998) 참조.

신의 기능을 발휘할 수 있을 때 가능하다. 가족 중 약자를 제외한 남성에게만 기능적인 것이 사회 전체의 기능성에도 부합하는가를 반문해야 할 것이다(밀레트, 鍾良明:340).

종래 가족은 생물학적이고 자연발생적인 단위며, 여성은 가정에서 재생산과 모성역할을 수행하는 존재로 규정되어 왔다. 그것은 가정이 외부 사회의 영향을 별로 받지 않는 독립적 단위라는 신념을 만들어냈다.

여기서 문제 삼아야 할 것은, 가족을 평형상태를 유지하는 정태적 단위가 아니라, 사회와 상호 작용하는 동태적인 사회적 단위로 파악해야 한다는 점이다.[8] 페미니스트들은 결국 남녀역할의 이분법은 사회적으로 조직되어 왔다고 주장한다. 가족 내 성별분업의 불가피성은 실제 가족 구성원들 사이에 존재할 수 있는 권력의 차이와 잠재적 갈등관계 등 복잡성을 은폐하는 것이다(임정빈 외, 1997:220 - 226).

가부장제 가정의 탁월한 응집력은 아내와 자녀들의 경제적 의존성에서 비롯된다. 그리고 여성의 경제적 의존은 이분화 된 남녀의 역할 분담에 근원을 두고 있다. 이분법적 성별역할은 남성의 활동 영역을 사회로, 여성을 가정으로 한정시켰다. 이로부터 남녀의 권력과 지위가 분화되기 시작했다. 정치, 경제, 군사, 과학 기술 따위의 권력, 지위와 관계되는 영역은 남성이 차지하고, 보살핌, 자녀양육 따위의 정치, 경제적 가치가 없는 '저급한 노동'은 여성의 의무

---

8) 파슨스가 상정한 전형적인 핵가족(부양자 가장, 주부 아내와 자녀)은 1977년에도 이미 미국 전체 가구의 16%에 불과했다. 가정의 기능주의론은 남성만을 경제활동 참여자로 간주하기에, 여성 가장, 편부모, 독신자 가구주의 사회적 지위, 남녀임금 격차문제 등 심각하게 부각되는 사회문제를 설명할 길이 없다.

로 주어졌다.

과학 기술은 교육과 직결되어 있다. 여성에게 대학교육을 허용한 것은 미국이 겨우 백년 안팎이고, 기타 많은 국가들은 대략 2차 대전 이후부터였다. 1960년대까지만 해도 미국의 남녀대학생 비율은 약 2:1이었다(밀레트, 钟良明:63).

이와 같은 남성중심주의는 생물학적 사회학적 타당성이 있는 것인가? 이를 밝혀내기 위해, 여성학에서는 성, 출산, 모성, 성별분업과 양성평등과의 상관관계에 관한 심층 연구를 진행해 오고 있다. 아래에서 전통적인 남녀의 정체성이 어떻게 사회적으로 구성되었는지 고찰해보고자 한다. 이 작업은 문학 작품 속의 남녀 정체성을 살펴보는 데 유효한 틀이 될 것이다.

1 - 3. 사회적 구성물로서의 성(Sexuality)

어느 한 사람을 규정할 때, 우리는 가장 먼저 그 사람의 성(性, Sexuality)9)을 매개로 판단하게 된다. 그만큼 성은 인간을 규정하는 가장 중요한 요소로 작용한다.

가부장제 사회에서 '성'의 가장 큰 특징은 남성과 여성을 이원화된 양극 개념으로 규정한다는 것이다. 남성은 이성적, 진취적, 독창성, 책임감, 자신감, 공격적인 반면, 여성은 감성적, 소극적, 수동적, 의존적, 순종적, 나약함, 질투심으로 일반화되어 있다. 이를 종합하

---

9) 여기서 性(sexuality)이라 함은 성과 관련된 일련의 행위, 태도, 규범, 욕망과 정체성 따위를 포괄하는 개념이다.

면, 남성적 가치는 여성적 가치보다 우월하고, 더 큰 잠재력을 지녀, 인류 문화 발전에 기여한 것에 의심의 여지가 없음을 시사한다. 따라서 남성은 직업적 일에 더 적합하고, 여성은 가정에 적합하다는 결론에 쉽게 도달한다. 이러한 전통적인 '남성다움'과 '여성다움'에 순응하지 않는 사람은 사회에서 유무형의 응징을 받게 된다.

그러나 실증적 연구 결과는 남성의 우월성에 뚜렷한 증거가 없으며, 성별 차이보다는 개인차가 더 큼을 보여준다. 실제로 남녀는 자기 안에 동시에 두 개의 기질을 모두 갖고 있다. 이렇게 보았을 때, 보통 말하는 '성'이란 두 개의 성의 같음과 다름을 말해주기보다는, 다분히 '사회화된 성', 더 정확히 말해, 남성을 통해 부여받은 성 정체성임을 주목할 필요가 있다.

여기서 성은 단순히 생물학적인 성이 아니라, 하나의 사회적 제도이며 역사적 구성물이라고 보게 되는 것이다. 진실처럼 알려진 성차는 사회가 요구하는 행동 양식, 규범 및 가치관을 습득해 가는 '사회화된 성'일 뿐이다(Maccoby, 1974).

이 글에서는 중국 현 당대 소설 작품에 나타난 성 정체성을 살피고, 그것이 양성평등의 차원에서 어떤 의미를 갖는가를 분석하기로 한다. 여기서 성 정체성은 남녀 모두의 정체성을 의미하지만, 실제 작품 속에서는 연구 내용상 자연히 여성이 더 자주 분석 대상이 된다.

연구대상 작품은 루쉰魯迅의「복을 비는 제사祝福」,「죽은 이를 애도함伤逝」,「내일明天」과 짱셴량张贤亮의「남자의 반은 여자男人的一半是女人」, 짱신신张辛欣의「동일한 지평선에서同一的地平线上」이다. 이 작품들은 평등과 정의의 관점에서 양성관계를 재조명해볼 수 있는 요소들이 많다고 생각되기 때문이다. 이 연구에서는 작품의 주제사상에 초점을 맞추기보다는 평등과 정의의 관점에서 양성의 정체성을 살피는데 역점을 두고자 한다.

2. 모성 신화의 함정

일반적으로 '인간(man)' 또는 '인류(human)'라고 하면 남성을 의미한다. 남성은 사회, 세계, 우주와 관계하며 세상을 경영하는 역사의 창조자다. 그러나 여자는 '인간'으로보다는 '여성'으로 먼저 인식된다.

남성적 '자아'가 사회와 동일한 차원에서 상호작용하는 것에 비해, 여성적 '자아'는 사회가 그를 어떻게 인식하는가에 따라 규정된다. 즉 여성은 어머니, 아내, 며느리 등 가정과 남성과의 관계에 의해 의미가 부여된다. 이는 여성의 가치가 사회와 남성의 필요에 의해 부여되는 것임을 시사한다.[10]

세계 문학사에서 여성 작가들이 출현하기 시작한 것은 겨우 18세기 이후부터다. 지난 두 세기만 놓고 보아도 세계적 여성 문호는 등장하지 않았다. 수십 세기 동안 여성은 귀머거리, 벙어리로, 인식 주체나 사유주체가 아닌 '무자아'의 존재로 생활해왔다. 그들은 남

---

10) 18세기의 계몽사상가 루소도 여성은 태생적으로 남성을 기쁘게 하기 위해 존재하는 남성의 부속품이라고 했다. 여성은 남성에게 복종하고 그를 위해 자녀를 낳아 길러주는 것이 천직이라고 했다. 이것은 동서양의 많은 사상가들이 공통적으로 언급한 내용이고, 기본적인 사회 문화구조다.

성들의 필요, 이해관계와 욕망에 따라 타자화, 대상화된다. 봉건사회에서는 '애 낳는 도구'였다가, 산업사회에서는 '현모양처'로 미화되었다. 이렇게 볼 때, 신성불가침의 영역으로 간주되어온 모성의 정체에 대해서도 다시 한 번 주의 깊게 살펴볼 필요가 있다.

모성은 여성성 가운데서도 가장 본질적이고 특징적인 것이어서, 논란의 여지가 없는 것으로 간주되어 왔다. 잠든 아기를 품에 안고, 젖을 먹이며 자장가를 부르는 엄마의 모습은 아무도 범할 수 없는 태생적 평화 그 자체로 사람들의 머릿속에 각인되어 있다.

그러나 피붙이를 향한 부모의 정은 어머니에게만 있고, 아버지에게는 없는 것일까. 자식이 홍수에 떠내려가거나, 화재로 위급할 때 아빠는 자식을 구하지 않고 혼자 도망가며, 엄마만 물불을 가리지 않고 뛰어들어 자식을 구하는가. 혈육의 정은 부모의 구별이 있을 수 없다.

그렇다면 '모성 신화'를 사회학적으로 어떻게 해석할 것인가? 실로 남녀의 기질을 논할 때, 생물학적인 부분과 환경론적인 부분을 명확하게 분리해내기는 어렵다. 그러나 도덕의 근원은 현실 생활 속에서 형성되는 사회관계며, 선험적이고 추상적인 인간 본성에서만 비롯되는 것은 아니다.

최근에는 모성이 생물학적 기능보다 더 큰 범주며, 사회적으로 학습되는 것이라고 보는 견해가 지배적이다. 여성은 자녀를 양육하고 교육하면서, 현실적으로 행복과 보람을 느끼는 것과 동시에 자기억압, 사회적 소외와 피로 등 심각한 자기 상실감을 경험하는 것 또한 사실이다. 이런 사실은 최근 설문조사에서도 드러난다.[11]

11) 최근의 한 설문조사는 모성이 생물학적 범주를 넘어 사회학적 구성물임을 보여주는 유력한

또 한국의 신세대 여성들이 출산을 기피하여 저 출산율 세계 1위를 기록하는 놀라운 사실도 이를 뒷받침할 수 있는 또 하나의 자료가 된다. 그럼에도 불구하고 한결같이 모성의 신성함이 강조되는 데는 어떤 의도가 숨어 있을까, 이 점이 바로 여성학에서 주목하는 부분이다.

모성은 생물학적인 측면과 사회학적인 측면으로 나누어 이해할 필요가 있다. 생물학적인 모성은 출산과 포유 행위를 의미한다. 그러나 기저귀를 갈고, 젖병을 먹이고 걸음마와 언어를 익혀주고, 사회화교육을 시키는 일은 부모 양쪽이 함께 담당하는 것이 자녀와 부부 모두에게 최선의 길임은 논란의 여지가 없을 것으로 보인다.

여성학에서 부권제하의 모성신화를 경계하는 이유가 여기에 있다. 모성 신화는 생물학적 모성과 사회학적인 모성을 동일시하여, 부성을 축소 은폐하는 반면, 모성을 극단적으로 미화하면서, 성별분업을 영속화하기 때문이다.

가부장제 사회에서 남성은 줄곧 여성을 관리해왔다. 여성으로 하여금 자기 종족의 혈통을 이어주도록 통제하고, 생물학적 모성을 성별분업의 타당한 이유로 간주하여, 이를 재생산하고 대물림해왔다.

모성 역할은 자녀들에게 각인 되어, 가부장적 기제를 당연한 가

근거를 제공한다. 소수이긴 하지만 일부 여성들은(6.9%) '아이보다 자신의 인생이 더 중요'하며, '다시 태어난다면 아이를 안 낳겠다'(11.9%)고도 응답했다. 또 취업여성일수록 아이보다는 자신의 인생을 중요시하고, 전업주부가 아이에 더 집착하는 경향을 나타낸다. 모성에 대한 인식도 다양하여, '모성은 모든 걸 희생할 만한 가치가 있는 본능'이라는 견해와 '본능이 아니라, 의무나 책임감'이며, '아이에 집착하지 말고 자신의 일을 했으면 좋겠다'는 의견도 적지 않다(김희경, 「母性, 본능인가, 학습인가」, 동아일보 Weekend, 2003.10.10자, 2, 3면). 최근 심각한 사회문제가 되고 있는 한국 저출산율의 중요한 원인은 사교육비 부담률 세계 1위라는 불리한 교육환경에도 있으나, 양육을 여성에게만 전담시키고, 사회와 남성은 책임지지 않는 것에도 큰 원인이 있다. 이 사실은 모성 신화에 이의를 제기할 수 있는 근거가 된다.

치체계로 은연중에 내면화하도록 유도한다. 산업사회의 도래와 더불어 사회와 가정이 분리되면서, 남자는 사회 생산노동에 종사하고 여자는 가정의 무보수 재생산노동에 종사하게 된 상황이 모성신화와 맞닿는 지점이라고 볼 수 있다.

사실 모성의 본질에 관한 연구는 아직 큰 성과를 이루지 못하고 있는 실정이다. 여성의 다양한 모성 체험을 바탕으로 보편성을 도출해내고, 정의를 내리는 것은 아직 미결의 과제로 남아 있다.

그러나 모성이 사회, 계급, 종족, 종교, 문화 및 경제 관계의 영향을 받으리라는 사실은 부정할 수 없다(肖巍, 1999). 마거리트 미드의 뉴기니 부족에 관한 연구(1935년)는 모성이 문화에 따라 정반대로 나타날 수도 있다는 것을 보여 준다[12].

한국의 경우, 모성은 시대적 상황에 따라 다른 양상을 보여, 사회적 구성물임을 확인할 수 있다고 윤택림은 설명한다.[13]

루쉰은 단편소설 「내일」에서 봉건시대 민중인 딴쓰싸오즈의 모성애를 애절한 필치로 그리고 있다. 그녀는 남편을 잃고 새벽 늦게까지 물레를 자아서 3살 난 바오얼과 함께 힘겹게 생계를 꾸려나가는 가난한 과부다. 그녀는 병든 바오얼을 위해 있는 힘을 다해 싸웠지만, 결국 미신적 한의사에게 어떤 현대 의학의 도움도 받지 못하고 아기를 잃고 만다.

작가는 가난한 한 과부의 고결한 모성을 배경으로, '사람 잡아먹

---

12) 아라페시 부족은 부모 양쪽이 모두 모성적이었으나, 먼더거머 부족은 부모 모두 모성을 거부했다(肖巍, 1999).

13) 윤택림은 '이조 중기에 모성은 아들을 낳아 대를 이어주는 도구적 역할에만 중요성을 두었으나, 산업사회의 도래와 더불어 가족을 위해 희생하는 현모양처, '치맛바람'(6,70년대), 자아실현을 갈구하는 '갈등적 모성'(8,90년대), 외모 가꾸기와 아이 잘 키우는 '신 현모양처형'으로 변화해, '생물학적 기능보다는 사회적으로 학습되는 것'임을 강조한다(윤택림, 2001).

는 사회(吃人社會)'를 한층 호소력 있게 고발한다. 이 작품에서 딴쓰싸오즈의 모성애 자체에 어떤 반론을 제기할 수는 없다. 남녀 사이의 역학관계가 문제된다거나, 모성으로 말미암아 다른 문제가 야기되는 것은 아니기 때문이다. 오히려 루쉰은 여성해방론자였고, 그러한 그의 입장은 「복을 비는 제사」를 비롯하여 여러 단편소설과 잡문들 속에 충분히 잘 나타나 있다.[14]

그러나 루쉰의 여성해방론은 매우 소박한 수준의 것이고, 그것은 어쩔 수 없는 그 시대의 한계라고도 할 수 있다. 그 자신 여성문제에 관해 깊이 연구한 바가 없다고 언급한 적도 있다. 그는 「내일」에서 가난한 과부 여주인공에 대한 동정심에 호소하여 비인도적 사회에 대한 비판의 칼날을 곧추 세우면서, 루쉰적 가치인 휴머니즘을 남김없이 드러내는 효과를 올렸다.

그러나 역설적이게도, 딴쓰싸오즈의 모성은 그녀가 봉건적 미신, 가난, 무지와 '정신이 병든' 냉담한 민중의 희생자라는 점 때문에, 한층 돋보이는 효과를 가져오면서, 동시에 모성에 대한 재론의 여지를 근본적으로 차단해버린다. 그 결과 모성은 절대적이고 영원한 것, 그리고 그것은 의심의 여지없이 여성의 본질이라는 신념을 은연중에 더욱 내면화하게 한다.

작품 속에는 그녀 외에도 샌헝주점에서 매일 저녁 술잔을 기울이며 콧노래를 부르는 아우와 라오홍이 있다. 그들도 틀림없이 딴쓰싸오즈와 비슷한 생업에 종사하고 자식이 있을 벽촌 루쩐의 농민이다.

---

14) 루쉰의 작품들 가운데 여성문제를 다룬 작품으로는 단편소설 「明天」, 「祝福」, 「離婚」, 「傷逝」를 비롯하여, 雜文 「我的節烈觀」, 「關于女性解放」 등 모두 약 30편이 있다. 이 작품들 중에는 여성문제가 주제인 것도 있지만, 그렇지 않은 것도 있다.

그럼에도 유독 그녀만이 모두 잠든 새벽녘까지 매일 물레를 자아야 생계를 꾸려갈 수 있는 동정의 대상이 된다. 이것은 개별적 삶의 우연이라기보다는 봉건제 사회에서 과부의 운명이 가질 수밖에 없는 필연성과 보편성을 갖는다. 바오얼은 그녀의 전부로, 아이가 살아있을 때는 '자아내는 무명실 "한 치 한 치가 모두 의미가 있었다(鲁迅, 1982:1권 455)." 그러나 어린 바오얼이 죽고 나자, 세상이 "너무 고요하고 크고 텅 빈 것으로만 느껴질 뿐(1권 456)", 그녀에게는 어떤 생의 의미도 찾아지지 않는다. 이 모습은 우리에게 각인 되어 있는 전형적인 모성이며, 그런 모성 신화가 여성의 본질이라는 공식을 재확인하도록 도와주는 구실을 한다.

　바오얼의 죽음 앞에 선 딴쓰싸오즈에 대한 심리묘사가 매우 사실적이고 예술성이 크다는 사실 이면에, 여성에게는 모성이 으뜸가는 본질이라는 신념을 깊이 각인시켜 준다. 여기서 만약 바오얼의 아버지가 살아서 자식의 죽음 앞에 서 있다거나, 라오홍이나 아우가 자식의 죽음 앞에서 딴쓰싸오즈처럼 생의 전부를 잃은 듯 비통해하는 모습은 쉽게 상상되지 않는다. 그 이유는 우리가 이미 모성＝여성이라는 사회 문화 의식에 세뇌되어 있음을 뜻한다. 이 사실에서 우리는 「내일」이 모성은 여성에 속하는 것이며, 여성의 본질이라는 신념을 재생산하는 데, 한몫 단단히 거든다는 사실을 알 수 있다. 이것은 물론 루쉰 자신도 전혀 의식하지 못했던 일일 것이다.

　「복을 비는 제사」의 샹린싸오가 보이는 모성애는 더욱 치열하다. 어린 자식을 늑대에게 잡아먹힌 가난, 부권제 아래 노예로서의 운명, 그리고 봉건사회의 희생자면서, 그 현실을 유지하는 데 기여하는 비정하고 마비된 민중과 탁월한 대비를 이루면서, 그녀의 모정은 진실 중의 진실로 승화한다.

그러나 감히 여기에 문제를 제기해 본다면, 여성＝모성이라는 철칙은 언제까지 존중되어야 하는가, 라는 점이다. 모성이 실로 그토록 치열한 진실임을 부정할 수 없다면, 문학 속에서 왜 부성은 거의 문제 삼지 않는가? 자기 분신에 대한 끈질긴 본능적 사랑은 왜 남성에게는 없는가.

샹린싸오가 실성한 사람처럼 아기가 잡혀 먹힌 얘기를 되뇌일 때, 아낙네들은 모여들어 눈시울을 붉히나, "남자들은 웃는 낯을 거두고 재미없다는 듯 가 버린다(2권 17)." 모성의 현장은 남성들과 무관한 것인가.[15] 이것은 문학 속에서 언제나 그래 왔고, 당연한 것으로 인식되어 왔다. 무엇 때문일까? 여기에 부권제의 진한 그림자가 드리워져 있음을 부정할 수 없다.[16]

> "남녀는 생리적, 성격적 차이가 있고, 동성 사이에도 상호 차이가 있을 수밖에 없다. 그러나 그들의 지위만은 동등해야 한다. (...) 여자도 남자와 같이 총을 가져야 한다거나, 여자가 아기에게 한쪽 젖만 주고 나머지 한쪽은 남자가 주라는 뜻이 아니다.(...) 끊임없이 사상해방과 경제적 자립을 위해 투쟁해야 한다는 것이다(鲁迅, 1982:4권 598)".

그러나 루쉰의 우려에도 불구하고[17], 경제적 자립이 여성해방의

---

15) 최근의 한 여성 전문지는 '아이가 열이 끓는데, 아빠들은 다 어디 가고 (취업)엄마만 직장에서 발을 동동 구르는가?'라고 반문한다. 신세대 여성들은 국가와 남성이 외면하는 양육을 여성이 전담할 수 없다고 선언한다. 참조. 페미니스트저널 『이프』 2002. 겨울호, 특집 「출산파업, 어떻게 볼 것인가」.

16) 모성이 여성의 것이듯, 어머니의 노동은 모성으로 미화되고, 사회 생산노동의 개념에 포함되지 않는다. 그것은 사랑이고 헌신이며 베풂의 상징이기 때문이다. 우리나라 외환위기 때 강인한 어머니 상이 다시 등장한 것도 '생산 현장의 실패를 무보수인 어머니의 노동으로 땜질하겠다는 의도'라고 볼 수 있다(고정갑희, 2000).

17) 루쉰은 북경 여자사범대학에서의 연설에서 입센 작 『인형의 집』의 노라가 집을 뛰쳐나갔지

필요조건은 되지만, 충분조건은 되지 못함이 이미 밝혀졌다. 오늘날 경제력을 가진 여성들이 공정한 권력, 지위와 자원 분배권을 향유하지 못하는 사실이 이를 말해준다.

루쉰이 말하는 동등한 지위란 무엇일까. 그 자신 정확한 규정을 내린 적이 없다. '남녀의 생리적 차이(생물학적 성, sex)'와 '사회적 구성물로서의 성(gender)'에 대한 개념이 그에게는 아직 없었을 것이다. 그렇다면, 양성평등 이론이 정교하게 세분화한 오늘의 시각에서 볼 때, 딴쓰싸오즈와 샹린댁의 모성신화가 가부장 의식의 재생산에 미칠 수 있는 비가시적 순기능에 대해서는 작자 자신도 전혀 의식하지 못했을 것으로 생각된다.

3. 여성은 침묵하는 타자

역사적으로 남성은 정치, 경제, 법률적 권리와 함께 인간의 특권인 '말할 권리' 또한 독점해왔다. 세계와 인생에 관해 표현하고, 발언하고, 비평하는 것은 모두 남성이었다.

18세기 이후 소수의 여성작가가 등장하긴 했으나, 그들 뒤에는 항상 남성 비평가들이 있어, 그들의 심판을 받아야 했다. 작품 속에서 여성이 주인공이 되거나, 서술자가 된다 해도 그것 역시 남성

만, 경제적 자립이 없다면, 다시 집으로 돌아올 수밖에 없음을 강조한다(〈娜拉走后怎样〉, 鲁迅, 1982:1권, 158–165). 그는 또 여자가 남자와 동등한 경제권을 갖지 못한다면, 여성해방은 허울 좋은 이름뿐임을 강조한다(〈关于女性解放〉, 鲁迅, 1982:4권 598). 그러나 동등한 경제력을 가진 후에도 여전히 양성평등은 실현되지 않는다는 사실에 대해 루쉰은 아직 생각해보지 않은 것 같다.

의 눈으로 바라보고, 남성 입을 통해 그려진 여성이다. 봉건제도의 희생자인 여성에 대해 누구보다 진심 어린 동정심을 표명한 루쉰의 작품도 예외는 아니다.

「복을 비는 제사」는 여성이 부권의 소유물로, 노예로 얼마나 가혹하게 희생당했는가를 호소력 있게 그려 보인다. 과부라는 사실이 죄인이고, 시집의 동산(動産)으로 납치되어 재혼으로 팔리고, 마침내 쓸모없는 노동력이 되어 내버려지는 샹린싸오.

그녀는 "먼지와 쓰레기 속에서 형태를 드러내, 이 세상을 쾌적하게 사는 사람들에게는 존재 이유를 의심 받았겠으나, 마침내 무상으로 깨끗이 사라져버렸다(鲁迅, 1982:2권 10)." 그녀의 운명은 봉건 가부장제 사회 속 보편적 여성의 운명을 극명하게 드러내는 전형 환경 속의 전형 인물이다(Lee Young Ja, 1983).

그러나 여주인공의 비참한 운명은 시종일관 관찰자인 나(我)를 통해 서술되며, 그녀는 침묵으로 일관한다. 과부라는 이유로 눈살을 찌푸리는 쓰수 집에 하인으로 정착한 뒤, '얼굴이 통통하고 보얗게 되어', 그나마 안빈자족 하는 생활에서도, 시집 쪽 사람들에게 납치되어 산골로 팔려갈 때도, '발버둥치고 고함쳐서 목소리가 쉬고, 촛대에 머리를 짓찧어 유혈이 낭자'하던 그 어느 순간에도, 여주인공은 항상 벙어리일 뿐이다. 매 순간들의 울분, 고통, 저항, 분노의 그 어떤 치열한 심리상태도 그녀 자신의 입을 통해 서사가 이루어진 적은 없다. 다만 남성 관찰자에게 포착되고, 남성 작가에 의해 기술되는 피동적 존재에 지나지 않는다. 그녀는 침묵하는 타자요, 처분만 기다리는 나무 인형(木偶)일 뿐이다.

'진정한 무산계급 문학은 무산계급만이 쓸 수 있다. 쁘띠 부르주아의 손으로 쓰인 문학은 아무리 진실하다고 해도, 위선일 수밖에 없다(鲁迅:4권 288).'고 루쉰은 설파한 적이 있다. 지식인이 무산계급의 참 현실을 이해하는 것은 불가능하다는 뜻으로 풀이된다. 진보적 사상가다운 탁월한 견해다.

샹린댁이 자신의 체험을 스스로 기술할 능력이 없음은 분명하다. 그러나 작가가 샹린댁의 살아 숨 쉬는 입을 열게 하는 것은 가능한 일이다. 자신의 슬픔, 노여움과 질식해가며 발버둥질치는 진실하고 생생한 영혼의 목소리를 내게 할 수는 있다.

루쉰은 리얼리즘을 객관적 현실과 진정한 주관의 융합으로 보았다. 이는 객관적 현실의 현상에만 머물지 않고, 그 본질의 깊은 속까지 천착해 들어간 뒤, 주관정신과 융합시켜 형상화한다는 의미다(전형준, 1997:262).

암흑적 현실의 '피와 살을 그려내는'(鲁迅:1권 240; 전형준:262) 생생한 묘사는 단순한 폭로에 그치는 게 아니라, 루쉰이 지적하는 이상적 변혁, 즉 혁명을 달성하기 위한 것이다. 그러나 애석하게도 그가 목표로 하는 혁명 가운데 '성性의 혁명'은 아직 포함되어 있지 않은 것 같다.

그가 부르짖던 여성해방은 봉건적 예속으로부터의 해방이지, 가부장제를 재편하여 여성에게 '인간'을 되돌려 주는 것을 의미하지는 않는다. 이 문제는 아직 그의 인식 속에 자리하지 못했으며, 그것이 그 시대와 루쉰 자신의 한계라고도 할 수 있다.

「죽은 이를 애도함」의 여주인공 쯔쥔도 샹린댁과 마찬가지로 침묵하는 타자에 불과하다. 「죽은 이를 애도함」은 주체의식을 가진 젊은 남녀가 자유연애를 부도덕시하는 봉건사회에 희생되어 생계

수단을 잃고 헤어져, 끝내 파멸에 이르는 과정을 그린 작품이다.

루쉰은 현실에 발 딛지 않은 관념적 사랑은 실패할 수밖에 없다는 현실주의자다운 메시지를 젊은 남녀의 비극적 사랑을 통해 전달하고자 한 것으로 보인다.

두 연인의 갈등은 쥐앤성이 출판사로부터 해고장을 받으면서 첨예화하여, '무기력하고 각성되지 못한 쯔쥔'에 대한 쥐앤성의 실망을 통해 고조에 이른다.

그러나 역경 속에서 연인들이 겪는 정신적 갈등은 시종일관 남자 주인공 쥐앤성의 심리변화와 독백을 통해 서술된다. 쯔쥔은 쥐앤성에 의해 대상화된 존재일 뿐, 그녀 자신은 자신의 감정과 입장을 거의 밝히지 않는다.

동거를 시작하기 전, "나는 내 자신의 것이에요, 어느 누구도 나를 간섭할 수 없어요." 정도의 몇 마디를 토로한 것이 전부다. 연기를 뿜고 가축을 기르고 식사를 준비하느라고 무질서해진 집과 여자의 모습에 대해 쥐앤성이 점차 실망하고 환멸을 느끼게 되는 과정에서도, 그녀는 자신의 현실과 운명에 대해 단 한마디의 언급도 없다.

"나는 이미 당신을 사랑하고 있지 않소."라는 사랑의 사형선고를 받았을 때도, 그녀는 얼굴만 죽은 사람처럼 잿빛으로 변했을 뿐, 최소한의 자기표현도 하지 않는 한갓 벙어리에 불과하다. 독자는 그녀가 왜 그렇게 철저히 말할 기회와 말할 권리를 박탈당했는지, 강한 의구심을 떨쳐버릴 수 없다. 「죽은 이를 애도함」의 문학적 성패여부는 논외로 하더라도, 이 작품에서도 심판하는 남성과 그의 기준에 따라 심판 받는 여성의 전통적 문학 기조가 어김없이 재현

된다.

「내일」과 「복을 비는 제사」의 여주인공들이 작품 속의 개별 남성인물과 직접 갈등관계에 있지 않는 것과는 달리, 「죽은 이를 애도함」에서는 두 남녀가 직접 첨예한 갈등관계를 이룬다. 더구나 딴쓰싸오즈와 샹린댁이 자아의식이 없는 구시대 농민여성이라면, 쯔쥔은 주체성을 강조하는 신여성이다.

그럼에도 불구하고, 시종일관 남성 인물의 감정과 의식의 변화에 의해 서사가 구성되며, 여성은 심판대에 올려진 타자에 지나지 않는다는 사실은 무엇을 의미하는가.

4. 남녀: 이성과 비이성

양성의 역사를 지배와 종속 관계로 파악하는 밀레트의 주장은 매우 설득력이 있다. 그것은 사회제도와 질서를 통해, 어떤 인종, 계급이나 계층 관계보다도 더 정교하고 견고하게 실현되어 왔다.

남성이 여성에 대해 행사하는 권력은 두 가지 차원으로 분석해 볼 수 있다. 하나는 정치, 경제권을 통해 여성을 지배하는 것이고, 다른 하나는 기질론과 역할분담을 통해 남성의 우월성과 지배의 정당성을 확보하는 것이다.

능동, 이성, 지혜, 창조적이라는 '남성성'과 부드러움, 순종, 무지, 수동적이라는 '여성성'은 남성의 지배를 정당화하는 강력한 근거가 된다. 이로부터 성별 역할분담이 이루어지고, 사회적 지위가 분화

되고, 권력의 차이가 생겨, '성의 계급'이 유지되게 된다(钟良明:40). 여성은 태생적 죄인으로, 태어나면서부터 피지배자로 규정된다.

문학 작품 속에서도 '성의 계급'은 작가의 의도와 상관없이 선명하게 부각된다. 「죽은 이를 애도함」의 두 남녀도 예외는 아니다. 남성은 이성, 경제, 정신노동(鲁迅:2권 119), 사색 등 인격적이고 이성적인 일에 종사하고, 여성은 식사 준비, 가축 기르기, 몰지각 등 동물적이고 비이성적인 일과 관계한다. 쥐앤성은 글쓰기와 번역 일로 "종일 머리를 쓰는"(鲁迅:2권 119) 정신노동자다. 그러나 쯔쥔은 "이전과 같이 조용하지 못하고, 방에 대접과 접시를 어수선하게 늘어놓고 연기를 피우며"(118) 먹기 위해 사는 것처럼 보이는 비이성적 존재다. 그녀는 쥐앤성의 글쓰기 구상이 언제나 식생활의 독촉 때문에 중단된다는 것도 알아차리지 못하고, 남자가 "화난 기색을 해도 전혀 고칠 줄 모르고, 쩝쩝거리며 먹는"(119), "식견 없는 천박한"(120) 존재로 남자에게 비쳐진다. 쥐앤성이 정신노동을 하기 위해, "식생활의 속박을 받을 수 없다는 것을 납득시키는 데 5주일이나 걸린"(119) 지각없는 인간이다.

쯔쥔과 쥐앤성의 지적 차이는 어디서 비롯되는 것일까. 존재는 의식을 결정한다. 쥐앤성은 글 쓰는 일로 두 사람의 생계를 책임지고, 쯔쥔은 가사노동으로 쥐앤성의 의식주를 책임진다. 이 기본구도는 두 개인의 합의사항이기 전에, 가부장적 역사 문화가 이미 정해놓은 확고한 규범이다. 어떤 역사적 대 변혁기에도 가부장제의 잔가지에는 바람이 스쳐갈 수 있었지만, 견고한 뿌리는 흔들어 본 적이 없다.

쯔쥔은 "가사를 돌보느라고 잡담 할 틈도 없으니, 독서나 산보는 말할 나위도 없다."(115) 그녀는 음식 준비에 "전력을 쏟고, 밤낮으로 마음을 쓰며", '종일 땀을 흘리고 두 손도 거칠어졌다.'(116) 동거하기 전, 그녀는 "나는 나 자신의 것이에요. 그들 누구도 나에게 간섭할 권리는 없어요."(112)라며 쥐앤성보다 오히려 더 주체적이고 진보적이었다. 혈육, 친지들과 교류를 끊고, 이웃의 경멸과 냉소를 받았을 때도, 쥐앤성과는 달리 그녀는 위축되지 않았고 침착하며 평온함을 보였다.(114) 그들은 "가정의 전제를 논하고, 구습 타파, 남녀평등과 입센, 타고르, 쉘리"(111)에 대해 담론했다. 그러던 그녀가 전통적 사회 문화 기제가 인도하는 여성의 역할을 수행하게 된 후부터는 동물적이고 비이성적인 존재로 전락해버린 것이다. 그리고 그것이 바로 쥐앤성이 환멸을 갖게 되는 원인으로 작용한다.

5. 정신노동과 육체노동

많은 사회학자들은 노동분업이 남녀 기질의 차이보다는 성별지위에서 비롯되었다고 보고 있다(고정갑희, 2000; Dussuer, 1997; 钟良明, 밀레트:352). 사회노동과 가사노동의 이분법은 여성을 경제적 의존자이며, 비이성적 존재로 전락시킨다. 사회적으로도 이성과 연관된 정신노동은 중상류 지배계층의 노동이며, 단순 육체노동은 피지배 하류계층의 몫이다.

남녀도 노동을 매개로 지배와 피지배계급으로 분할된다. 『맹자

孟子』에 "정신노동자는 남을 다스리고, 육체노동자는 남의 다스림을 받는다."[18)고 했다. 계급 분화와 성 계급의 분할은 동서양을 관통하여 범세계적으로 유지된다. 여자는 인간이기 전에 '여성'이라는 정체성으로 정의되면서 무보수, '무생산', '무노동'의 가사 육체노동의 담당자가 된다.

사회노동자의 경우, 여성은 일반적으로 밭, 공장이나 가게에서 남성과 똑같이 사회 생산노동을 한다. 그러나 집에 돌아오면 무급 가사노동에 추가로 더 종사해야 한다. 동서고금을 통틀어 여성의 노동량은 남성을 훨씬 능가한다. 다만 그것이 임금으로 환산되지 않을 뿐이다.[19)

대부분의 문학 작품에서 남녀 인물은 노동 분업만으로도 지배와 종속관계를 형성한다. 「죽은 이를 애도함」에서 쯔쥔은 전력을 다해 매일같이 식사준비를 한다. 생활수준이 낮고, 기계문명의 혜택을 거의 받지 못하던 당시에, 그녀가 종일 땀 흘리며 가사노동에만 매달려야 하는 것은 거역할 수 없는 현실이다. "모든 사업이 전적으로 식사에 달려 있는"(119) 여성의 일상적 삶이 쮜앤성에게는 이성과는 딴 세계에 사는 비이성적이고 천박한 모습으로 인식된다. 남자가 아무리 식생활을 간소히 하자고 요구한다 해도, 여자는 본능

---

18) "君子勞心, 小人勞力, 先王之制也."『左傳』襄公九年.
　　"勞心者治人, 勞力者治于人. 治于人者食人, 治人者食于人, 天下之通義也."『孟子, 騰文公』; 여기서 군자는 인격을 갖춘 사대부를 뜻하니, 곧 통치계급을 가리키고, 소인은 일반 백성을 의미한다고 볼 수 있다.

19) 세계적으로 여성의 노동량은 남성을 훨씬 능가한다. 아시아, 아프리카의 농업노동, 개도국들에서 염가로 제공되는 산업노동과 평생 무보수로 바쳐지는 출산, 육아와 가사노동까지 합하면 여성 노동은 세계 총 노동량의 약 3/2를 차지한다. 그럼에도 불구하고, 임금노동의 경우, 세계적으로 여성의 평균 임금이 남성의 3/2에도 못 미치는 이유가 무엇일까? 김미현은 한국의 기업체를 대상으로 한 실증 조사연구에서, 임금책정 기준은 직업적 숙련도 보다는 가부장적 사회문화 기제, 더 구체적으로 가족부양자 이데올로기에 따른 것임을 지적한다.

적으로 가사노동자로서의 책임의식을 갖고 있다. 그것은 쥐앤성이 조용한 "서재 한 칸 마련하지 못하는" 것을 자신의 무능함 때문(118)이라고 생계부양자 의식을 갖고 있는 것과 같은 맥락이다.

남성들은 쥐앤성이 그렇듯, "흐르는 시냇물처럼 쉬지 않고 계속되는 식사" 준비를 하는(119) 가사노동의 가치를 전혀 인식하지 못한다. 시간은 노동으로 전환되고, 노동은 가치로 정의된다. 그러나 가사노동은 생산노동 영역 밖으로 배제되어, 교환가치와 화폐가치로 전환되지 못한다. 왜곡된 채 종속 상태로 살아남은 여자의 시간은 '인간'의 시간 속에 포함되지 않으며 노동의 가치가 은폐된다(고정갑희, 2000).

"먹지 않아도 좋으니, 절대 그렇게 애써 일하지 말라"(116)는 쥐앤성의 충고는 여자의 시간과 노동에 대한 인식 부족에서 비롯되는 남성 중심적 사고의 폭로에 불과하다. 남성 중심적 사고가 여성을 심판하고, 세계를 인식해왔다. 지배계급의 이데올로기는 그 시대를 지배한다. 남성적 사고와 남성적 기준은 언제나 보편적 가치로 기능해 왔다. 남성중심 사회에서 여성은 자기비하와 열등감을 내면화하게 된다. 쥐앤성은 쯔쥔의 가사노동을 일방적으로 폄훼하지만, 여자 쪽에서는 어떤 자기표명도 없이 심판의 대상이며 침묵하는 타자일 뿐이다.

부권제 사회에서 식사준비에 일생을 거는 여성은 경제적 의존자일 수밖에 없다. "나 혼자라면 사실 생활하기가 용이하다"(120)는 쥐앤성의 발상이야말로 여성 종속을 함축하는 상징적 표현이다. 그는 피부양자인 여자만 없다면, 아무리 현실적 장벽이 높아도 얼마든지 새로이 높이 날 수 있다고 생각한다. 남자에게 있어 여자는 짐이며, 저급한 비이성적 존재다.

여성 억압의 물질적 토대는 가부장적 생산관계라는 표현은 핵심을 찌른 지적이다(김미연 역, 1998). 그것은 곧 가사노동을 생산영역 안으로 포함시키지 않은 채, 여성에게 전담시키는 성별분업을 의미한다.

6. '보살핌'의 윤리와 정의 –
『동일한 지평선에서同一的地平线上』

자유, 평등, 공평과 정의는 보편적인 인문적 가치다. 이 가치들은 사회적 관계에서 상호 대립이나 도덕적 갈등을 해결하는 잣대가 된다. 결혼한 남녀의 경우, 갈등은 감성의 '서로 다름' 때문만이 아니라, 가정에서의 권리, 의무, 역할의 차이에서 더 많이 비롯된다. 이때 가정 속의 남녀관계에도 정의의 개념이 개입될 수 있을까.

정의가 공적 영역에서 중요한 도덕원리라면, 양성관계에서도 그렇게 기능하여야 마땅하다. 부부의 결합으로 이루어지는 가정은 사랑, 신뢰, 보살핌, 연대성 등 친밀한 관계적 측면이 있는 반면, 남녀의 권리, 의무, 역할 등이 명확하게 주어지는 제도적 측면도 함께 존재한다. 그러나 종래 사회학에서는 가족을 성, 임신, 출산 등 인간의 재생산활동과 같은 생물학적 요소와 관련된 자연적인 제도로 간주하고, 합리성에 기반 한 사회제도로서의 측면을 무시했다. 이에 따라, 부부관계도 사랑, 배려, 보살핌 등이 중요시되는 사적인 관계로만 보았을 뿐, 정의와 공평성이 적용되어야 할 사회관계로 파악하지 않았다. 자유주의 철학자들은 상호 의존관계에 있는 공, 사 영역을 분리하여, 가족을 국가나 사회에 우선하며, 정의와 권력관계가 침투할 수 없는 사적관계로 규정했다(이재경, 1995).

이러한 사적 영역이 가부장적 통제의 도구로 기능 해왔음을 간과할 수 없다. 결혼은 개별 남녀 간의 사적인 관계맺음이 아니라, 사회 제도로서 기능하며, 남성에게 가부장 의식을 부여하는 문화권력이 작동하고 관통하는 지점이다.

여기서 특히 문제가 되는 것이 여성의 본령으로 간주되는 '보살핌'의 윤리다. 남성은 공적 영역에서 합리성과 정의의 원리를 주로 하고, 여성은 사적 영역에서 보살핌의 원리를 주로 하며 생활하는 것으로 이해되고 있다.

그러나 보살핌은 호혜적이어야 한다. 또 보살핌은 요구하는 쪽과 베푸는 쪽의 권력이 평형을 유지할 때 제 가치를 가지며, 만약 그것이 직 간접으로 일방적 강요에 의한 것일 때, 정의로움은 실종될 수밖에 없다.

짱신신張辛欣의「동일한 지평선에서」의 두 젊은 남녀의 갈등은 가부장적 의식을 가진 남성과 이를 수용하지 않으려는 여성 사이에 빚어지는 모순이다. 냉혹한 사회경쟁 의식을 가진 젊은 남편 화가는 아내가 자기를 따뜻하게 보살피지 않는 것이 불만이고 이에 분개한다. 그는 지쳐 귀가하는 남편에게 따뜻한 세숫물을 떠다 주는 부드럽고 온순한 여자를 갈망한다(張辛欣, 575, 556). 그러나 아내는 남편에게 아무런 보살핌도 베풀지 못하고 자신의 바깥일에 몰두하며, "자기(남편)의 일부가 되지 못하는"(559) 자기 일을 가진

현대 여성이다. 남편 뒷바라지는 남자에게 있어 단순한 희망사항이 아니라, 여자의 의무이며, 윤리로 이해되고 있다. 남자는 "두 개의 머리를 가진 호랑이"와도 같은 자기 부부의 모습을 수용할 수 없는 것이다.

이와는 반대로, 여자 쪽에서는 이기적이고 오직 자신만을 생각하는 남편이 불만이다(641). 그녀는 기혼녀에게는 입학을 허가하지 않는 가부장적 현대사회에서 신분을 숨기면서까지 영화학교에 응시원서를 내고, 자아발전을 위해 진력한다. 왜 남녀는 동일 선상에서 생활해 나아갈 수 없는가? 하는 것이 이 작품의 본질적 물음이다. 강요된 '보살핌'의 윤리를 거부하면서도 관습에 따라 식사준비는 의례 여자가 하는(599) 영화감독 지망생. 그녀에게 이혼은 가부장적 문화기제에 대한 거부를 의미한다.

끝없이 계속되는 번거로운 가사노동과 남편 뒷바라지의 부담으로부터 벗어난 여주인공이 느끼는 자유와 해방감은 공평과 정의를 갈구하는 여성의 인간 선언이다. 그러나 독신으로 돌아간 후, 여주인공의 심사는 결코 편하지만은 않다. 고독, 회의와 불안이 그를 에워싼다. 여기에 인간화를 갈망하는 여성의 고뇌가 있다.

가정은 살벌한 사회경쟁으로부터 사람을 보호해줄 안식처로 간주된다. 그것은 노동에 지친 사람들의 마음의 고향이다. 그러나 여기서 말하는 '사람'이란 바로 남성을 의미한다. 가정을 안식처로 꾸며야 할 의무를 진 사람은 여성이고, 여성은 헌신, 사랑, 보살핌, 베풂이라는 이름의 '무보수', '무노동', '무생산' 노동을 바쳐야 한다. '아름다운 가정'은 남성에게는 안식처지만, 여성에게는 고된 노동의 공간이다. 거기에는 노동시간과 노동계약도 존재하지 않는다.

최근 한국에서 주 5일 근무제가 도입되기 시작하자, 길어진 휴식 시간을 향유하는 것은 남성들이다. 그들의 행복과 반비례하여, 취업여성과 전업주부는 엄청난 노동량과 노동시간의 연장을 감수해야 한다.[20] 경쟁이나 경제 가치와 무관한 것으로 간주되는 '평화로운 안식처'는 실은 남녀의 이해관계가 첨예하게 대립하는 장소며, 가부장제의 원형이 온존하는 곳이다.

7. 여성 신비화의 실체 –
『남자의 반은 여자男人的一半是女人』

남성의 욕망의 대상으로서의 여성의 '몸'은 단순히 이성에 대한 갈망이나 정서적 소통도구로서가 아니라, 어떻게 남성중심 의식이 거기에 녹아들어 숨 쉬고 있는가를 말해주는 부분이다. 짱샌량張賢亮의 「남자의 반은 여자」는 이런 의미에서 주의 깊게 살펴보아야 할 작품이다. 이 중편소설은 주제나 문학 기교 측면에서 1980년대 중반 엄청난 반향을 불러일으켰던 수작이다.

짱용린章永璘은 노동개조소에서 분노, 절망, 비애와 고독을 씹으며 생활하던 중, 수풀 속에서 나체로 목욕하는 여자 죄수 황샹지우黃香久를 우연히 발견한다. 8년 후, 그는 다시 노동개조소에 들어오게 된 황을 만나, 부부의 인연을 맺지만, 첫날밤을 실패로 맞는다.

---

20) 그렇다고 가부장제의 성별분업이 여자에게만 불리한 것은 아니다. 가족 생계를 책임지는 남성에게도 심각한 문제점을 가져다준다. 한국 중년 남성의 사망률 세계 1위가 그 좋은 증거가 된다.

작자는 격변하는 현실사회주의 중국을 배경으로, 한 지식인 남성의 비극적 삶과 고뇌를 높은 예술적 필치로 그리고 있다. 검은 죄수복 속에 갇혀 거세당한 인간의 욕망과 존엄, 첫날밤의 실패, 여자로부터의 경멸과 냉대, 여자의 외도를 달밤에 집 밖에서 지켜보는 비통한 심정, 현실사회주의에 대한 비판과 조국의 장래에 대한 성찰, 마르크스 레닌 맹자 장자와의 깊숙한 철학적 대화, 이 모든 것들은 독자들로 하여금 두 차례나 노동 개조소에 들어온 '우파분자' 짱용린의 고독과 비애에 숙연히 고개 숙이게 하기에 충분하다. 극심한 노동, 굶주림, 고뇌와 비판투쟁으로 얼룩진 그의 삶은 역사, 현실, 사랑으로부터 철저히 버림받고 기만당한(张贤亮, 1985:510) 중국 지식인의 전형이기 때문이다.

그러나 이 소설은 영원한 구원으로서의 사랑의 박탈과 지식인으로서의 삶에 대한 시시각각의 공포를 밀도 있게 교직하면서, 두 남녀 사이에 깔려 있는 가부장적 그림자는 여지없이 은폐하는 효과를 낳는다.

이 소설의 남녀 주인공 역시 '이성적' 남성과 '비이성적' 여성의 상징으로 그려진다. 실패한 현실사회주의, 인간의 존엄과 평등에 대해 성찰하고, 조국의 장래를 위해 고뇌하며 떨쳐 일어날 비장한 각오를 다지는(576 – 578) 짱용린과, 집안 살림과 남자 뒷바라지에 인생을 거는 황샹지우는 어느 작품에서나 흔히 볼 수 있는 이성적 남성과 비이성적 여성의 전형적 배합이다. '황샹지우의 화장품 병과 둥근 거울, 짱용린의 책더미'가 그것을 상징적으로 말해준다. 이 물건들은 황의 '능란한 솜씨에 의해 환상적인 가정 교향악으로 연출된다.'(500) 여자가 살림에 매달리고, 손에 크림을 바르며 '여성성'을 과시하는 동안, 남자는 맑스 서적과 고전 철학서를 "읽고, 분석하고, 종합 추리하는 지적활동"을 하면서 현실적 고통을 정신적 환희로 치환하고, 광활한 세계를 향해 도약을 꿈꾼다.(557) 짱용린의 눈에 황은 "예쁘고 육감적이지만 우둔한", 그래서 "당 서기 차오쉬애이曹学义를 유혹하고, 또 남자에게 유혹이나 당하는 여자"로 비쳐진다.(561)

신문 읽는 아빠와 설거지하는 엄마, 이것은 오늘의 현실 속에도 여전히 존재하는 가장 보편적인 부부의 모습이기도 하다. 그것은 현실적 우연이나 개별적 삶의 양태이기보다는 성별 권력이 기능하고 녹아 있는 전형적인 현장, 즉 '전형 환경'인 것이다.

남성 작가들에게 있어, 여성은 봉사와 헌신의 '가정 천사'나 욕망의 대상, 아니면 탕녀로 그려진다(이명선, 2003; 김윤정, 2000; 陈晓兰, 1999). 여성은 남성의 욕망의 대상으로서의 '몸'으로 등치되거나, 친절, 배려, 보살핌을 베푸는 아름다운 천사로 규정된다(문은미, 2000). 그들은 줄곧 남성의 편의에 따라 대상화, 타자화 되어 왔다. 여성은 성과 동일시되고, 남성이 결코 따라갈 수 없는 감성적 존재, '가정의 천사'로 신비화된다.

짱용린에게 있어 여성성은 남성성의 반대편 극점에 위치한다. '여자는 남자에 비해 훨씬 나약하여, 고독을 못 견뎌 하고 언제나 애무 받고, 보호받으려 한다. 심지어는 노동개조소 생활을 못 이겨 충동적으로 남자 출옥범의 품으로까지 뛰어드는'(414) 존재로 이해되고 있다. '여자는 반드시 치마를 입어야 여성적 특징을 나타낼 수 있다. 헐렁한 상의와 검은 죄수복 바지 차림의 여자들은 여성에 대한 동경과 흥미, 심지어는 생활에 대한 희망마저 깨버리게 한

다.'(414, 415)

그런 그에게 나체로 목욕하고 있는 황샹지우를 발견한 것은 경이와 충격이다. 탄력성 있고 부드러운 곡선을 한 여성의 몸을 바라보는 순간 무아지경에 빠져버린다. 여자의 아름다운 광택은 고통스런 세상에서 벗어나게 하는 신비로움이다.(422) 여성의 몸은 그에게 무한한 위로를 주고 삶의 환희를 안겨줄 수 있는 신비한 것이다. 두 차례나 노동 개조소에 들어오고 39세까지 동정인 짱용린에게는 더욱 그럴 수밖에 없다.

짱은 천부적인 심미안을 가졌다. 섬세하고 깔끔한 여성 특유의 동작은 그에게 경이와 감탄의 대상이다(431). 곳간을 정감 넘치는 신방으로 바꿔 놓은 황의 민첩하고 세련된 솜씨는 짱용린에게 쾌적하고 안락한 생활을 선사한다. 짱은 여성스러움을 감상하고 만끽하면서, '남자는 밭을 갈고 여자는 베를 짜는', '부부협동'의 편리함을 강조한다.(433) 황은 남편에게 따뜻한 식사를 만들어주고, 신발을 꿰매주고, 옷을 빨아준다. 짱은 20여 년 동안 입어본 적이 없는, 한 뜸 한 뜸 꿰매 만들어준 푹신한 솜옷도 얻어 입는다. 여성 특유의 부드럽고 온화한 자태, 인자하고 자애로운 형상은 영원한 동경의 대상이며, 어머니에 대한 그리움으로 표현된다.(558) 여인은 울음마저도 아름다워, 그윽하고 평화롭고 연약하지만, 자갈돌까지도 반짝거리게 만들 수 있는 위력을 가졌다.(536)

황샹지우는 이혼하기 직전까지도 자신이 먹을 고기, 기름과 쌀을 아껴 모두 남편에게 먹인다. 홀아비 시절, 노동이 끝나면 밥통을 들고 식당 문 앞에 줄서서 기다리던 것에 비하면 짱에게는 꿈같은 행복이다.(571) 이 같은 "현실세계는 상상 속의 세계보다도 훨씬 진실한 것이다." 황은 남편이 나쁜 습관이 들 정도로 철저하게 헌신적인 뒷바라지를 한다.(559, 572) 때문에 짱용린은 사회적 억압보다 더 무서운 것이 가정적 불행이라고 믿는다. 무시무시한 비판투쟁 시기에도, 자살에 이르는 사람들은 대부분 외적인 고통보다는 '처자가 든든하고 따뜻한 가정을 꾸며주지 못한 사람들'(449)임을 강조한다.

왜 사람들은 자연스럽게 '보살핌'을 포함한 가사노동을 여성의 일이라고 생각하게 되었을까?(고정갑희, 2000) 황의 보살핌의 행위는 수십 세기를 관통해 대물림되고 숙달된 '사회화한 성'으로서의 여성적 삶이다[21]. 유교적 전통의 여성윤리는 여성을 독립된 개체로서가 아니라, 누구의 딸, 아내, 또는 어머니라는 관계의 맥락(이숙인, 1999)으로 규정한다. 가족 관계 속에서 형성된 여성의 윤리는 관계 지향적이다. 그것은 자기중심적이기 보다는 타인의 요구와 관심을 나의 행위 안에 포함시킨다. 유교는 인간을 독립적, 자율적이고 자기중심적인 존재가 아니라, 관계를 통해 구성되는 존재, 즉 절대적 자율이 아니라, 상대적 자율성을 가진 존재로 본다.

그러나 관계의 원리는 각각의 역할이 호혜적이고 동등한 가치가 전제될 때 유익한 것이다. 만약 그것이 성별 차등화 하여 상호교환이 이루어지지 않는다면 억압과 지배의 방편으로 작용할 것이다. 전통 유교에서 여성은 남성에 귀속된 존재로, 윗사람을 섬기듯이 남편을 섬기고, 남성은 아랫사람을 돌보듯이 여성을 보호할 뿐, 동등한 상호교류를 기대할 수 없다.

---

21) 그러나 전통적 성 역할은 오늘날 많은 동요를 겪으면서 근본적인 의문을 품게 한다. 갓난아기를 보는 아빠, 앞치마를 두르고 설거지를 하거나, 미니스커트를 입은 남자들의 모습이 신세대들에게 환영 받는 현실이 이를 뒷받침한다.

'나의 경험을 미루어 상대방을 배려'한다는 관계 윤리는 남성을 기준으로 한 것이다(이숙인, 1999).

보살핌을 향유하는 짱용린의 편안함에는 보살핌을 제공하는 황의 어려움이 전혀 반영되어 있지 않다. 그것은 전적으로 남성의 기준에서 생각하는 편의일 뿐이다. 짱은 낮 동안에 주로 말을 방목하는 육체노동을 한다. 황 역시 밭갈이 노동을 한다.(505, 571, 585) 둘 다 바깥에 나가 노동을 하지만, 황은 가사노동과 남자 뒷바라지를 고스란히 더 맡아야 한다. 남자의 시간은 가치로 환산되지만, 가정주부의 시간은 가치로 계산되지 않는다. 무임금, '무노동'의 가사노동은 교환가치로 환산되지 않는다(고정갑희, 2000:18).

그러한 두 남녀의 관계가 차원 높은 철학적 사색을 하는 짱용린이 이상적이라고 여기는 "진정한 인간과 인간 사이의 평등"이며 "남녀평등(404)"일 수 있을까.

맺는 말: 종속을 암시하는 성 정체성

이 연구에서는 5편의 소설작품에 나타난 성 정체성을 양성평등의 시각에서 분석해보았다. 이 작품들 속의 남녀는 주제사상과는 무관하게, 가부장적 사회 문화 의식에 심하게 편향된 형상을 드러내 보임을 알 수 있다.

먼저 남성은 사유주체, 표현주체인 반면, 여성은 침묵하는 타자, 대상화로 그려진다. 남녀는 이성과 비이성, 정신노동자와 육체노동

자로 이분화 되어 지배와 종속관계를 자연스럽게 형성한다. 여성은
남성의 편의와 기준에 따라 모성으로 신비화되고, 부드러움, 친절,
보살핌의 '가정천사'로 미화되거나, 욕망의 대상으로서의 '몸'으로
등치 된다.

　이러한 정체성은 생물학적 근거보다는 사회 역사적 구성물로서
의 성의 의미를 강력하게 내포한다. 따라서 향후 문학을 통한 가부
장적 사회 문화 기제에 대한 비판적 고찰이 더 많이 이루어져야 할
것으로 생각된다.

참고문헌

陳曉蘭, 『女性主義批評与文學詮釋』, 敦煌文藝出版社, 1999.

劉慧英, 『走出男權傳統的樊篱』, 三聯書店, 1995.

魯迅, 『魯迅全集』, 全16卷, 人民文學出版社, 1982.

張辛欣, 「同一的地平線上」(1981), 『張辛欣代表作』, 黃河文藝出版社,
　　1988.

韋實　主　編, 『新十年爭議作品選』 1976 - 1986, 漓江出版社, 1987,
　　520 - 645頁.

肖巍, 『女性主義關怀倫理學』, 北京出版社, 1999.

張京媛主編, 『当代女性主義文學批評』, 北京大學出版社, 1992.

張賢亮, 「男人的一半是女人」, 『張賢亮集』, 海峽文藝出版社, 1986,
　　385 - 592頁.

鐘良明　譯, 『性的 政治』, 社會科學文獻出版社, 1999.

Kate Millett, 『Sexual Politics』, 1970.

김대웅 역, 엥겔스, 『가족, 사유재산, 국가의 기원』, 아침, 1989.

김미연 역, 「가부장제, 가내 생산양식: 젠더와 계급」, 크리스텐 델피, 『세계사상』 4호, 1998.

고정갑희, 「여자들의 시간과 자본 - 가사노동과 매춘노동을 통해 본 생산/재생산의 은폐구조-」, 『여성이론』 3호, 여성문화이론연구소, 2000.

김윤정, 「사랑에 대한 지식인 남성의 환상과 욕망」, 『여성이론』 3호, 여성문화이론연구소, 2000.

문은미, 「노동자원으로서의 섹슈얼리티 연구」, 『여성 이론』 3호, 여성문화이론연구소, 2000.

윤택림, 『한국의 모성』, 미래인력연구원, 2001.

이명선, 「근대의 '신여성' 담론과 신여성의 성애화」, 『한국여성학』 제19권 2호, 한국여성학회, 2003.

이숙인, 「유교의 관계윤리에 대한 여성학적 해석」, 『한국여성학』 제15권 1호, 한국여성학회, 1999.

이영자, 「종법제도와 여자 길들이기」, 『여성학논총』, 경기대학교, 1998.

_____, 『중국여성 잔혹 풍속사』, 에디터, 2003.

이재경, 「정의의 관점에서 본 가족」, 『한국여성학』 제11집, 한국여성학회, 1995.

임정빈 외, 『성역할과 여성』, 학지사. 2000.

전형준 옮김, 노신 작, 「아큐정전」, 창작과 비평사, 1996.

_____, 『현대중국의 리얼리즘 이론』, 창작과 비평사, 1997.

Dussuet A., 『Logiques Domestiques』, L'Harmattan, France, 1997.

Lee Young Ja, 『Petit Peuple dans les nouvelles de Luxun』, These de 3e cycle, Universete de Paris Ⅶ, France, 1983.

Maccoby. E. etc., 『The psycology of sex differences』, Stanford University Press, USA, 1974.

Parsons T. etc., 『Family, socialization and interaction process』, Glencoe, IL: The Free Press, 1955.

Schweitzer S., 『Les femmes ont toujours travaille』, Ed. Odile Jacob, France, 2002.

김두영, 「性 고정관념을 깨라」, 동아일보 2003년 10월 7일자, B11면.

김희경, 「母性, 본능인가, 학습인가」, 동아일보 Weekend, 2003년 10월 10일자, 2, 3면.

『이프』, 페미니스트저널, 2002, 겨울호, 특집「출산 파업, 어떻게 볼 것 인가」, 진단과 분석.

(2003년 12월『중어중문학』33집에 발표한 논문의 수정본임.)

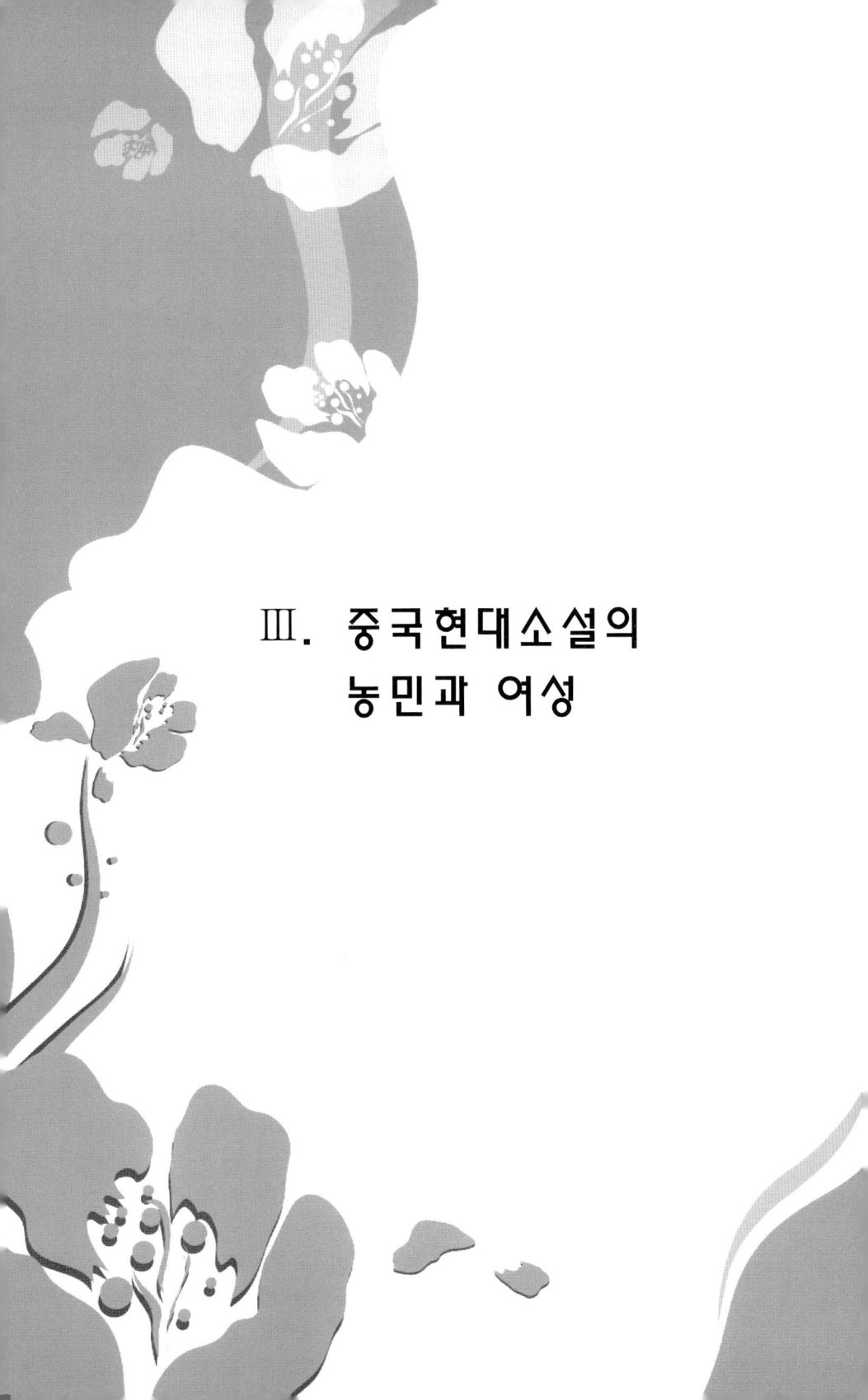

Ⅲ. 중국현대소설의
농민과 여성

1. 지배 종속 개념과 문학

　무엇이 인간사회를 불공평하고 부정의 하게 하는가? 사회철학은
인간 사이의 지배관계를 개선하고자 하는 정의감에서 비롯된다. 문
학적 기능의 하나는 이와 같은 사회 철학적 입장에서 인간관계를
재조명하고 성찰하는 일이다. 문학은 상상의 세계에서 사회를 투영
하고 모순을 설득력 있게 드러내 보여, 공감하고 분노하면서 지식
과 체험을 현실 속으로 밀착시키도록 유도한다.

　인류역사의 발전을 자유와 평등의 관점에서, 헤겔은 다음의 세
단계로 요약한다. 첫째, 한 사람만이 자유로웠던 사회, 둘째, 소수
의 사람들만이 자유로웠던 사회, 그리고 모든 사람이 자유로운 사
회가 그것이다(바루치 A, 1991).

　시민사회의 출현은 한 사람 또는 소수가 다수를 억압하던 지배
질서가 이성적 인간들의 생존을 보장하기 위한 새로운 사회질서로
정립되었음을 뜻한다. 소수에 의한 다수의 지배가 가능했던 시기에
는 태어나면서부터 지배받는 것이 정당하다고 보는 '본성적 노예
론'이나, 힘의 논리가 지배했다. 이렇게 존재론적 기초로부터 출발
하는 고대 정치철학은 합리적인 개인을 전제로 하는 근대의 사회
계약론적 정치철학과 근본적으로 다르다(남경희, 1997).

　그럼에도 불구하고, 현재까지 최선의 가능한 제도로 인식되는 현
대 민주주의 사회에서조차 여전히 인간 사이의 지배와 종속관계는
계속되고 있다. 두 사람 이상이 모이면 권력이 작동하고, 권력이
많은 사람은 그렇지 못한 사람에게 영향력을 행사하고 그를 지배

한다.

권력이란 불평등의 주요개념으로, 지배와 복종 관계의 요인이 되는 자원에 대한 차별적 통제력이라고 할 수 있다. 바꿔 말해, 권력은 집단과 개인에게 권리와 자원이 불평등하게 분배되는 데서 비롯되는 것이다. 재능이나 노력의 차이에 따른 차별적 보상의 사회 불평등은 어느 정도 불가피하거나 자연적인 것으로 간주되기도 한다. 그러나 개인의 속성들은 불평등 현상의 부분적인 요인이며, 계급이나 권력기제 자체를 변화시킬 수는 없을 정도로 작은 영향력밖에 갖지 못한다.

따라서 문제 삼아야할 것은 정당한 권위나 합의에 의하지 않은 불평등과 권력관계, 억압과 부정의이다. 다시 말해, 능력의 계발이나 노력할 기회조차 주어지지 않는 지배기제가 문제가 된다. 가령 근면, 순박하지만 가난하고 무지한 아큐, 룬투와 샹린댁들은 왜 언제나 억압을 받아야 하는가. 거기서 벗어날 길은 없는 것인가. 이 글은 이러한 문제의식을 토대로, 중국현대 소설 속에 나타난 지배와 억압관계, 불평등과 부정의의 문제를 권력의 각도에서 살펴보려는 데 목적이 있다.

불평등의 토대는 수직적 차원의 구조적 부분과 수평적 차원의 인간적 요소로 요약할 수 있다(에드워드 그랩, 281–284). 구조적 부분은 부, 지위, 교육 등의 계급적 토대를 비롯하여 성, 인종, 연령, 종교 따위의 집단 귀속을 말한다. 이에 비해, 인간적 요소란 재능, 노력, 근면성 등 개인적 속성이다. 지배와 종속은 구조적 요소와 인간적 요소가 결합하여 복합적 체계를 구성하면서 발현된다. 권력은 정치, 경제와 관념적 체계를 통해 자원들로부터 사람들을 소외, 배제 또는 수탈하는 방식으로 지배와 종속관계를 불러온다.

마르크스는 생산영역에서 계급관계의 기원을 규명하려고 했다. 그러나 생산수단의 유무만으로는 사회 불평등의 일반론을 설명하기에 불충분하다. 권력은 계급의 상위개념이기 때문이다. 또 불평등은 자본주의의 소멸과 함께 종결될 수 있는 것으로 볼 수도 없다. 베버는 계급관계 외에도 전통, 관습, 억압의 공포에서 비롯되는 무수한 형태의 지배관계를 추적했다. 그는 현대사회의 정치, 경제 및 기타 영역들의 주요 지배기제를 관료조직으로 파악하고, 독점적인 국가권력과 그것이 경제체제와의 연결을 통해 수행되는 전반적인 권력구조에 주목했다. 이러한 여러 이론들을 통합하여 사회적 불평등과 지배, 종속관계에 관한 정교한 이론을 제시한 사람이 기든스다.

한편 푸코는 권력을 한 개인이나 계급의 소유물, 또는 정치, 경제적 권력으로만 파악하지 않고, 인간사회에 존재하는 다양한 미시적 권력으로 범위를 확대했다. 그에 의하면, 권력이란 마르크스가 지적한 바와 같이 다만 자본주의 생산양식과 운동법칙, 또는 봉건 군주의 절대권 속에 한정되는 것이라기보다는, 사회 속에 일상적으로 작동하는 섬세한 그물망으로서의 성격을 갖는다. 다시 말해, 권력은 주권 – 복종관계에 국한되었던 주류담론의 차원을 뛰어넘어, 지배와 억압(domination-repression) 또는 예속(subjugation)의 개념으로 확대된다. 권력관계나 세력관계 자체가 사회의 기초이고 속성이며, 권력관계는 사회성(sociality)과 동의어가 된다(베리 스콧, 1999: 116 – 144; 콜린 고든, 1995).

이 논문에서는 위의 사회학적 이론들을 참조 하면서, 중국 현대 소설에 나타난 다양한 지배와 억압 관계, 그리고 그것을 떠받치는 권력의 흔적을 살펴보고자 한다. 연구 대상 작품은 서구 자본주의 열강의 침략이 노골화한 중국 근대화 초기의 「아큐정전阿Q正传」, 「고향故乡」, 「내일明天」, 「복을 비는 제사祝福」와 문화대혁명 이후에 창작된 「리순따가 집을 짓다李順大造屋」, 「천환성이 도시에 가다陈奂生上城」, 「애정이 잊혀진 구석被爱情遗忘的角落」이다.

분석의 초점은 작품의 전체 내용보다는 주인공을 둘러싼 지배와 억압의 문제에 맞추고자 한다. 위의 작품들의 주인공은 주로 농민과 여성이다. 농민은 계급문제와 직결되어 있고, 여성문제는 양성불평등의 핵심주제가 된다. 따라서 이 연구는 계급과 성을 매개로 한 지배와 종속 관계, 그리고 권력문제를 분석하는 내용이 될 것이다.

2. 아큐의 빈곤, 무지의 상징기호

사회란 서로 다른 사람들이 모여 사는 공통의 공간으로, 구성원들에 의해 특정한 방식으로 해석, 규정되고 표현되는 인간관계며 질서다. 근대사회는 다수의 개인들이 공평과 정의를 바탕으로 상호관계를 맺을 수 있는 공간으로 풀이된다. 따라서 근대사회는 인간의 자연적 본성에 맡겨두지 않고, 공동체가 지향하는 방향과 목표를 성취하기 위해, 일련의 규칙체계를 갖는다. 그 규칙은 개인과 집단 간의 약속과 의무며, 각 개인의 지위와 권리를 규정한다.

그러나 인류역사는 다수가 극소수에 의해, 그리고 한 집단이 다른 집단에 의해 너무도 쉽게 지배되어왔다는 사실을 보여준다. 인간의 자연적 사회성은 동물과 다를 바 없이, 힘의 논리에 따라 운영된다. 그러나 문화적 인간적 사회성은 선과 악, 정의와 불의를 판별하고 끊임없이 개선해나가려는 데 특징이 있다. 농민은 계급적 지배나 집단 종속의 문제를 가장 상징적으로 함축하고 있는 사회집단이다.

날품팔이 농민 아큐의 실존은 계급 위에 드리워진 권력의 흔적을 선명히 드러낸다. 그 흔적은 약육강식의 수탈과 생존을 보장하기 어려운 가난으로 표출된다. 봉건 사회의 수탈구조와 상품시장의 개척을 위해 침입해 온 제국주의 강권이 아큐의 생존을 짓누른다(Lee:7 - 27). 나라 안팎으로 정글 사회의 법칙이 무력한 개인의 삶 위에 장애 없이 행사된다.

열강 자본의 침입, 민족 산업과 농업의 붕괴, 제국주의 비호 아래 반(半)봉건세력과 매판자본의 상업자본과 고리대자본을 통한 수탈로 말미암아 대다수 농민이 파산하여 도시 막벌이꾼(苦力), 유랑민과 도적 떼(土匪)로 전락했다. 외국자본과 봉건잔재의 발호로 민족 산업은 와해되고, 농업생산력은 파괴되었다(김대환 외:276 - 292). 아큐가 집도 성(姓)도 토지도 없는 날품팔이 농민이 된 것(魯迅 1권:488 - 490)은 제국주의 자본과 반봉건 권력의 수탈에 의한 것이다. 토지 없는 농민은 두 팔에 의지하여 생존을 이어갈 수밖에 없다.

룬투(閏土) (「고향」의 주인공)의 고통스런 삶도 자본 열강과 봉건 매판 세력의 수탈에서 비롯된 것이다. 날쌘 동작으로 오소리를 찌르고, 뿔새, 날치를 잡으며, 도시 아이들이 모르는 신기한 일들을 무궁무진하게 알고 있던 생기발랄한 소년이 삼십 여년 후에 굶주림에 떠는 석상(石像)처럼 변한 것, 여섯째 자식까지 농사를 돕지만 배고픔을 채울 수 없는(魯迅 1권:483) 것은 농민 룬투가 약육강식의 제물임을 말해주는 것이다. '가혹한 세금, 군벌, 비적(匪賊), 관리, 향신(乡绅)(魯迅 1권:483)'이 룬투의 생존을 박탈하는 권력의 주체들이다.

봉건세력은 토착자본과 연합하여 제국주의에 충성하면서, 농민을 수탈한다. 열강 자본은 민족 자본을 압살하고, 농업 생산의 붕괴와 함께 중·소 지주는 몰락하고 신흥 대지주가 등장한다(김대환:283 -285). 억압과 소외를 넘어 존엄성을 지키고 인간의 참모습과 잠재 가능성을 계발할 권리를 강탈해 가는 사람은 권력을 소유한 자들이고, 빼앗기는 사람은 지배를 받아야 하는 농민이다. 제국주의 자본은 중국 농업 재생산 과정의 최고 지배자이고, 그 아래 매판자본과 봉건 세력이 있다. 이들은 합작사, 창고, 농민은행을 개설하여 자본과 상호의존하면서 농민 수탈의 활동영역을 넓힌다.

동서양을 막론하고 산업화는 농민의 희생을 강요하는 구조 속에서 이룩된 것이다. 레닌마저도 1930년대의 저술 '빈농에게 호소함'에서 농민의 희생 위에 공업화를 이루는 것을 공산화로 간주했다[22]. 서구 시민혁명의 시민계급은 공, 상업 계급을 가리킨다. 중국의 경우에도 농업은 국민의 생존문제를 해결해주는 기본 산업이며, 오늘날까지 중국 경제의 주축을 이루는 중심산업이다. 그럼에도 불구하고, 근대기획에서 농민은 항상 희생을 강요당해왔다. 합법의 간판을 빌린 국가 정책은 농 공산품의 가격차(剪刀差)에 따른 저곡가정책으로, 도·농 간의 소득격차를 산업화에 이용했다. 1960년대 아사자(饿死者)의 대부분은 농민이었다.

---

22) 한상범, 168쪽에서 재인용.

사회주의 정권에서도 농민은 국가권력의 제물이었다. 농촌조직 내의 감금, 의식주의 배급과 출입증, 외부세계와의 단절, 사상교육과 내핍의 강요, 도·농 간의 소득격차 외에도 수당과 의료, 양로보험의 부재, 토지에 묶어두는 호구제도는 농민을 영구 하층인민으로 남게 하는 억압 수단으로 기능한다(杨继绳:129 - 134).

농민 리순따(『리순따가 집을 짓다』의 주인공)의 가난은 '하류인민'의 실상을 농축하고 있다. 동상에 걸려죽은 부모, 깨진 배 조각을 동굴 삼아 연명하는 고아 남매, 쌀 3섬과 타인의 몸값 대신 팔려간 세 번의 군 입대가 리순따의 생존 역정이다(唐达成:420 - 421).

그러나 이러한 가난은 국가와 이념의 권력에 의해 끝간 데 없이 계속 더 농락당한다. 3칸짜리 집을 짓겠다는 꿈을 위해, 죽 반 공기씩을 절약하며, 굶기와 넝마 줍기로 건축자재를 모으고, 시집가기를 미룬 누이의 노동력과 바꾼 필생의 꿈은 결코 이루어지지 못한다. 수 년 동안 밥그릇을 줄여 모은 벽돌과 기와를 집어삼킨 사회주의 용광로와 돼지축사는 국가 권력의 현전이다. 좌절을 딛고 우공이산(愚公移山)의 노력을 쏟아 붓는 우직한 농민을 대동사상과 사유재산 무용론에 순종하게 하는 것은 이념을 앞세운 국가 조직의 힘이다. 국가 권력은 수억 인민의 삶을 실험용 인질로 만들 수 있는 위력을 지녔다. 이념은 도덕적 통제를 지속적으로 수행하여 단일성을 얻어내고 협력을 증진시키면서 인민을 무릎 꿇게 할 수 있다(Foucault, 1985).

농민을 개념적으로 요약한다면, 막연한 이상향이라는 이면에 가난, 지적 결핍, 문명사회 속의 미개함, 무의식적인 경멸 등 현대사회와 어울리지 않는 모습으로 떠올려진다. 농민의 특수문화는 산업화한 '문명' 사회가 이해할 수 없는 우직함으로 표현된다. 자급자족형 소생산자의 폐쇄적 문화, 집단유대, 경쟁과 무관한 평등주의, 엄격한 순응주의는 농경생활에서 자연적으로 형성된 특성이다. 이것은 전투적, 비인격적이고 이익 중심적인 시장경제의 인간관계와 어울리지 않는다.

농업 생산은 온 나라를 먹여 살리고, 산업화의 기반을 마련해주었지만, 농민은 산업사회의 출현과 무관한 상태로 존속한다. 자본의 축적과 거대 관료제에 의해 조직된 현대 사회에서, 도시는 재빨리 농촌을 잠식해들어 간다. 도시와 시장이 주도하는 사회에서 농업과 농촌은 공업과 도시에 종속되어 갈 수밖에 없다.

농민은 무지와 빈곤의 낙오자 신세를 면치 못하면서도, 자기비하 의식에 빠져 있다는 사실조차 의식하지 못한다. 주변국이 강대국에 정치 경제적으로 종속되듯이, 농촌은 중심 도시에 종속되고, 그 이중 지배구조의 말단에 위치한 집단이 곧 농민이다.

천환성(「천환성이 도시에 가다」의 주인공)이 갖고 싶은 모자를 45년 동안 사보지 못했다는 것, 개혁 개방이 이루어져 쌀과 옷이 생기자 무작정 희희낙락하는 것(唐到成:533)은 가난을 운명으로 감수하는, 그러면서도 불평할 줄 모르는 정직한 농민의 모습이다. 농촌간부가 묵는 '호화' 초대소의 하루 저녁 방값이 농업사 농민의 7일 임금이며, 꿈에도 그리던 모자 두 개 값(538)인데도, 분개할 줄 모르는 이유는 농민의 우직함과 자기비하 의식 때문이다. 농민은 이처럼 국가권력, 중심도시와 역사로부터 영원히 지배 받는데 길들여진 주변 집단이며, 종속 집단이다. 그것은 가난, 무지, 선량함과 우직함으로 표현된다.

사회주의 정권 수립 후에도, 가난 때문에 딸을 매매혼인으로 시집보내려는 농촌 가족 황메이(荒妹) 집안도 마찬가지다.

> "돈, 돈... 엄마는 딸을 물건 취급하는 거야!..."

한사코 매매혼을 반대하고 아버지와 결혼한 황메이의 어머니는, 역설적으로 30년이 지난 오늘 가난이 무서워 다시 딸을 500위안 받고 매매혼을 시키려고 강제한다.

> "문건, 문건, 오늘은 이것, 내일은 저것, 하지만 여전히 가난뿐이야... 배를 제대로 못 채우면 모두가 빈말이란 말이다. 나도 애초에 그러지(필자 주: 매매혼에 반대하지) 말았어야 할 걸 하고 후회한단다... ."(527)

지배와 종속구조는 농민에게 가난과 무지를 안겨주고, 무지는 다시 권력을 지지하고 강화한다. 가난은 또 모든 가능성을 희석시킨다.

3. 몸, 폭력

권력은 농민의 외모를 통해 그 존재를 드러낸다. 몸은 상징가치의 담지체로서, 다양한 사회적 힘이나 불평등과 연관되어 발달하는 미완의 실체이다. 몸은 또한 총체적인 삶의 모습과 권력 수준의 저장고이다(Bourdieu, 1984).

시민사회에서 부르주아는 우월하고 가치 있는 '계급의 육체'를 과시하기 위해 부와 지식을 동원한다. 그들은 혈통과 가문을 생명처럼 여겼던 귀족의 푸른 피 대신에 건강, 위생, 우생학, 유산문제 등을 고려한 기품 있는 차별화된 육체를 만들기 위해 진력한다(푸코 1권:138 ; 크리스 쉴링:204).

그러나 노동자의 몸은 전혀 배려의 대상이 아니다. 가난, 무지, 생존과 씨름하는 농민의 몸은 밭을 가는 노동력이며 도구일 뿐이다. 아큐의 머리에는 자신이 보기에도 수치스러운 부스럼 자국이 방치되어 있다. 그것은 늘 건달패들에게 희롱당하고 얻어맞는 구실을 제공한다. 특별한 가치를 부여하게 하는 '계급의 육체'는 고사하고, 질병과 수치심을 다스릴 최소한의 몸뚱이 관리도 할 수 없는 생존 여건이다. 그의 몸이 쉴 곳이란 누추한 사당 묘 바닥이다. 몸을 감싸주는 모자와 이불마저 조영감에 대한 벌칙 이행(쌍방의 약속이 아닌 횡포성 벌칙의 의미를 가짐)과 마을지기(地保)에게 술값을 지불하기 위해 전당포에 잡혀야 했다(魯迅 1권:502, 503).

룬투는 해변에서의 밭 노동 때문에 얼굴색은 검누렇고 눈이 퉁퉁 부어 있다. 어린 시절의 발갛고 통통하던 손은 거칠고 투박하며 소나무 껍질처럼 갈라졌다. 그는 추운 겨울에도 얇은 솜옷 한 겹만 걸치고 잔뜩 움츠러들어 있다(魯迅 1권:481, 482).

이는 수천 명의 궁녀와 신하를 거느린 웅장하고 화려한 왕궁의 역사가 남겨놓은 또 다른 저편의 삶의 모습이다. 소수의 탐욕을 채우기 위해 다수를 죽게 하는 권력의 기술이며, 인민의 삶을 요리하는 정권과 자본 열강의 힘의 표현이다. 오늘날도 계급은 몸의 모습을 차별화하고, 차별화된 외모는 다시 경쟁사회에서 유리한 인적자원과 권력자원으로 기능한다.

권력 행사의 초보적 단계는 구타, 구금이나 죽임 등 대상을 복종
시키기 위해 몸 위에 행사되는 직접적인 폭력이다. 아큐는 봉건지
배계급인 짜오(赵) 영감과 성(姓)이 같다고 말했다는 이유로 뺨따귀
를 얻어맞고, 마을지기에게 벌금까지 물어야 한다(魯迅 1권:488).
또 우마(吳媽)에게 구애를 했다는 이유로 짜오 수재(秀才)가 몽둥
이를 들고 나온다(1권:501). 치앤(钱) 수재도 아큐가 자기를 욕했다
며 머리를 지팡이로 때린다(1권:497).

아큐에게 행사되는 권력은 봉건지배층과 그 하수인뿐만 아니라,
건달패들에게서도 나온다. 건달들이 아큐에게 행사할 수 있는 권력
의 요소란 주로 체력이다. 아큐가 그들에게 희롱과 야유의 대상이
되는 이유는 체력, 외모, 가족, 재산, 지위, 지식 등 권력의 자원이
될 수 있는 아무것도 소유하고 있지 못하기 때문이다.

군주의 특권은 신민의 삶과 죽음에 대한 권리다. 그는 목숨을 베
풀고 몰수할 합법적 권리를 갖는다. 징벌의 형태를 띤 간접 살인권
역시 칼로 상징된다. 군주권은 징수나 갈취의 수단을 동원하여 피
지배자들로부터 생산물, 재산, 봉사, 노동과 피를 강탈할 수 있는
권리를 지녔다. 그는 물질, 시간, 육체 그리고 최후로 생명 탈취권
까지 갖는다(푸코 1권:145). 근대 국가 역시 제도, 기구, 명문화된
법 등의 다양한 주도권을 통해 인민에게 복종을 강요한다.

아큐의 몸 위에 직접 행사되는 최고의 권력 방식은 그를 자의(恣
意)로 가두고 재판하고 군중 앞에 드러내 전시하여(示众), 치욕과
협박을 극대화하고, 마침내 목숨을 빼앗는 일이다(1권:9장 대단원
521 - 527). 권력은 무력한 개인 위에 완벽하게 행사되어 그를 복종
시킨다. 판결문을 읽지 못하고 제 이름조차 쓸 줄 모르는 문맹 아

큐는 권력 앞에서 철저하게 패배할 수밖에 없다.

구금은 사람을 복종시킬 수 있는 최상의 방식이다. 수감자는 성명 대신 번호로 호칭된다. 정체성의 부재, 체념, 불신, 고독과 인간관계의 단절은 인간이기를 포기하게 한다. 모멸, 학대와 사디즘의 병리가 싹튼다. 노예에게는 자신의 정체성과 동질성을 확인할 수 있는 성명, 가족, 친지와 선조에 대한 추억까지 모조리 말살한다(한상범:156).

아큐가 도박판에서 돈을 잃은 고통을 자신의 뺨을 세차게 때림으로써 망각(1권:494)하는 것도 사디즘의 한 표현이다. 그는 어떻게 이 얼얼한 고통의 쾌감으로부터 마음의 평화를 맛볼 수 있다는 말일까? 자학과 망각, 그것이야말로 노예와 다름없는 그의 생존을 이어가기 위한 일종의 자기 방식인 것이다[23]. 성도, 가족도, 집도, 땅도, 직업도 없는, 그래서 인간이기를 거부당한 아큐는 권력 앞에 무릎 꿇은 완벽한 패배자다.

4. 도덕규범의 권력

목숨의 몰수, 폭력 등 몸을 대상으로 한 가시적 권력은 머리와 가슴 속을 파고들어 은밀한 영향력을 행사하는 드러나지 않는 권

---

23) 루쉰은 이러한 종류의 마조히즘에 대해 비판적 견해를 피력한 바 있다. 그는 '陀思妥夫斯基的事'에서 소설 '가난한 애인들'의 예를 들면서, 자기파멸적인 도스토예프스키 식의 인종과 자기학대는 짜르 황제의 전제정치에서 비롯된 것이라 언급하고 있다(참고: 『魯迅全集』6卷, 411-412쪽; Lee y. j. 221쪽).

력으로 형태를 바꾸기도 한다. 몸을 다스리는 권력은 정신을 관리하는 정교한 기술의 협조 아래, 윤리의 정치적 배열과 신민에 대한 조직적 지배를 도모한다.

여기서 푸코가 제시한 '기율 사회'의 개념을 떠올릴 수 있다. 권력은 직접적인 폭력을 통해 신체를 복종시킬 뿐만 아니라, 도덕과 기율을 통해 행위를 통제하고 지시한다(Foucault, 1980:97; 고든: 136-138).

은밀한 권력은 폭력과 억압이 아니라, 도덕과 규율의 형태로 집단에 행사되고 그를 지배하여 전반적인 효과를 나타낸다. 그것은 현대사회에서 경제적 비용을 최소화하고, 저항 가능성을 축소하면서 명민하게 행사된다. 영향력, 강도, 효율성이 장애 없이 극대화된다. 기율의 발전은 새로운 권력 형식의 탄생을 의미한다(푸코, 1권:153). 그것은 초점을 직접적이고 즉각적 표현인 몸에서, 심리, 주체성, 인성, 윤리, 의식을 관장하는 영혼, 즉 인식 가능한 인간의 사령탑으로 이동한다.

사회 규범에 복종하는 현대인의 모습은, 루쉰이 관찰한 '나나니벌(細腰蜂)의 독침에 마비된 작은 곤충'에 비유될 수 있다. 벌레는 완전히 죽지도 않고, 그렇다고 맑은 정신으로 깨어있는 것도 아닌 상태에서 부패하지 않은 싱싱한 먹이로 나나니벌에게 제공된다[24]. 미몽상태에서 발버둥치는 가련한 벌레를 느긋이 즐기는 나나니벌은 정체불명의 권력의 모습을 닮았을 듯하다. 군대, 학교, 병원이 훈육 역할을 맡는 '기율 사회'에서 기꺼이 복종하는 인간은, 지배의 규범에 길들여진 웨이쯔왕(未莊) 주민이나 아큐의 모습 그리고

24) 「春末閑談」, 『魯迅全集』1권, 204쪽.

샹린댁에게 공포심을 주거나 놀려대는 류마(柳媽)[25]나 마을 사람들과 같은 계보에 속한다.

루쉰이 미치광이(「狂人日記」의 주인공)의 입을 통해 절규했던 예교(礼敎)의 '仁义道德' 이야말로 3천 여 년의 역사를 가진 조직적이고도 치밀한 권력의 현전이다. 권력을 장악한 사람은 군주, 어른, 남성이고, 빼앗긴 사람은 신하, 어린이, 여성이다[26]. 충효는 신하의 아들을 군주에게 먹게 하고, 자식의 살점을 부모에게 먹인다. 식인사회(吃人社会)는 형으로 하여금 여동생을 잡아먹게도 하고, 또 모든 사람들이 서로를, 그리고 혁명가를 잡아먹게도 한다.[27]

지배자에 대한 반감 대신 두려움과 존경심을 나타내고, 때로는 강요된 복종을 넘어 편승과 아부를 자진해서 선택하는 피지배계층은 수천 년 동안 봉건제 신분사회의 규범에 길들여진 모습이다. 여기서 규범은 바로 등급사회를 지탱하고 옹호해온 봉건도덕의 본질이라 할 수 있다.

'하늘에는 십 일이 있고 사람에는 열 등급이 있어, 아랫것이 윗사람을 모셔야 하는 도리가 선왕의 제도'라고 믿도록 훈련되었다. '몸으로 노동하는 자는 다스림을 받으면서 그를 먹여 살리고, 머리로 일하는 자는 남을 다스리면서 노동자의 생산물을 향유하는 '천하의 이치와 진리[28]'에 복종해야 했다. 신분 등급사회의 규범은 자

---

25) 「祝福」, 『魯迅全集』2권, 19쪽.

26) 이영자(2004), 303 - 323쪽.

27) 「狂人日記」, 『魯迅全集』1권, 422 - 433쪽.

28) "天下十日, 人有十等. 下所以事上, 上所以共神也. 故王臣公, 公臣大夫……僕臣臺." 『左傳, 昭公七年』
"君子勞心, 小人勞力, 先王之制." 『左傳, 襄公九年』. "勞心者治人, 勞力者治于人, 治于人者食人, 治人者食于人, 天下之通義." 『孟子, 滕文公』. 루쉰은 이 구절들을 잡문 「燈下漫筆」과 「春末閑談」에서 인용, 비판하고 있다. 『魯迅全集』1권, 203 - 219쪽.

의적(恣意的) 지배, 비 인격, 불평등을 운명으로 받아들여, 복종, 비굴, 체념, 예속에 길들게 한다.

천진난만하던 소년시절의 농촌 친구 룬투가 삼십 여 년 만에 재회한 '나'에게 '쉰(迅)'이 아니라, '나으리(老爷)'라며 허리를 굽히게 하는 것(魯迅 1권:482)은 조직적이고 체계적으로 행사되어온 문화 권력의 힘이다.

그 힘은 천환성(「천환성이 도시에 가다」의 주인공)으로 하여금 우(吳)서기가 데려다준 초대소(招待所)의 크고 눈부신 객실, 스프링 달린 소파와 새하얀 비단 이부자리 앞에서 압도당하고, 그 물건들 밑으로 자신의 위치를 추락시키게 한다. 몇 시간의 숙박료로 하루 벌이를 탕진한 쓰라림을 우서기의 차를 타보았다는 감격에 활활 타오르는 기력으로 바꿔 놓을 수도 있다. 당 간부의 차를 타보았다는 사실은 온 세상을 향해 자랑할 만한 감동적인 일이기에 마을 사람들과 생산대대 간부들의 태도가 달라졌고, 천환성의 신분도 갑자기 높아졌다. 문화 권력은 인민공사 사원 농민의 7일치 임금보다 비싼 하룻밤의 객실요금도 억울하지 않게 느끼도록 한다(唐达成:539). 평생 주인 모시는 일이 골수에 밴 노예들은 주인을 향해 주먹을 불끈 쥐기보다는 반대로 앞 다투어 주인을 잘 모시려고 진력한다.

5. 성에 미치는 권력

서구에서는 18세기부터 기율이 군대, 학교와 작업장에서 지배의 일반 정식으로 되어 신체를 복종시켜왔다. 노동력이 조직적으로 착취되는 시대에 노동력의 재생산을 허용하는 최소한의 한정된 쾌락과 노동력의 분산 방지가 관심의 대상이었다(Foucault, 1985:14).

중국의 경우, 기원 전 12세기(주 왕조)에 이미 종법제도를 정착시켜 등급사회 규범의 핵심을 완성했다(이영자, 2004:305 - 308). 규범이란 개인의 몸과 정신 속으로 침투해 들어가는 드러나지 않는 강력한 권력이다. 산업사회에서 기율이 개인의 삶과 시간을 노동력으로 전화하듯이, 봉건규범은 신민, 어린이와 여자의 삶을 부속물과 부역의 도구로 전락시켜, 등급사회 기제 속으로 통합한다.

권력은 사상과 결탁한다. 제자백가는 정교한 이론화 작업을 통해 지배자의 버팀목이 되어왔다. 개체의 차이성과 다양성을 인정하는 '주역'의 만물 생성 론은 대등한 만남을 전제로 한다. 그러면서도 주도적 역할이 양 陽(남자, 능동)에 있고, 음 陰(여자, 수동)은 그에 순응하는 것을 조화로 여긴다. 땅, 처, 신하의 도리가 같은 것이다[29].

이 이론은 관계와 역할에 차등의 가치를 부여하여, 지배를 정당화한다. 유교의 관계 지향적 조화주의는 위계질서를 유지하면서 내재적 조화를 강조하는 모순을 드러낸다. 유가 전통은 창조자인 신의 역할을 조상이 대신하게 되고, 조상의 권위는 가부장이 장악 한다[30]. 신분의 위계구조를 전제로 한 위에, 신민과 여성의 의무를 교육하는 것이다. 공자 시대의 관계윤리는 군신, 부자, 형제, 친구(朋友)로서 남성끼리의 관계를 의미 한다[31].

---

29) '陰雖有美, 含之以從王事, 不敢成也. 地道也. 妻道也, 臣道也.' 『周易』,「坤卦. 文言」.

30) 祖(조상)는 示(祭儀의 뜻)와 且(남성 생식기의 기호화)의 합성어로 남성 생식기에 대한 존경을 뜻을 내포한다. (이숙인, 1999)에서 재인용.

31) 서주 초기 사회를 반영하는 '서경'에서는 父義, 母慈, 兄友, 弟恭, 子孝가 사회윤리의 핵심

도가는 낳고 기르는 생성과정에서 핵심역할을 하는 여성적 원리를 중심에 놓는다. 그러나 남성적 원리(阳剛)와 여성적 원리(陰柔)를 이분하고 우열화 하여, 여성의 생물학적 특성을 인위적으로 확대 규정, 고착시키는 오류를 범했다(이숙인:63).

제자백가들의 담론, 분석, 이론(百家爭鳴)과 명령들이 신민을 포위한다. 철학, 윤리, 문학이 현란하게 꽃피워(百花齐放), 권위에 시비를 걸 수 없게 높은 장벽을 쌓아 올린다. 이론이 범람하고, 문헌이 증가하고, 정교한 이론화 작업을 통해 주도면밀한 교육과 훈계가 이루어진다. 교육자는 군주, 어른, 남자이고, 교육받고 길들여져야 할 사람은 신민, 어린이와 여자다. 길들이기 교육은 지배자의 권력을 떠받치고 강화한다(이영자, 2003:133 - 200). "예가 아니면 보지 말고, 예가 아니면 듣지 말고, 예가 아니면 말하지 말고, 예가 아니면 움직이지 말라[32]"는 가르침은 등급 사회의 원리에 순응시키려는 목적을 숨기면서 드러낸다.

봉건 규범에서 성(性)은 중요한 관리의 대상이다. 인간보다는 성, 여성보다는 남성, 신민보다는 군주가 목적이다. 권력은 가장 미묘하고 개인적인 행동에까지 미끄러지듯 스며든다. 성과 지배음모가 결탁하여, 성을 심판할 뿐만 아니라 관리한다. 지배층의 순수 혈통 지키기, 주인 모시기, 부역에의 전념, 본능 억제, 영구적 지배에 대한 음모가 똬리를 튼다. 성은 죄악시되고, 금지되고, 윤리에 종속된

이었다. 그러나 서주 중기인 공자 시대에는 군신, 부자, 형제, 붕우 간의 관계윤리가 중시되고, 母慈의 덕목이 배제되었다. 또 맹자 시대에는 부부의 관계가 추가된다. 이는 사회조건의 변화에 따라 관계윤리의 중심이 이동하는 것을 말한다. 초기 유가의 관계윤리는 아랫사람의 일방적인 의무개념으로 변질된다. 이는 가부장적 권력의 확립과 관계가 있는 것으로 풀이된다. 참조. (이숙인, 47 - 49).

32) 장기근:295쪽, 『论语, 顔淵篇』

다. 근대 이후 서구에서 성(性)이 어둠 속으로 밀려났듯이, 중국 봉건사회에서 성은 죄악과 수치의 대명사다.

동서고금을 통틀어 성은 정치, 경제적 이해관계가 첨예하게 대립하고 관통하는 지점이다. 왕족의 순수 혈통 지키기, 고상함과 쾌락의 정당성 등 특정한 가치를 부여한 부르주아 계급의 성(푸코, 1권:136 - 140; Bourdieu, 1984), 노동력의 극대화를 위해 억누르고 금지해야 할 성, 그리고 정치, 경제적 필요에 따른 봉건 혼인제도, 일부일처 다첩, 일부일처 위에 비대칭적인 성적 자유 등이 성에 간섭하는 권력의 흔적을 말해준다. 혼인관계와 성은 억압의 발원지로, 끊임없이 감시되고 간섭받는다.

고대 아테네에서도 남자는 후손과 가정의 충실한 관리를 위해 아내를 얻었다. 사랑스럽고 순종적인 아내를 소유하는 것, 합법적이고 만족스런 후손을 낳아주는 것만이 중요한 일이다. 남편의 독점권 아래 있으면서 어떠한 권한도 주어지지 않은 아내에게는 남편에 대한 복종과 존경이 의무에 해당한다. 불균형의 양식화 속에 정치 게임의 규칙이 스며있다. 상류사회에서 결혼은 정치 경제적 거래이며, 하류계급에서는 유용한 노동력의 획득이다. 혼인은 아버지에게서 남편에게로 소유권이 이전되는 것이다(푸코:2권, 159 - 170; 3권 91 - 98).

봉건 중국에서도 성은 금기와 처벌의 대상이다. 일부일처 다첩, 매매혼, 중매혼 이외에 남녀 간의 교류와 접촉은 엄격히 금지된다.

아큐에게서 최후의 생존 수단을 빼앗고, 혁명, 도적질, 처형으로 이어지도록, 운명을 뒤집어 놓은 직접 동인도 봉건 성도덕의 권력이다[33]. 금지된 본능의 발동, 구애 한마디에 벌어진 소동, 마을 주민으로부터의 단죄와 생계의 박탈은 우마와 마을 전체가 봉건 성도덕의 노예가 되어 있음을 말해준다. 여성에 대한 소유와 부계혈통의 순수성을 지키기 위한 엄격한 남녀의 구별, 격리와 통제는 가부장 권력의 행사 절차이다. 그것은 신체 위에 행사되는 물리적 폭력보다 훨씬 강력한 힘(권력, pouvoir)으로 작용한다.

「애정이 잊혀진 구석」의 춘니(存妮) 역시 성 금기에 바쳐진 제물이다. 강력한 성의 통제, 매매혼, 본성의 말살, 남녀 격리의 이유가 어디에 있는지 따져볼 기회조차 없이, 주인공은 죽음의 징벌을 받는다. 규칙 위반자는 목숨까지 몰수되고, 인간의 본성에 시비가 걸린다. 이성간의 진실을 교묘히 피하기 위해 윤리, 도덕, 관습, 문화 권력들이 마을을 장악한다.

'물질적 궁핍, 정신적 황폐 속에 갇혀 있던 청춘남녀의 끓는 피 앞에서 전통예교, 존엄한 이성, 위법의 위험성과 수치심은 모두 힘 없는 재로 연소된다(唐达成:520, 521).' 인간의 본성, 이성 간의 진실과 '끓는 피'가 보이지 않는 권력에 의해 수십 세기를 숨죽여왔음을 증명해 보인다.

황메이(荒妹)에게 있어 언니 춘니의 야간 숲 속의 정사는 추악하고 불결하고 상스러운 죄악이다. 온 가족에게 수치, 굴욕과 불행을 가져다 준 엄청난 재난이다. 그것은 여자의 자존심과 영혼을 궤멸시켰기에 눈물을 쏟고 통곡하며, 모든 남자를 증오한다. 샤오빠오즈(小豹子)가 강간치사죄로 처벌받는 것에 분개할 아무런 이유가 없다(520 – 524). 그녀의 애인 롱수(荣树)가 지적한 대로, 마을 사람

---

33) 아큐를 처형장으로 보낸 주체는 철저하지 못한 신해혁명과 사회구조적인 봉건 잔재의 총체이다. 그러나 아큐에게서 밥벌이를 앗아간 직접 원인은 우마에 대한 구애사건 이후, 그를 파렴치범으로 단죄하여 마을사람들이 일거리를 주지 않은 데서 비롯되었다.

들이 가난, 낙후, 무지, 어리석음과 봉건성에서 빠져나오기까지는 아직도 더 긴 세월을 기다려야 한다(唐达成:525).

지배의 음모는 주도면밀한 규범으로 포장되어, 협박하고, 전략을 세우고, 시행에 옮겨진다. "굶어죽는 일은 중요하지 않으나, 정절을 잃는 것은 심각한 일이다."(程颐) 사상가는 복종을 권유하고, 윤리는 역사와 사상을 가로지르면서 견고한 조직을 형성한다. 성의 예속은 윤리, 교육, 정책의 도움을 받아 조직적으로 수행된다. 목숨을 자진 헌납한 열녀, 넓적다리를 잘라 진상한 효자와 신하(鲁迅 1권:429, 430)들은 권력에게 오만과 만용을 선사한다.

과부, 납치, 두 번째의 과부, 영혼에 대한 공포와 죽음으로 마감한 샹린댁(「복을 비는 제사」의 여주인공)의 운명은 가부장권의 두터운 그물망에 갇힌 제물이다. 피소유물이며 노동력인 여자는 남성들끼리의 시장에서 유통, 교환되는 동산(动产)이다(李玲子, 2003). 성(姓), 정체성, 인격이 없는 샹린댁, 그녀는 '애 낳는 도구'며 노동력일 뿐이다.

샹린댁을 죽인 것은 가난보다는 가부장제의 문화 권력이다. 두 지아비를 모셨다는 죄의식과 죽은 두 남편에게 영혼이 찢기리라는 공포심은 가부장제 문화 권력의 효과이다. 그 권력은 과부를 죄인으로 낙인찍고, 며느리의 임금을 시어머니가 대신 차지하고 몸뚱이를 강탈해 산골로 팔아먹게 한다(鲁迅 2권:5 – 14쪽).

6. 가부장적 권력과 여성의 몸

권력이 여성의 몸에 행사되는 양태는 직접 폭력보다는 성을 매개로 하는 경우가 더 많음을 보게 된다.

인간은 세계를 향해 열려 있는 주체이며, 몸은 자아와 세계와의 관계를 매개한다. 몸은 해부학과 생리학의 대상인 신체에 그치지 않고, 기호화된 성으로서의 육체로 기능한다. 사람들은 사회, 문화가 요구하는 성을 몸으로 실현하는 법에 길들여진다. 성의 이분법적 질서 안에서 기호화된 성적 육체는 개별 인간에게 운명이나 자연법칙처럼 받아들여진다(박희경, 2002).

여성의 몸은 성과 등치되거나 성에 종속된다. 인간의 성은 단순히 동물적 본능이나 생리적 충동의 표출이 아니라, 사회제도와 규범 등 문화적 양식에 의해 특정지어진다. 성은 사회와 문화가 개인의 욕구와 심리에 깊게 내재화된 산물이다(한국여성연구회, 1997).

가부장제에서 결혼은 남성에게 여성의 성에 대한 소유권을 부여한다. 여성의 성은 남성 가문에 의해 소유된 상태에서만 인정된다. 로마 가부장제에서도 남편은 여성의 성을 보호할 책임과 권리가 있었다. "남성의 성 소유권은 성을 매개로 가부장적 권력을 유지, 강화 시킨다. 남자는 여자와 성관계를 갖는 것을, 흔히 '내 여자를 만드는 것'이라고 표현하는 것에서도 성 소유권이 암시 된다(이영자, 2000:73 - 80)."

가부장제에서 성역할은 남성이 능동적 주도적 주체적이고, 여성은 보조적 피동적 순종적일 때 조화로운 것으로 간주된다. 이런 이분법적 성문화는 남성과 여성을 주체와 객체로 규정, 고착시킨다. 여성은 남성의 성적 대상으로 취급되며, 쌍방적 관계와 교류는 부재한다. 여자는 남자에게 정복의 대상이다. 가부장적 문화에서 남자의 성본능은 충동적이고 강하고, 여자는 성적 욕망이 없는 것으로 간주된다.

「내일」의 아우(阿五)가 아기를 안아준다는 핑계로 딴쓰싸오즈(單四嫂子)의 젖가슴에 탐을 내는 것(魯迅 1권:452)도 이런 맥락에서 풀이될 수 있다. 그는 아기의 관을 살 돈이 없어 안타까워하는 여자 앞에서 선심을 과시하고 싶었지만, 왕쥬마가 허락하지 않자, 장례식 날 나타나지도 않았다(453, 454). 가난과 어린 아들의 죽음의 고통에 시달리는 딴쓰싸오즈는 또 다른 남성의 성문화 권력에 희롱당해야 한다.

아큐가 여승의 뺨을 비틂으로써, 모든 사람들에게서 받은 굴욕을 속 시원히 분풀이 할 수 있는 것(魯迅 1권:497 – 498쪽)도 남성의 성권력 덕이다. 능동적 주체적, 다수인이며 세속인인 남성 아큐의 권력이 피동적, 소수인, 수도자인 여승 위에 장애 없이 행사된다. 봉건지주 짜오 영감, 짜오 수재, 치앤 수재, 건달패들 모두의 가장 밑바닥에 위치한 아큐가 희롱할 수 있는 유일한 대상은 여승인 것이다.

맺는 말: 계급 지배와 성의 지배 – 농민과 여성

이 글에서는 몇 편의 중국현대 소설 속에 나타난 불평등한 인간관계, 즉 계급과 성을 매개로 한 지배와 복종관계를 권력의 각도에서 살펴보았다. 두 사람 이상이 모이면 권력이 작동하고, 권력을 가진 사람은 상대방에게 영향력을 행사하고 그를 지배한다. 동물적 사회성은 약육강식의 원리의 지배를 받으나, 문화적 인간적 사회성은 선과 악, 정의와 불의를 판별해내고, 이를 개선하려는 데 특징이 있다.

농민은 산업화의 밑거름이 되었지만, 현대사회는 농민을 뒤로 한 채 영구적인 주변 집단으로 남겨두려 한다. 자본 제국주의와 주변 종속국, 소수 지배자와 절대다수의 백성, 중심도시와 농촌의 삼중 종속구조 속에서 가장 밑바닥에 위치한 집단이 농민이다.

아큐, 룬투, 리순따, 천환성은 생존의 나락에서 허덕이면서, 가난, 복종과 종속을 운명으로 받아드린다. 아큐와 룬투의 모습은 누추하기 그지없고, 아큐의 몸 위에는 권력의 직접 표현인 폭력, 구금과 목숨의 몰수까지 행사된다.

그러나 더 강력한 비가시적 권력행사는 머릿속을 파고드는 도덕과 이념적 권력이다. 신분제 봉건사회의 규범과 국가조직을 동원한 이념은 집단을 통제하고 무릎 꿇게 하는 위력을 지녔다. 룬투는 지식인을 향해 '나리'라며 허리 굽히고, 천환성은 당 간부의 차를 타 보았다는 사실에 감격하고 기력을 얻는다.

웨이쯔왕 주민들이 아큐에게 밥줄을 끊어 처형으로 생을 마감하게 하고, 두 남편에게 영혼이 찢기리라는 공포심에 질려 샹린댁을 죽게 하고, 샤오빠오즈를 사랑한 춘니에게서 목숨을 몰수한 것도 모두 성을 매개로 한 문화 권력의 성과이다.

계급적 지배와 성의 지배는 교차하고 착종한다. 아큐는 모든 사람들에게 무릎 꿇고 얻어맞지만, 수동적, 소수인인 여승에게 그 모든 분풀이를 통쾌하게 할 수 있다. 이것은 여성을 지배하는 가부장적 문화 권력이 주어졌기 때문이다.

> "왕은 공을 신하로 삼고, 공은 대부를 신하로 삼는다..." 그리고 대부 밑에 또 사(士), 조(皂), 여(輿), 예(隸), 요(僚), 복(仆)과 대(台)가 층층이 존재한다. 그렇다면, "대는 신하가 없으니 너무 고달프지 않은가? 걱정할 것 없다. 그에게는 자기보다 더 비천한 마누라가 있고, 더 약한 자식이 있기 때문이다."[34]

이와 같은 루쉰의 설파는 참으로 정곡을 찌른 명언이 아닐 수 없다. 계급과 성의 지배, 그것은 시간과 공간을 관통해온 역사의 현장이며, 문학적 진실이다.

참고문헌

魯迅, 『魯迅全集』 1, 2卷, 北京: 中國人民文學出版社, 1981.
唐達成, 『中國新文藝大系』 短篇小說卷 上, 北京: 中國文藝出版公司, 1986.
宋本, 『十三經注疏』 1 周易 尙書, 台湾: 藝文書館印行, 1963.
楊継繩, 『中國社會各階層分析』, 中國: 新疆人民出版社, 2000.
汝信, 『中國社會形勢分析與豫測』, 北京: 社會科學文獻出版社, 2004.

---

34) 「灯下漫笔」, 『魯迅全集』 1卷, 215頁.

김대환, 백영서 편, 『중국사회 성격 논쟁』, 서울: 창작과 비평사, 1988.

남경희, 『이성과 정치존재론』, 서울: 문학과 지성사, 1997.

바루치 A., 이진우 옮김, 『정치철학』, 서울: 서광사, 1991.

박희경, 「어떻게 우리는 여자, 혹은 남자인가? - 독일 내 젠더 논의에 있어서 몸과 육체」, 『한국여성학』, 제18권 2호, 서울: 한국여성학회, 2002), 107 - 133쪽.

배리 쏘온 외 엮음, 권오주 외 옮김, 『페미니즘의 시각에서 본 가족』, 서울: 한울 아카데미, 1992.

베리 스카트 지음, 이유동 외 옮김, 『마르크스주의와 미셀 푸코와의 대화』, 서울: 문학동네, 1999.

송복 편저, 『사회불평등 기능론』, 서울: 전예원, 1987.

*스타벤 하겐 외, 김대웅 외 편역, 『농업사회의 구조와 변동』, 서울: 백산서당, 1983.

*에드워드 그랩, 양춘 역, 『사회불평등: 이론과 전망』, 서울: 나남, 1994.

이숙인, 「유교의 관계윤리에 대한 여성주의적 해석」, 『한국여성학』, 15권 1호, 서울: 한국여성학회, 1999), 39 - 67쪽.

이영자, 『소비자본주의 사회의 여성과 남성』, 서울: 나남출판, 2000.

이영자(李玲子), 『중국여성 잔혹 풍속사』, 서울: 에디터, 2003.

_____ 외, 『문학이 만든 여성, 여성이 만든 문학』, 서울: 한국문화사, 2004.

장기근, 『論語』, 四書五經 1, 서울: 평범사, 1980.

장필화, 『결혼제도와 성』, 『한국여성학』, 13권 2호, 서울: 한국여성학회, 1997, 41 - 76쪽.

전형준 옮김, 루쉰 「아Q정전」, 서울: 창작과비평사, 1996.

한상범, 『인권과 권력』, 서울: 홍성사, 1983.

콜린 고든, 홍성민 옮김, 『FOUCAULT, 권력과 지식 - 미셀 푸코와의 대담』, 서울: 나남출판, 1995.

미셀 푸코, 이규현 역, 『성의 역사』 1권 앎의 의지, 서울: 나남, 1990; 2권 쾌락의 활용(나남); 3권 자기에의 배려(나남).

크리스 쉴링, 임인숙 역, 『몸의 사회학』, 서울: 나남출판, 2003.

한국여성학 연구회, 『여성학 강의』, 서울: 동녘, 1997.

Bourdieu, P. Distinction, 『A Social Critique of the Jugement of Taste』, London: Routledge, 1984.

Foucault, M, 『Power/ Knowledge: Selected Interview and Other Writings 1972 - 1977』, London, ed. C. Gordon, Brighton: Harvester Press(1980.

_____, 『Surveiller et punir, Naissance de la prison』, Paris: Editions Gallimard, 1985.

Lee y. j., 『Petit peuple dans les nouvelles de Luxun』, These de doctorat du 3e cycle, Paris: Universite de Pares 7, 1983.

關鍵語: 權力, 階層, 性, 紀律社會, 몸.

Key Words: power, class, gender, society of discipline, body

(2004년 12월 『중국현대문학』31호에 발표한
「중국현대소설 속의 권력 계급 성」의 수정본임.)

IV. 중국현대소설의 성과 계급

- 분리와 배제를 통한 지배 -

1. 문제 제기

우아한 비단 옷에 싸여 단잠을 즐기는 주인과 불타는 태양 아래 구슬땀을 흘리며 일하는 노예. 노예 매매가 불법화되기 전까지 노예제 찬성론자들은 흑인의 염색체는 목화재배에 적합하다고 목소리를 한껏 높였다. 열 근의 짐을 지고 헐떡이며 걷는 사람과 다섯 근의 짐만 지고 느긋이 걸어가는 건장한 사람. 이 이상한 풍경들이 문학작품 속에 도사리고 있다고 나는 늘 생각해왔다.

우리나라 여성의 총 노동량은 남성의 약 두 배가 된다고 한다.[35] 여성의 절반가량이 사회노동과 가사노동을 겸하기 때문이다. 대부분의 사람들은 아직도 성별분업은 사회적인 것이 아니라, 자연이라고 믿는다.

유엔의 한 조사에 따르면, 세계적으로 여성은 세계인구의 대략 절반이며, 전체 노동량의 삼분의 이 이상을 담당하지만, 전체 임금의 10%를 받고, 재화의 1%만을 소유하고 있다.[36] 이런 양상이 사회주의 체제에서는 훨씬 다르지 않을까 라는 것이 종전 나의 소박한 기대였다. 그러나 여성 종속은 이념, 체제와 시공을 넘어 범세계적으로 유지되고 있음을 보게 된다. 그 이유가 무엇일까? 문학에

35) 1981년 한국 보건복지부의 통계에 따르면, 남성의 연간 총 노동량은 약 220억 시간, 여성은 412억 시간이라고 한다(『성불평등의 사회학』, 221). 최근에는 여성 취업률이 당시보다 약간 높아 50%를 넘어섰으며(2007년 1월 23일자 조선일보), 젊은 층의 가사 분담률이 달라졌으니, 이 수치에 다소 변화가 있을 수 있다.

36) 유엔이 '여성을 위한 10년'의 기획으로 1975 – 1980년 간 실시한 조사에 따른 것임. 또 최근 유엔식량농업기구(FAO)의 조사를 보면, 여성이 아프리카에서 80%, 아시아에서 60%(방글라데시에서는 최고 90%까지), 라틴아메리카에서 40%의 밭일을 담당하는 것으로 조사됐다. 농작물 생산에서는 벼 재배 면적의 4/3을 여성이 책임지며, 이란의 벼 재배지역에서는 여성 노동력이 70 – 77%를 담당한다고 한다. 『젠더연구』, 336,7쪽.

서는 어떤 모습으로 그려지는가? 이런 것들이 이 논문을 쓰게 된 문제의식이라 할 수 있다.

프랑스 혁명은 여성을 '시민'에서 배제하면서 진행되었다. 혁명은 남자들만의 문제라고 생각했다. 지배는 분리와 배제의 전략에 의해 수행된다. 신중국은 토지개혁을 통해 봉건 지주로부터 소작인을 해방시키는 것으로 사회주의 혁명을 시작했다. 그러나 산업화와 도시화를 축으로 한 현대화 기획은 도/농 분리정책을 채택, 줄곧 농민의 희생을 전제로 수행되었다. 오늘의 경기 활황 역시 농민의 희생 위에 가능한 것으로 평가된다.[37]

이 글에서는 여성과 농민을 소외 집단이라는 공통분모로 엮어, 중국현대소설 작품 속의 성과 계급 관계를 살펴보고자 한다. 여성 지배와 농민소외는 작품 속에 어떻게 형상화 되었는가? 남녀의 지적 우열, 젠더 역할과 성 정체성, 그리고 농민 빈곤 속에 성과 계급 지배가 어떻게 투영되어 있는가를 분석하고자 한다.

2. 가부장제의 창조 - 성과 노동의 지배

가부장제란 여성에 대한 남성 지배를 가능케 하는 일련의 제도로, 권위와 자원의 배분이 남녀에게 비대칭적으로 이루어지는 체계

---

37) '차이나 투데이'에 따르면, 1953-83년 사이 중국 농민들은 산업화 프로그램에 720억 달러에 상당하는 기여를 했다. 도시의 경기 활황은 농민에게 부과된 세금에서 간접 재원을 얻으나, 농촌에는 복지혜택이 주어지지 않는다. 이런 복합적 이유로 2004년 중국에서는 7만 4천 여 건의 시위에 약 370만 명이 참가했고, 폭력과 사상자가 속출했다. 『부의 미래』, 463-471 참조.

라 하겠다. 가부장제는 그런 사회관계를 유지하기 위해 여성의 성
과 노동을 통제하고, 이로써 여성종속을 유지한다. 가부장제가 정
확히 왜, 언제부터 이루어졌는지에 관해서는 인류 사회학적으로 권
위 있는 연구 성과가 없는 실정이다.[38] 그러나 그것은 역사적 산물
이며 역사의 한 과정에 의해 끝날 수 있다는 데는 큰 이론이 없는
것 같다. 가부장제는 친족조직의 발생, 소유와 권력의 제도화, 여성
의 재생산 능력에 대한 남성의 통제, 국가 관료제의 성립, 그리고
우주발생론에서 남신 형상의 우위와 궤적을 함께 한 것으로 보인
다. 그 일단을 기독교 창세기에서 해명해 볼 수 있다.

  신석기시대 유물들이 보여주는 어머니 – 여신의 생식력에 대한
숭배는 기독교의 일신사상이 창조되면서 생식력과 창조력으로 분
리되었다. 창세기에서 유일신 사상의 발달과 함께 상징체계의 창조
를 통해 가부장제가 강화되고 여성의 주변화가 일어난다. 여성의
자궁이라는 수동적 용기에 남성의 씨에 대한 하느님의 축복은 종
래 여성에게 속했던 생식의 권력과 축복을 남성이 대신 획득했음
을 의미한다. 창세기에서 창조력은 하나의 '개념'이며, 이름 짓기와
생명의 숨결로 상징화된다. 남자는 만물의 이름을 짓는 권력을 통
해 의미와 질서를 부여한다. 이름 짓기는 통치권의 상징이다. 여성
의 다산성이라는 관찰 가능한 사실에서 이탈하여, '이름'과 '개념'
이란 추상성을 통해 상징적 창조력을 만들어 낸 것이다.[39] 하느님

---

38) 서양의 경우, '가부장제의 성립은 대략 기원 전 3100년부터 기원전 600년까지 약 2500여
    년에 걸쳐 이루어졌으며, 고대 근동지방의 몇몇 특징적 사회에서는 다른 시기에 다른 속도로
    일어났다.'고 거더 러너는 주장한다. 『가부장제의 창조』, 22쪽. 중국은 주 왕조 때 종법제도
    의 정착과 더불어 제도화한 것으로 말해진다.
39) '남성의 성적 분비물을 씨앗으로 개념화하는 것은 모든 유전적 자질을 여성의 것보다는 남성
    의 것으로 간주한다.'는 의미로 풀이할 수 있다. 상징체계의 창조에서 다산성의 보편적이고도

은 남성적인 아버지 하느님으로 상징되고, 이 상징에 부여된 의미는 권위와 힘을 갖는다. 갈비뼈 창조설과 유혹자 이브에 관한 은유는 여성의 종속을 신이 승인했음을 의미하는 것이고, 이로써 성별질서가 규정된다. 남녀는 사물에 대한 신적인 질서 안에서, 그리고 인간사회에서 위계적으로 위치 지어진다.[40] '남자는 땀 흘려 노동하고, 여자는 출산의 고통을 겪을 것이다.'로 성별분업이 정해진다.

중국에서는 위와 같은 상징체계의 정교한 작업 없이도 여성 종속과 성별분업이 확고히 정착되었다. 기원 전 12세기 전후에 정비된 종법제도는 적장자에게 정권과 재산을 상속하기 위한 가부장제도다.[41] 가부장적 가족은 동서양의 고대국가가 필요로 한 형식이다. 성적 지배는 계급지배와 인종지배의 기초를 이루며, 가부장적 가족은 가부장적 군주제의 세포인 셈이다.

고대 사유재산의 첫 번째 전유는 재생산자인 여성의 성과 노동력에 대한 전유로 이루어졌다. 봉건 혼인이란 여성이 남성 권력에 종속됨을 의미한다. 「祝福」의 샹린댁(祥林嫂)은 봉건적 여성 지배의 깊은 흔적을 보여준다. 남편이 죽은 뒤 시집에서 도망쳐 나와 쓰수(四叔) 집에서 하인 살이를 하는 것, 주인에게 맡겨둔 임금 천칠백 오십 문을 시어머니가 몽땅 대신 찾아가는 것(『魯迅全集』 2卷:12쪽), 어린 시동생의 장가비용에 쓰기 위해 과부 며느리를 납

유일한 원리로서의 어머니-여신이 죽고, 하느님-아버지, 남성신들 또는 인간 왕들의 도움을 받는 가부장제 아래서 은유적 어머니로 대체되어, 그것이 제도화되었다. 『가부장제와 자본주의』, 315-317, 340-343, 351-352.

40) "창세기는 기원 전 10-15세기까지 약 400년에 걸쳐 씌어졌으며", '성서는 고대 가부장 사회의 전통을 편집자들이 재해석한 것'이기에(『가부장제의 창조』, 286), 기독교의 본질을 성 평등적 시각에서 이해하려는 노력은 올바른 성서 해석 운동을 통해 우리나라에서도 얼마 전부터 시도되고 있다.

41) 종법제도에 관해서는 이 책 1장 참조.

치해서 다시 산골로 팔아먹는 것(12,14), 둘째 남편이 죽자, 그녀가 살고 있는 집을 시숙이 빼앗아 가는 것(15)들은 며느리의 성과 노동력에 대한 시집의 소유권 행사인 셈이다. 이렇듯 성과 노동력을 온전히 빼앗긴 위에, 죽은 두 남편에 의해 몸이 찢길 것이라는 공포(7, 19, 20)와 사투하는 샹린댁은, 또 정절 이데올로기의 노예가 되었음을 말해준다. 지배와 종속의 내면화는 가부장제를 영속시키는 정절 이데올로기로 안전장치가 완성된다. 여성을 남성이 주관하는 재생산 체계에 배타적으로 평생 묶어두기 위해 만들어진 것으로 보이는 일부일처제에서 남성은 실제 성적 자유를 훨씬 많이 누린다. 동서양에서 봉건시대에는 여성 소유가 성문화되었고, 계급에 따라 소유물 숫자가 규정되었다.[42] 고대 중국이나 히브리에서는 일부다처가 영예를 의미한다.

「家」의 쥐에신(覺新)의 처 뤠이쥐에(瑞珏)와 하녀 밍펑(鳴鳳)도 가부장적 권력에게 성을 전유당한 전형이다. 부계를 위해 애 낳는 도구로서의 뤠이쥐에는 까오(高)영감의 상(喪) 중에 피를 보일 수 없다는 시댁어른들의 강요로 먼 곳에 쫓겨 가 애를 낳다가 사망한다.(「家」, 37장, 346쪽) 그녀는 종속성이 온전히 체화되어 남편의 사촌이며 옛 애인인 메이(梅)의 실연을 동정하고 마음의 친구까지 되려는 '착한 여자'의 모델이 된다. 쥐에후이(覺慧)와의 이룰 수 없는 사랑과 늙은 펑(馮)영감에게 첩으로 보내지는 것에 항거하여 연못에 몸을 던지는 밍펑(26장, 231)은 계급적 성적 지배의 흔적을 짙게 풍긴다. 또 첩으로 보내는 일을 주선하는(26장, 217) 쥐에후이의 계모 쩌우(周)씨는 봉건 가부장제의 피해자면서 동시에 이를 존

---

42) 이영자, 『중국여성 잔혹풍속사』(에디터, 2003), 204-206.

속시키는 데 적극 협조하는 가해자가 된다.

성은 관습뿐 아니라, 법의 감시 아래 놓이기도 한다. 서양에서 사제가 결혼식에 개입했듯이, 중국에서는 윤리법과 국가권력이 남녀의 성과 침실까지 간섭한다. 「被愛情忘記的角落」의 춘니(春妮)는 샤오빠오즈(小豹子)와의 밤 숲 속의 정사가 발각되어 끝내 마을 연못에 목숨을 던지며, 남자는 매질을 당하고 강간 치사범으로 공안원에 끌려간다(『中國新文藝大系』, 522). 「愛, 是不能忘記的」의 산산(珊珊)의 어머니 쭝위(鐘雨)도, 지하운동 하던 자기를 숨겨주다 희생된 노동자의 딸과 의리의 부부관계를 맺은 당 간부(『中國新文藝大系』, 457)를 먼발치에서 애달피 지켜보는 것만으로 사랑을 불태운다. 숨기고 억제해야 할 성, 드러내고 즐겨야 할 성은 정치 경제적 필요와 권력의 몸짓에 따라 수시로 색깔을 바꿔야 했듯이,[43] 성은 강력한 가부장적 권력의 통제 아래 있다.

3. 교육에서 배제 - 지적 우열을 통한 지배

역사적으로 여성은 가르치고 배우고 규정할 수 있는 권리를 가져보지 못했다. 여성은 '역사 밖' 존재로 진리에 접근하는 것이 허용되지 않았으며, 모든 권력과 이익을 독점한 남성들이 법률을 만들고 행정을 시행해왔다. 수천 년 간 문화 창조에서 여성이 배제되도록 사회가 구조화되어, 그들은 침묵 당하거나 눈에 띄지 않게 잊

---

43) 푸코는 이러한 논지를 그의 저술에서 집요하게 추적하고 있다. 『성의 역사』 1권. 135 - 141.

어지고 주변화 되었다. 중국 하, 상, 주 이래 5천 여 년의 왕조사와, '수메르의 문자로 시작되는 약 4천 년의 서구 역사를 볼 때, 제왕의 계보, 신과의 계약, 지배와 권위의 부여 등 모든 기록은 남성들의 활동과 업적으로 이루어진 남성의 역사임을 확인할 수 있다. 동서양을 막론하고 여성은 천 년 이상 교육적 불이익을 받았다.'[44]

지적 발달은 소통과 비판이 오가는 사회관계 속에서 이루어진다. 교육에서의 배제는 여성의 열등성과 남녀 지적 차이의 근원이 된다.[45]

여성은 모성으로 정의되고, 경제 및 교육에서의 여성 배제가 종의 보존에 봉사한다고 역설되었다. 생식의 기원에 관한 설명을 신학에서 과학철학으로 끌어올린 철학자가 아리스토텔레스다. 그는 남성의 기여는 더 우수하고 신성하며 여성은 열등한 것이라고 주장했다.[46] 남성지배와 우월성은 그에 의해 자연법칙의 권력으로까지 승화되었다.

---

44) 기원 전 2천 년의 수메르와 바빌로니아의 쓰기, 읽기와 기술 교육에서 여성은 제외되었다. 유럽에서 13, 4세기 동안 대학이 설립되고, 귀족과 중산층을 위한 교육이 제도화된 후부터 여성은 교육적 차별을 더욱 뚜렷이 받았다. 고대부터 16세기경까지 아버지나 남편의 대역 노릇을 하거나, 개명한 아버지를 둔 특별한 경우의 귀족과 수녀원을 제외하고 10세기 이상 여성은 교육에서 철저히 배제되었다. 여성들이 고등교육에 접근할 수 있었던 것은 백여 년에 걸친 투쟁 끝에 얻은 것이다. 1790년과 1840년 사이 미국의 몇 개 주에 여학교가 생겼으나, 1837년까지 어떤 대학에도 여학생은 등록이 허용되지 않았다. 대학원이 발전하면서 성차별은 더욱 제도화되었다. 오랜 투쟁 끝에야 여성의 대학원 입학이 허용되었다. 1960년 여성 박사학위 소지자는 10%뿐이었다. 이상 『역사 속의 페미니스트』, 40 - 68, 354쪽. 중국의 경우, 여성 배제가 이보다 오히려 더 심했다고 볼 수 있다. 졸작, 『중국여성 잔혹풍속사』, 135 - 147 참조.

45) 교육에서 구조적으로 배제된 여성은 비하의식, 열등의식을 내면화한다. "닭대가리, 우둔, 저능아, 판단력 부족, 무지, 나약, 실수투성이" 등은 동서양을 통틀어 여성에게 붙여진 형용사다. 여성에 대한 "유일한 찬사는 천부의 영역이라고 주장하는 가사노동"뿐이다. 『아내』, 257.

46) 아리스토텔레스는 사물의 네 가지 요소를 질료인(質料因: material cause), 시동인(始動因), 형상인, 목적인으로 상정하고, 생식에서 여성은 질료인에 대한 기여만 하는 반면, 남성은 세 가지 요소에 기여하여, 더 신성하고 정신적이고 우수한 것이라고 역설했다. 『가부장제의 창조』, 360, 361쪽.

양도할 수 없는 기본권을 주장한 존 로크마저도 가정에서의 성별역할은 사회계약 이전의 자연이라며, 가장의 권력을 인정했다. 중세의 아퀴나스, 계몽시대의 루소나 프로이트 역시 내조자와 모성역할을 여성의 존재 이유라고 역설했다.

남녀의 지적 우열은 현실에서나 작품 속에서나 상징 질서로 정형화되어 있다. 쥐에후이와 밍펑(「家」), 쥐앤성(涓生)과 쯔쥔(子君)(「傷逝」), 짱용린(章永璘)과 황샹지우(黃香久)(「男人的一半是女人」)가 그렇다. 쥐에후이와 밍펑의 계급적, 성적 위계는 지적 우열을 더 불변의 사실로 만든다. 쥐앤성과 쯔쥔은 동거 전 함께 가정의 전제와 입센, 타고르를 논하던 신지식인이지만, 사회노동과 가사노동의 성별분업으로 지적 격차는 확대된다.

또 짱용린이 국가와 조국의 미래를 고민하고 마르크스 서적을 탐독하고 인간의 존엄과 평등에 대해 사색하는(『張賢亮集』, 557) 동안 황샹지우는 짱에게 입을 것과 먹을 것을 쉬지 않고 마련해주고, 손에 크림을 바르며 여성성을 체화한다.(500)

정신노동과 육체노동, 이성과 비이성의 대비는 남성성과 여성성의 상징적 기호다. 이 기호는 남성성에 더 큰 가치를 부여하면서, 자연스레 권력과 지배로 연결된다. 남성이 김치냉장고를 개발하면 여성은 감동하며 김치를 담근다. 성서에서부터 플라톤, 아리스토텔레스, 루소와 프로이트에 이르기까지 '결핍된, 열등한' 여성이란 은유적 구성물은 남녀가 본질, 기능과 잠재력에서 위계적으로 양분된, 분명한 두 계급임을 암시하면서 가부장적 문화질서 속에 각인되었다.

4. 생산노동에서 배제 – 경제적 지배

하트만, 월프, 매킨토시와 미첼은 마르크스의 계급 일원론과 급진주의 페미니스트의 성 일원론을 모두 비판하면서, 남성에 의한 여성 지배를 통찰력 있게 분석한다.[47] 여성은 출산, 육아와 가사노동을 통해 남성으로부터 성과 노동에 대한 통제를 받는다. 여기서 중요한 것은 가부장제가 윤리 의식상의 문제에 그치지 않고 분명한 물적 토대를 갖는다는 사실이다.[48] 그것은 남성에 의한 여성 노동력의 지배를 뜻하며, 그 지배는 생산노동에서의 배제, 그리고 생산노동 참여의 경우, 남녀의 수평적, 수직적 분리[49] 및 여성의 성적 기능에 대한 통제를 통해 유지된다.

마르크스는 생산관계에 대한 예리한 분석에도 불구하고 가족을 시장 밖에 두고, 재생산노동을 노동으로 분류하지 않은 분명한 한계점을 갖는다. 현대 경제학에서도 가사노동은[50] 시장과 GDP에 포함되지 않는다. 생산노동은 재생산노동의 지원 없이는 수행될 수 없음에도 불구하고, 마르크스를 비롯하여 경제학은 생산을 재생산

---

47) 하이디 하트만, 『여성해방 이론의 쟁점』; 아네트 쿤, 안마리 월프, 『여성과 생산양식』; 미셀 바렛, 매리 매킨토시, 『가족은 반사회적인가』; 줄리엣 미첼, 『여성해방의 논리』.

48) 나는 이런 견해를 이미 졸고에서 논한 바 있다. 「루쉰의 축복과 상서에 나타난 가부장적 요소」, 『여성논총 6』, 경기대학교 출판부, 2006 참조. 원래 이것은 마르크스 페미니스트들의 주장이었으나, 이제는 다수 페미니스트들의 견해가 되었다. 마르크스 페미니즘은 마르크스에서 출발하지만 동시에 그의 한계를 지적한다.

49) 생산노동과 재생산노동의 분리 외에도, 성별에 따른 직종 분리와 동일 직종에서 직위의 상하 분리를 말하며, 이는 남녀 임금 격차와 사회적 지위로 직결된다. 그것은 곧 사적 가부장제에서 공적 가부장제로의 이동을 뜻한다.

50) 가사노동은 원래 '집안일'이라 하여 노동으로 간주하지 않았으나, 페미니스트들에 의해 '가사노동'이란 용어로 사용되기 시작했다. '재생산노동'과 '무급노동'도 가부장적 노동관계를 설명하기 위해 페미니스트들이 만든 용어다.

의 우위에 놓았고, 역사적으로 생산체계는 재생산체계를 일방적으로 규정, 지배해왔다. 여성의 노동은 공적 영역인 생산노동에서 배제되어 사적 영역인 무급노동에 머문 채, 은폐되고 왜곡되었다.[51]

생명을 낳아 기르고 노동력을 재충전하는 재생산노동이 왜 모든 다른 노동의 하위에 놓이는가? 그것은 남성 집단이 그들의 권력을 제도화하고, 여성을 통제하기 위한 방편으로 채택한 사회적 규정이었을 것이다. 고작 근대 이후에 탄생한 시장경제의 언어로 모든 것을 말하기보다는, 시장이 시장 외적인 영역에 어떻게 의존하는가,[52] 가족의 정치 경제학은 어떤가를 들여다보아야 할 이유가 여기에 있다.

쯔줜과 쮜앤성(「傷逝」)의 비극을 통해 가부장적 노동관계를 살펴보는 것은 이런 뜻에서 많은 시사점을 던져준다. 두 연인이 파탄에 이르게 된 이유는 자유연애를 죄악시하는 봉건도덕, 생활고와 가사에 함몰하는 여자의 경제적 무능과 정체감에 대한 남자의 환멸이다.

여기서 근본적인 문제가 성별분업이다. 생계를 책임지는 쮜앤성의 유급노동과 가사를 책임지는 쯔줜의 무급노동의 분업은 여자를 경제적 의존자로 전락시킨다. 쯔줜은 가사를 돌보느라고 "종일 땀 흘려 일해 두 손이 거칠어지고", "밤낮으로 마음을 쓰고", "전력을 다해 일하느라 잡담이나 독서할 새도 없다."(『魯迅全集』2卷:115)

동거 전, "나는 나 자신의 것이에요. 아무도 나를 간섭할 권리가

---

51) 이것이 여성이 세계 총 노동량의 3/2 이상을 수행함에도 총 재화의 1%, 임금의 10%밖에 소유하지 못하는 근본 원인이 된다고 할 수 있다. '1907년까지 프랑스 민법은 기혼여성은 남편의 허락 없이 취업할 수 없고, 월급을 직접 받을 수 없다고 규정'했다. 『강요된 침묵』, 151. 유럽 노조들은 여성의 취업에 조직적으로 저항했다.

52) 『성 평등의 사회학』, 60, 68.

없어요."라던 주체성과 쮜안성보다 더 강인했던 봉건 장벽에 맞서려는 용기(112, 114)는 간데없이, "대접과 접시를 어지럽게 늘어놓고", "흐르는 냇물처럼 쉬지 않는 식사"준비를 하며, "먹기 위해 사는 천박한 인간"으로 변질한다.(119) 여기서 주목할 것은 관찰하고, 규정하는 남자의 권력과, 규정되고 심판받는 여자의 노동이다. 쮜앤성의 봉급이나 원고료 없이 두 사람의 생존이 불가능 하듯, 쯔쥔의 노동 없이도 두 사람의 생활은 불가능하다. 그러나 쯔쥔의 노동은 화폐화될 수 없다. "나의 일은 식생활의 속박을 받을 수 없다." "먹지 않아도 좋으니 절대로 그렇게 애써 일하지 말라."(116)는 쮜앤성의 발언은 평가절하 되고 왜곡된 여자의 노동에 대한 가부장적 시각이다.

시장 밖의 노동은 노동으로 간주되지 않고, 여자의 시간은 가치로 환산되지 않는 죽은 시간이다. 이것이 바로 가족 내 가부장적 관계가 은폐되고 유지되는 첨예한 지점이다.[53] 애초에 시장은, 아니 사회 정치기구와 모든 제도는 어느 성(性)에 의해 구성되었는가를 묻지 않을 수 없다.

"나 혼자라면 생활하기가 쉽다." "이 생활의 압박의 고통을 견디고 있는 것은 태반은 그 여자 때문이다."(120)라는 불평은, 생산노동에서의 여성 배제를 통해 경제권과 우월한 지위를 확보한 남성의 오만이며 무지다.

생산노동에서 소외된 여성이 생존하기 위한 마지막 상품은 물건으로 축소된 몸, 남성의 에로티시즘을 자극하는 식민화한 성이다.

---

53) 델피는 가정 내 재생산 영역을 '가내 제 생산양식'이란 용어로 정의하고, 이것이 여성종속의 진원지라고 규정한다.

몸이란 마음과 대립되며 마음의 지시를 받는 것, 이성, 자아, 능동, 깊이와 대립되는 자연, 무기력, 수동, 표면의 개념들로 평가절하 되면서, 마음은 남성, 몸은 여성으로 코드화한다.[54] 남성이 정신, 이성, 문화로 상징되는 반면, 여성은 무절제한 살덩이, 자연, 정복과 예속의 대상으로 의미화 한다.[55] 한 남성, 즉 사적 가부장제에 전유되지 않은 여성은 모든 남성, 즉 공적 가부장제에 의해 소유될 수 있다.

「月牙儿」의 '나'는 생존하기 위해 몸부림쳤지만, 매춘과 첩으로 연명했던 어머니의 전철을 밟아 몸을 팔 수밖에 없다. "여자가 돈을 벌려면 이 방법 밖에 다른 길이 없다."(『老舍选集』二:20) "(성)병에 걸려 나는 머지않아 죽어갈 것이다. 그러니 다른 남자에게 병을 옮긴다 해도 나의 잘못이 아니다."(25) "모녀는 먹고살아야 한다. …돈은 무정한 것이다."(27)라는 독백은 남성들이 구축해놓은 '시장'에서 거부당한 여성의 절규다.

매춘은 선택의 폭이 크고, 귀찮은 부담이 적고, 자유와 스릴이 있고, 지배적 위치에 있다는 만족감, 돈을 통해 주도권을 행사할 수 있다는 데서 남성의 권력을 만끽할 수 있는 매력을 가졌다.[56] 성적 규제가 엄격한 상류층 부인과 '존중받지 못할' 매춘 여성은 성과 계급이라는 상이한 층위의 지배를 받는다.

매춘은 원래 성적 계급적 지배에서 비롯되었다. 고대 전쟁 포로 중 여자노예들은 성적 서비스에 이용되었다. 포로여성들의 성적노

---

54) 『뫼비우스 띠로서의 몸』, 54, 55, 62.
55) 『젠더 연구』, 140; 『강요된 침묵』, 33.
56) 『강요된 침묵』, 73.

예화는, 처녀성과 남편에 대한 정숙한 성적 서비스를 명예로 간주하는 이데올로기와 같은 가부장제의 정교화 과정의 한 단계로 볼 수 있다. 남성들은 포로 여성을 정복했다기보다, 그녀들을 소유하고 있는 상대방 남성들을 굴복시켰다는 우월감, 상징적 권력을 갖게 된다.[57) 봉건혼인제도가 말해주듯, 여자는 남자들끼리의 시장에서 거래되는 사물이다.

5. 성 정체성의 구축 – 나약함과 모성

버틀러는 성 정체성은 존재하지 않으며, 젠더 모델이라는 허구적 이상에 대한 모방만이 존재한다고 말한다. 모방은 원본의 모방이 아니라, 원본이 지녔다고 가정되는 이상적 자질들을 모방한다. 이 모방적 패러디는 수행성을 통해 재 의미화 되고 재기입된다. 권력에 복종해서 만들어진 젠더 정체성은 언제든 재 의미화 될 수 있는 양가적이고 모호한 것이다.[58)

최초의 계급지배인 노예제에서 그들을 통제할 수 있는 완력이 아닌 한 수 높은 다른 방법은, 그들을 지배집단과 완전히 다른, 인간이 아닌 다른 것으로 정의하는 것이다. 마찬가지로 가부장적 질서에서 두 성은 유사성보다는 이질성으로 부각된다. 생물학적 성차는 사회적으로 구축된 젠더나 성별분업처럼 불변하는 자연으로 코

---

57) 『가부장제의 창조』, 144.
58) 『여성문화의 새로운 시각2』, 316 – 320.

드화 되어 사회질서 속에 각인된다.

이렇게 구축된 성차의 상징성은 지배질서의 토대가 되고, 지배질서는 다시 성차를 지지한다. 성차에 부여된 상징성은 객관성을 부여받고 사람들의 사고와 인식에 구조화되어 자발적 복종을 얻어낸다.

헐렁한 바지에 평화를 신은 남성과 미니스커트에 하이힐을 신은 여성. "성차의 상징성은 관습적이고도 연속적이어서 거의 자연적인 것처럼 지각된다."[59] 다양한 방법으로 금지하고 피하고 억제하는 상징감옥을 여성 스스로 만드는 것은 이 때문일 것이다. 구별 짓기를 요체로 하는 지배질서가 성 정체성 안에 깊이 각인되어 있다.

짱용린은 여성성을 즐기고 신비화한다. 애무 받고 보호받고 싶어 하는 나약한 존재(「男人的一半是女人」『張贤亮集』, 414), 지저분한 곳간도 정감어린 신방으로 바꿔놓는 민첩하고 세련된 솜씨(433), 따뜻한 식사를 만들어 주고 옷을 빨고 신발을 꿰매주고, 자갈돌까지도 반짝거리게 만들 수 있는 신비한 손길, 울음소리마저도 아름다운, 반드시 치마를 입어야 여자다운, 평화롭고 부드럽고 연약한 존재, 그리하여 영원한 동경의 대상이며, 자애로운 어머니에 대한 그리움의 고향이 바로 여성이다.(536,558)

짱이 그리는 여성이란 바로 헌신적인 가정천사며, 아름다우면서 보호받아야 할 나약한 성이다. 그것은 남성의 기대며 에고이즘의 확대일 뿐이다. 숲 속의 연약한 공주를 마녀의 손아귀에서 구하는 갑옷의 멋진 기사. 거기에는 보호의 대가로 지배하고자 하는 가부장적 욕망이 고스란히 녹아 있다. 남녀 조화론(433)과 여성 예찬은 남녀관계를 지배와 종속이 아닌 합리적 관계로 치장, 성차별의 모

---

59)『남성 지배』, 22.

순을 은폐한다. "여성을 모성적 사랑으로 미화하는 것은 남성의 독선과 특권을 여성에게 일방적으로 감수하게 하는 모성 이데올로기의 함정이다."[60]

가부장적 가정에서 어머니의 무조건적 포용, 헌신과 희생에 습관화된 남성은 남성 우월적이고 이기적인 심리를 갖게 된다. 「同一的地平线上」의 젊은 화가 남편은 지쳐 귀가하는 남편에게 따뜻한 세숫물을 갖다 바치는 헌신적 아내를 갈망한다.(『新十年争议作品选』, 556, 575) 지배질서는 남자의 편의가 곧 부부의 편의며, 남자의 행복이 가정의 행복이라고 단정한다.

'보호 받는' 나약한 여성성은 남녀평등의 기치를 높이 내건 신중국 여성에게도 내면화되어 있다. 이념의 권력에 맞서, 투박한 치(齐) 부사단장을 거부하고 젊고 세련된 자유주의자 쑤쥔(苏骏)과 결혼한 푸위지에(傅玉洁)(「挣不断的红丝线」). 그러나 그녀는 쑤쥔이 우파 딱지를 달고부터 당하는 현실적 곤경과 남자로서의 존엄성을 잃고 비열한 인간으로 전락한 남편에 환멸을 느껴 이혼에 이른다.(『新十年争议作品选』, 502 - 505)

당 간부인 남편의 권세에 기대어 저택에서 호화생활을 하는 것에 자부심을 갖고, 푸에게 치와 재혼하기를 적극 권유하는 예전의 조직계장 마슈화(马秀花)(508,9)나, 옛 구혼자 치와 재혼한 날 밤, '끊을 수 없는 붉은 실'의 운명을 얘기하며 만족감인지 자조인지 모를 묘한 기분에 빠지는 푸위지에(510)는 모두 '남자의 보호'에 안주하는, 가부장적 사회주의 현실 속 여성의 모습이다.

모성 신화는 여성 종속을 가장 효과적으로 정당화할 수 있는 도

---

60) 『성 평등의 사회학』, 282.

구다. 모성은 이기심의 인간 한계를 넘어 사랑과 헌신을 실천한다는 숭고한 문화적 가치를 갖는다. 그러나 일방적 희생을 요구하는 모성은 결국 가부장제를 지속시키는 현실적 모순을 은폐하는 것에 불과하다.

중국의 종법제도와 서양 그리스 로마시대 이래 혼인은 적자를 생산하기 위한 제도로 간주되었다.[61] 모성은 18세기 서구 혁명운동을 따라 집단적 문화개념이 되어, 훌륭한 국민을 길러내는 '공화국의 어머니'로 칭송되었다. 여기에 프로이트를 비롯해 심리학자, 교육학자들까지 가세하여 자녀의 교육과 정서까지 어머니가 배타적으로 책임지게 하는 모성이데올로기 안에 여성을 감금해버렸다.

임신과 출산은 여성의 성(sex), 즉 자연이지만, 양육은 성별(gender)로 사회 문화적 구성물이다. 모성 신화의 문제점은 양육을 여성에게 배타적으로 부가함으로써 "재생산 비용을 불균등하게 분배"[62]한다는 데 있다. 산업사회에 와서 자본과 남성의 이해관계가 병행 또는 상충하면서, 국가는 이데올로기 생산기구의 역할을 담당했다. 여성 노동의 왜곡과 은폐라는 물적 기반과 함께 "남성 우월, 모성의 신비화, 가족의 중요성을 강조하는 인도주의적 차원으로까지 확대하면서 가부장적 이데올로기를 재생산 한다."[63] 오늘날도 출산은 시민의 의무로 간주된다.

---

61) 중국에서는 아들을 못 낳는 것이 칠거지악의 하나이고, "로마시대에도 이혼 사유가 되었다." 『아내』, 70.

62) "여성은 재생산노동에서 무형의 보수를 받는다고 설득하나, 실제로는 화폐비용뿐만 아니라, 현물비용(품, 짬, 애정)도 지불하는데, 이는 남성의 생계비 버는 비용을 초과한다. 여성은 현물비용을 부담하기 위해 화폐수입을 희생(소득 상실)한다. 재취업 후에도 회복 불가능한 남녀 소득격차로 연결된다." 『가부장제와 자본주의』, 103.

63) 『성 평등의 사회학』, 247.

딴쓰댁(単四嫂子·「明天」)과 샹린댁(「祝福」)의 모성애도 이런 뜻
에서 재조명해볼 필요가 있다. 새벽까지 물레를 자아 생계를 꾸려
가는 가난한 과부, 어린 아들 바오얼을 잃고 "세상이 너무 고요하
고 텅 빈" 것 같아 "어떤 생의 의미도 찾지 못하는" 딴쓰댁(『魯迅
全集』1:455,6), 늑대에게 잡아먹힌 어린 아들 아마오 때문에 실성
한 과부 하녀 샹린댁. 이들의 뛰어난 문학적 형상은 모성이 의심의
여지없이 여성의 본질이라는 신념을 재생산하는 데 일조한다.

이 두 작품은 봉건과 가난에 희생된 여성의 치열한 삶을 바탕으
로 모성의 현실을 드러내 보이면서, 여성을 모성으로 규정하는 가
부장적 모성이데올로기의 함정을 산뜻이 지워버리는 효과를 지닌
다.[64] 과부와 아들의 상징성은 여자의 가치가 오직 적자(嫡子)의
생산에 있음을 암시한다.

현대 가부장제에서도 아들은 어머니의 삶의 기반으로 희생과 투
자라는 특별한 관계를 형성하면서 남성권력을 공고히 하는 구조적
공생관계를 갖는다.[65] 모성이데올로기는 오늘날 자녀로 하여금 사
적 가부장제인 가정에서 부모의 성별역할을 따라 배우고, 학교와
사회 매체를 통해 공적가부장제인 사회와 제도 속으로 흡수되게
하는 역할을 한다.

---

64) 두 작품의 모성에 관해서는 이 책 II장 중국 현대소설작품의 성 정체성 참조.
65) '모성의 올가미를 통해 생존 능력을 박탈당한 여성은 아들이 생존의 기반을 의미하며, 아들
    의 사회적 성취를 통해 어머니의 지위가 상승한다. 아들에 대한 헌신과 희생은 일종의 투자
    인 셈이다.' 『성 평등의 사회학』, 143, 148.

6. 토지로부터 배제 - 농민

권력은 자주 사람들을 두 집단으로 가른다. 프랑스 혁명이 시민을 재산 있는 남성(세금을 내는)인 '능동적 시민'과 재산 없는 남성 및 모든 여성인 '수동적 시민'의 두 편으로 갈라놓았듯이, 근대 이전과 이후의 중국도 사람을 두 집단으로 갈라놓았다.

토지는 원래 자연이지만 사회관계가 개입하여 사회성이 부여된다. 토지혁명 전 중국은 10% 미만의 지주가 70-80%의 토지를, 90% 이상의 빈·중농이 20-30%의 토지를 소유하고 있었다.[66] 그위에 서구 자본열강의 침입에 따른 경제적 충격의 후과는 약자 집단인 농민의 어깨 위에 고스란히 전가되었다.

아큐와 룬투(閏土, 「故乡」)의 삶은 소외 집단의 빈곤을 처절하게 보여준다. 농민이면서 토지가 없는 날품팔이, 토곡사, 헤진 옷과 이불, 전당포, 허기진 배, 그리고 빼앗긴 성(姓), 따귀 맞기, 얻어맞고 머리 부딪히기, 벌금, 사라진 밥줄, 혁명, 재판, 죽음으로 점철된 아큐의 생존은 물질, 문화와 존엄을 깡그리 빼앗긴 피지배계급의 원형이다.

여섯 째 자식까지 농사를 거들지만, 밥 먹기가 힘든, 얇은 면 옷을 입고 덜덜 떨며, 목상처럼 마비된 룬투의 삶(『魯迅全集』 1:482,3) 역시 "군벌, 비적, 관리, 향신"(483)들에게 모질게 왕따 당한 소외계급의 형상이다. 촛대 앞에서 비는 것으로 내일의 희망을 거는 외에 다른 길을 모르는(483) 룬투, 봉건 지주와 건달들에게 맞은 매를 약한 여승에게 분풀이하는(497,8), 즉 성적 지배로 계급지

---

66) 『農村社會學』, 105.

배를 만회하는 아큐는 물질적 박탈 위에 정권, 부권과 신권의 노예가 되어, 봉건제의 희생자면서 그를 지속시키는 협조자가 된다.

토지 안에 있는 자와 토지에서 배척된 자로 편 가르기는 봉건 신분제 속에 명시되어 있다. 이 봉건제의 청산은 낙후한 생산관계의 토대인 봉건적 토지소유제, 즉 봉건 수탈의 구조적 요인을 개혁하는 것이 열쇠다. 계급적, 성적으로 구조화된 사회에서 피지배집단의 신음소리에 귀 기울이고자 했던 중국 공산당은 수차례에 걸쳐 토지개혁을 단행했다.[67]

『太阳照在桑干河上』는 누안수이 마을을 배경으로 토지혁명이 성공하는 과정을 지주와 농민의 갈등을 통해 형상화하고 있다.[68] 세상이 바뀌자 아들을 팔로군에 보내고 토지를 분산하거나(『太阳照在桑干河上』, 24)농민들에게 '옷과 술과 식량을 주고 말도 걸면서'(214) 약삭빠르게 토지혁명의 파고를 비켜가려는 악덕 지주 첸원꾸이(钱文贵)와 리쯔쥔(李子俊)들, 지주 쟝스룽(江世荣)의 토지를 분배 받고 세상이 바뀐 것에 감격해하는 소작농 꿔푸꾸이(郭富贵)(232)들. 이들은 우여곡절 끝에 토지혁명이 성공했음을 실감하고, 그래서 이제 "세상은 백성이 다스릴 테니, 무슨 극복하지 못할 문제가 있겠느냐"(355)고 희망에 들떠 있다.

---

67) 중국은 1927년부터 20여년에 걸쳐 여러 차례의 토지개혁을 실시했다. 모택동은 전체 농민의 약 70%를 차지하는 빈, 고농을 주력군으로 하고 20%의 중농을 포섭하여 통일전선을 편다는 방침을 세웠다. 이어 건국 후 50 – 53년까지 전국적으로 대규모 토지혁명을 실시하여, 약 700억 근의 지조 식량을 면제해주었다. 『农村社会学』, 105 – 109. 토지혁명은 시기별로 세부 방침을 달리 하며 진행되었다. 이주로, 「중국현대소설과 정치권력」 참조.

68) 이 소설은 1946년에 발표한 5.4지시의 기본정신을 작품화한 것으로 풀이된다. 5.4지시는 봉건 토지제도의 청산을 목적으로 '耕者有其田'을 실현하려 했으나, 지주, 부농, 중농에 관한 불명확한 규정 탓에 많은 문제점을 일으켰다(이주로, 『중국현대문학』 27호, 173 – 177). 이 작품은 이들 사이에 각종 갈등이 일어나지만, 토지개혁 공작조의 지도 아래 성공적으로 마무리된다는 내용이다.

7. 권력이 소외시킨 하층 국민

그러나 봉건 중국에서 배척된 농민은 신 중국에서도 따돌려진다. 혁명은 이데올로기와 열정만으로 되지 않는다. 심각한 정책 미숙과 봉건성의 잔재는 혁명을 요원한 유토피아에 그치게 했다. 대약진운동과 인민공사의 역사적 대 실험은 농민의 노동력, 식량과 심지어 생명까지 요구했다. 영국을 15년에 따라잡겠다는 가공할 만용은 농민을 철강 용광로 속으로 쳐 넣어, 만회하기 어려운 농업생산의 피폐를 가져왔다.[69] 공동식당에는 화덕불이 꺼지고 수많은 사람들이 초근목피로 연명하다 굶거나 병들어 죽어갔다. 그나마 수확물은 도시로 징발되어 농민은 희생의 전열에 섰다.[70] 도시민을 먹여 살려 공업 건설의 초석이 되는 것이 농민과 농업의 의무로 간주되었다.

곳곳에 붉은 깃발을 펄럭이며 초특급 생산기록을 세우겠다고 열 올리는 깐무 인민공사, 한 묘당 일만 육천 근의 생산 목표량을 세우고 현 부서기로 진급된 깐 서기(「剪辑错了的故事」, 『茹志鹃作品欣赏』, 180), 그러나 더 높은 생산량을 올리겠다고 열 묘분의 벼를 일 묘에 몰아 심고 통풍기를 돌리려는 사람들(181,2) 속에서 소우

---

69) 농민들은 풍년 든 수확도 거두지 못한 채 철강 녹이는 일(大煉鋼鐵運動)에 동원된 결과, 1957-60년의 3년간 농업총산량은 22.7% 하락한 반면, 공업생산량은 1.3배 증가했다. 그러나 중공업과 농업, 경공업 생산의 비율이 균형을 잃어 결과적으로 대약진 3년간 직접 경제손실액은 약 1천 2백억 위안에 이른다. 공. 농업생산액의 비율은 5.7:4.3에서 8:2로 되었다. 『文革前十年的中國』, 100-103, 188.

70) 1957년 도시의 일인당 평균 식량소비량은 196(단위: 킬로그램), 농촌은 204.5였으나, 1961년에는 반대로 각각 180.8과 153.50이다. 사망자수는(일반사망을 포함하여) 1956년 도시 7천 4백여 명, 농촌 1만 1천 8백여 명이었으나, 60년에는 도시 1만 3천 7백여 명, 농촌 2만 8천 5백여 명이다. 대약진운동 탓에 기아나 병으로 사망한 사람이 엄청나게 증가했으며, 도농의 사망자수가 역전했음을 알 수 있다. 『文革前十年的中國』, 193.

영감은 가슴을 친다.

1947년 국공내전에 참가한 깐 서기에게 바닥난 식량의 절반을 떼어주고(187), 병사들의 땔감에 쓰도록 자식처럼 아끼던 대추나무를 썩둑 베어 준 그(194). 그 땅에 배를 심어 몇 년이 지나고, 올 수확을 20일 앞둔 지금, 식량을 핵심문제로 해야 한다며, 배 밭을 갈아엎고 보리를 심으라는 '당의 명령'(190,1)에 정신병자처럼 멍청해진 사람은 소우영감(197)뿐이 아니라, 당과 간부와 국가권력에 복종해야 하는 모든 농민임에 틀림없다.

'당의 명령'은 째지게 가난한 리순따(『李順大造屋』)가 세 칸짜리 집 한 채를 지으려는 꿈을 끝내 깨버린다. 가난의 대명사인 리순따는 어려서 부모와 어린 동생이 동상에 걸려 죽은 뒤, 배 조각을 집 삼아 누이와 연명했다.(『中国当代文学作品选』, 368) 이제 제 집을 지어보겠다는 일념으로 온 식구가 죽 반 공기씩을 절약하고 누이가 시집가기도 미루면서 모은 벽돌과 기와는(370,1) '철강운동'의 용광로와 인민공사 생산대의 돼지축사 지붕으로 얹어졌다.(374) 실망을 딛고 일어서서 다시 모은 건축자재 값 이백십칠 원을 갈취해 가는 문혁 주임이 있을지라도(376,7), '당과 정부는 하루빨리 사회주의를 건설하여 모든 사람을 행복하게 하리라'는 것, 이를 위해 '국가와 집단은 몇 배나 더 많은 투자를 했으니, 작은 손해로 실망해서는 안 된다.'(374)고 작가는 유머러스하게 타이른다.

도시화와 공업화는 농민의 희생 위에 진행되었다. 농민의 빈곤은 현대화 과정의 불가피한 문제라기보다는, 현대화의 본질인지 모른다.[71] 중국은 1950년대 후반부터 '호구제'[72]를 실시하여, 온 국민

71) 1950년대 미국 경제학이 경제발전을 위한 노동력 공급의 필요에서 '경제구조 이원화' 이론

을 농민과 비 농민으로 양분했다. 이에 따라 농민은 도시로의 이전과 취업 금지를 비롯해 자원에 접근할 기회를 박탈당하고, 경제, 사회적으로 하류공민이 되었다.[73]

비 농민은 노동 인사제도에 따라 다시 간부와 노동자로 나뉘어, 결과적으로 간부, 노동자와 농민의 세 신분 체계를 이룬다. 이 세 계급은 취업, 교육, 사회보장, 주택 분배, 복지 혜택 등 권력과 자원 분배에서 명확한 차이를 갖는다. 이 신분은 국가제도가 부여한 것으로 신분 사이의 장벽은 쉽게 뛰어넘을 수 없다.[74]

현대판 중국 카스트의 하류공민, 그럼에도 불구하고 천환성은 '배불리 먹고 새 옷을 입은' 것에 그저 감사할 뿐, 별 불만이라곤 없어 보인다.(『陈奂生上城』, 高晓声精选集:24)

교육에서의 여성 배제가 여성종속을 지속시키듯, 농민의 무지도 종속 지위를 감수하게 한다. 천환성이 떡(油绳)을 내다 팔아 모자

을 제기한 후, 이것은 세계 각국에 적용되었다. 세계적으로 산업화는 도시 우선 정책으로 이루어졌고, 개발 이익이 어느 정도 축적된 후 농촌으로 나누어진 것이 일반적이다. 그러나 중국은 농민을 사회주의 혁명 주력군으로 했으면서 오히려 어느 나라에서도 볼 수 없는 극단적인 도농분리 정책을 써왔다.

72) 1958년에 공포된 '중화인민공화국 호구등기조례'는 농민의 도시 이주를 억제하기 위한 것으로, 취업증, 입학허가서나 이주허가서가 있는 경우 외에는 금지된다. 이 제도는 개혁 후 80년대 말부터 다소 완화되기는 했으나, 아직까지 기본적으로 유지되고 있다. 『農民工』, 150. 도/농 이원화 정책은 농민과 도시민의 이동 통제를 통해 국가가 최대한 자원을 확보, 신속한 공업화를 추진하기 위한 것으로, 호적제를 비롯하여 주택, 식량배급, 교육, 의료, 양로보험, 근로보험 등 14개 항목으로 구성. 농민을 심각하게 차별한다. 『爲中國三農求解』, 111.

73) 도시는 교육과 공공시설을 국가가 부담하나, 농촌은 모두 자체 부담한다. 개혁 개방 후에도 이 기조는 변함없고, 오히려 더 악화된 것으로 조사됐다. 또 근로, 의료, 양로보험, 병가, 출산휴가, 실직, 퇴직, 사망의 각종 수당과 개혁 전의 직장배정 등 어떤 혜택도 농촌에는 주어지지 않았다. 1999년 현재 사회보장 국가지출 비율이 도시 88.6%, 농촌 11.46%이고, 지출액은 도시가 농촌의 29.5배나 된다. 『農民工』, 150, 151; 『農村社會學』, 152.

74) 세 신분의 구성 비율은 5:25:70으로 되어 있다. 이 장벽을 넘으려면, 대학진학 또는 군에 입대하여 국가 간부가 되거나, 부모가 자신의 기업 간부의 직위를 자식에게 물려주는 길 외에 없다. 『爲中國三農求解』, 112.3.

살 돈을 만드는 (24)것은 시장경제의 물결이 농촌에까지 다가왔음을 말해준다. 그러나 국가가 농민을 소외시킨 것은 시장이 왕따 시키는 것에 비하면 그래도 덜 심각하다. 엥겔지수가 높은 생필품 소비시대에는 농 공산품 가격차(剪刀差)[75]에 따른 농민의 손실을 감안하더라도, 도시 화폐의 대부분이 농촌으로 유입되었다. 그러나 가전제품, 교육비와 문화비 지출이 높아진 시장경제 시대 도시인의 소비지출은 도시에서 더 많이 이루어지기에, 확대되는 도농 간의 소득격차는 건널 수 없는 강이 된다.

일거리를 찾아 도시로 몰려드는 '농민공'과 '직공 아가씨'(打工妹)들은 낯선 도시에서 임금과 복지혜택의 차별, 도시인의 멸시와 조롱도 받으며 인간 이하의 생존을 이어간다. 국가권력은 사람을 '붉은 호구'와 '푸른 호구'로, 그리고 일등 노동력과 이등 노동력으로 갈라놓았다.[76] 농민은 이런 집단적 배척 외에도, 학력과 기술이 낮아 고급 일자리를 찾을 수 없는, 개인적인 배척까지 받아야 한다.

'돈이 없어 학교에 못 가고', 광쩌우의 전자공장에 가서 일하다 사고로 세상을 떠난 쟝싱왕(蔣興旺)(『來世还要做农民』, 6장), 물소에 물려 죽은 동생 싱성(興盛)(2장)과, 악착같이 대학에 들어가 선쩐에서 임시 일자리를 찾은 막내 싱농(興農) 삼형제. 싱농은 농민이라는 귀속지위를 극복하려 악착같이 싸웠지만 신분증이 없다

---

75) 계획경제 시기에는 정책적으로 농공산물 가격차를 크게 하여, 도시 근로자의 생활을 안정시켰다. 이 부등가 교환은 국가에 의해 유도된 도시의 농촌 의존성이라는 성격을 띠고 있다.

76) 1997년부터 취업, 투자, 창업과 상시 거주 등을 조건으로 농민 출신의 도시 취업자들에게 남색 도장이 찍힌 임시 도시 호구('남색호구')를 부여하기로 했다. '푸른 호구'는 몇 년이 경과하면 도시민의 '붉은 도장의 호구'로 대체될 수 있다. 그러나 소득이 낮은 일반 농민에게는 가능성이 희박한 일이다. 『農民工与中國社會分會』, 125. 도시에서 일하는 농민공은 '농민호구'라는 신분 탓에 임금이 낮은 임시공, 이류노동력이 되는 수밖에 없다.

는 이유로 수감되었다가, 몸과 마음이 만신창이가 되어 짧은 생을 마감하고, 재가 되어 돌아온 아들을 보고 어머니마저 자살한다.(7장) "농민이 뭐가 나쁘다고 대학이라는 데를 갔단 말이냐. 대학에 가지 않았다면 싱눙은 죽지 않았을 게 아니냐. 대학 입학이 내 아들의 목숨을 앗아 갔구나…. 내세에도 반드시 농민이 될 거야."(7장) 글 모르는(2장) 농민으로 평생 살아온 어머니의 울부짖음에서, 지배의 나락을 쉽게 벗어날 수 없을 것 같은 농민의 암흑을 본다.

단순 빈곤이 아니라는 배신감과 허탈감, 분리와 배제를 통한 정치적 차별은 농민에게 치유하기 힘든 심신의 상처를 안겨준다. '촌뜨기가 감히 도시에 와서 까부느냐.'는 오토바이 주인인 교장 부인의 횡포와 경멸을 딛고, 더 큰 심성으로 깨어나려는 경운차 주인 방방의 다짐은 농민을 하류 공민으로 따돌린 권력과 그 뒤에서 오만불손해진 도시인에 대한 항변과 성찰이다. "아무도 자신의 성장환경을 선택할 권리는 없다." "농민도 박학다재할 수 있다." "농민은 나라 살림의 근본이다."(『我就是农民』, 2)라는 젊은이의 독백은 하류 공민으로 소외당한 농민의 고독한 외침이다.

농민과 여성이라는 신분은 그들 스스로 선택한 것이 아니다. 문제는 소외집단이라는 귀속지위가 아니라, 그들을 소외시키는 권력, 바로 그것이다.

맺는 말: 분리와 배제를 통한 지배

가부장제란 여성에 대한 남성 지배로, 권위와 자원의 배분이 남녀에게 비대칭적으로 이루어지는 제도라 할 수 있다. 그것은 여성의 성과 노동을 통제함으로써 여성종속을 유지시킨다.

샹린댁, 뤠이쥐에와 밍펑은 성과 노동력에 대한 남성의 전유를 보여준다. 동서양을 막론하고 여성은 천 년 이상 교육적 차별을 받았다. 여성 지배는 교육에서의 배제, 젠더화한 성 정체성과 성별분업 및 모성 이데올로기를 통해 유지된다. 남녀의 지적 우열은 정형화한 모델이며 위계적으로 양분된 두 계급은 가부장적 문화질서 속에 각인되어 있다. 쥐에후이와 밍펑, 쥐앤성과 쯔쥔, 짱용린과 황샹지우에게서 '자연'이라고 착각되는 지적 우열을 확인할 수 있다.

여성 종속은 문화질서에 그치지 않고, 물적 토대를 갖는다. 그것은 남성에 의한 여성 노동력의 지배를 뜻하며, 생산노동에서의 여성 배제와 남녀의 수평적, 수직적 노동 분리를 통해 실현된다. 쯔쥔과 쥐앤성의 갈등은 왜곡되고 은폐된 여성 노동을 통해 남성지배가 유지될 수 있음을 보여준다.

교육과 노동에서의 여성 배제와 마찬가지로, 근대 이전과 이후의 중국은 제도를 통해 농민을 지속적으로 배척했다. 봉건제는 농민을 토지에서 배척했고, 신 중국은 자원 분배에서 농민을 소외시켰다. 아큐, 룬투와 리순따, 쟝싱 삼형제의 빈곤은 소외에서 비롯된 부정의한 빈곤이라는 데 문제가 있다. 배울 권리의 박탈을 통해 여성 종속과 농민 소외가 유지된다.

그런데 계급 지배는 제도를 통해 가시적으로 드러나지만, 성적 지배는 과학, 철학과 문화의 탈을 쓰고 자연으로 포장되어 쉽게 드러나지 않는다. 가부장제는 날로 정교해져 모양과 형식을 달리 하면서 시공을 초월하여 범세계적으로 유지된다. 세상을 지배해 온 사람은 일부 남성이며, 다수의 남성과 모든 여성은 지배를 받아왔음을 역사는 말해준다. 그 역사가 오롯이 문학 속에 녹아 있다.

* 분석 대상 작품

巴金,「家」, 北京: 人民文學出版社, 2003.

丁玲,『太陽照在桑干河上』, 中國: 花山文藝出版社, 1995.

高曉聲,「李順大造屋: 十八所高等院校当代文學教材寫組」,『中國当代文學作品選』, 河北人民出版社, 1982.

_____,「陳奐生上城」,『高曉聲精選集』, 北京: 燕山出版社, 2006.

老舍,「月牙儿」,『老舍選集』第二卷, 中國: 四川人民出版社, 1982.

魯迅,「阿Q正傳」「故鄕」「祝福」「明天」「傷逝」,『魯迅全集』1, 2卷, 北京: 人民文學出版社, 1981.

茹志鵑,「剪輯錯了的故事」; 翁光宇,『茹志鵑作品欣賞』, 中國: 广西敎育出版社, 1987.

張洁「愛, 是不能忘記的」,『中國新文藝大系』1976 - 82. 短篇小說集, 上卷, 中國: 文藝出版公司, 1986.

張弦,「被愛情遺忘的角落」,『中國新文藝大系』1976 - 82. 短篇小說集, 上卷, 中國文藝出版公社, 1986.

張弦,「挣不斷的紅絲線」, 韋實主編,『新十年爭議作品選』, 1976 - 86;

小說卷, 麗江出版社, 1987.

張賢亮,「男人的一半是女人」,『張賢亮集』, 中國: 海峽文藝出版社, 1986.

張新欣,「同一的地平線上」,『中國新文藝大系』短篇小說集上卷, 中國
　　　文藝出版公司, 1986.

張杰,「我就是農民」(MSN讀書頻道> 小說> 我就是農民) 2006.7.27.發
　　　表于紅袖添香.

若木,「來世還要做農民」(首頁> 网絡小說> 來世還要做農民) 更新時
　　　間 2006. 9.26.

루쉰, 전형준 역,「아큐정전」, 창비사, 1995.

이화영 엮음,『중국현대문학』, 동양문고, 2000.

* 참고문헌

가더 러너,『가부장제의 창조』, 서울: 당대.

_____,『역사 속의 페미니스트』, 서울: 평민사.

메릴린 엘롬, 이호정 역,『아내 – 순종 혹은 반항의 역사 –』, 서울: 시공
　　　사, 2003.

미셀 바렛, 매리 매킨토시,『가족은 반사회적인가』, 서울: 여성사, 1994.

미셀 푸코, 이규현 역,『성의 역사』1권, 앎의 의지, 서울: 나남, 1990.

브라운 크리스티나 본,『젠더연구』, 서울: 나남, 1987.

아네트 쿤, 안마리 월프,『여성과 생산양식』, 서울: 한마당, 1989.

엘빈 토플러, 김중웅 옮김,『부의 미래』, 서울: 청람출판, 2006.

우에노 치즈코,『가부장제와 자본주의』, 서울: 녹두 출판사, 1994.

이정희,「근대체험과 타자성」, 김진영 외,『여성문화의 새로운 시각2』
　　　(경희대 인문학 연구소, 2000.

이주로,「중국현대소설과 정치권력 – 농민소설의 당파성을 중심으로 –」,

『중국현대문학』27호, 서울, 한국중국현대문학회, 2003.12.

줄리엣 미첼, 『여성해방의 논리』, 서울: 광민사, 1980.

피에르 브르디외, 김용숙 외 옮김, 『남성 지배』, 서울: 동문선, 1998.

하이디 하트만, 『여성해방 이론의 쟁점』, 서울: 태암사, 1989.

葛志華, 『爲中國三農求解』_轉型中的農村社會』, 中國: 江蘇人民出版
社, 2004.

韓明謀, 『農村社會學』, 北京大學出版社, 2004.

(2007년 3월 『중국현대문학』 40호에 발표한

「중국현대소설 속의 성과 계급」의 수정본임.)

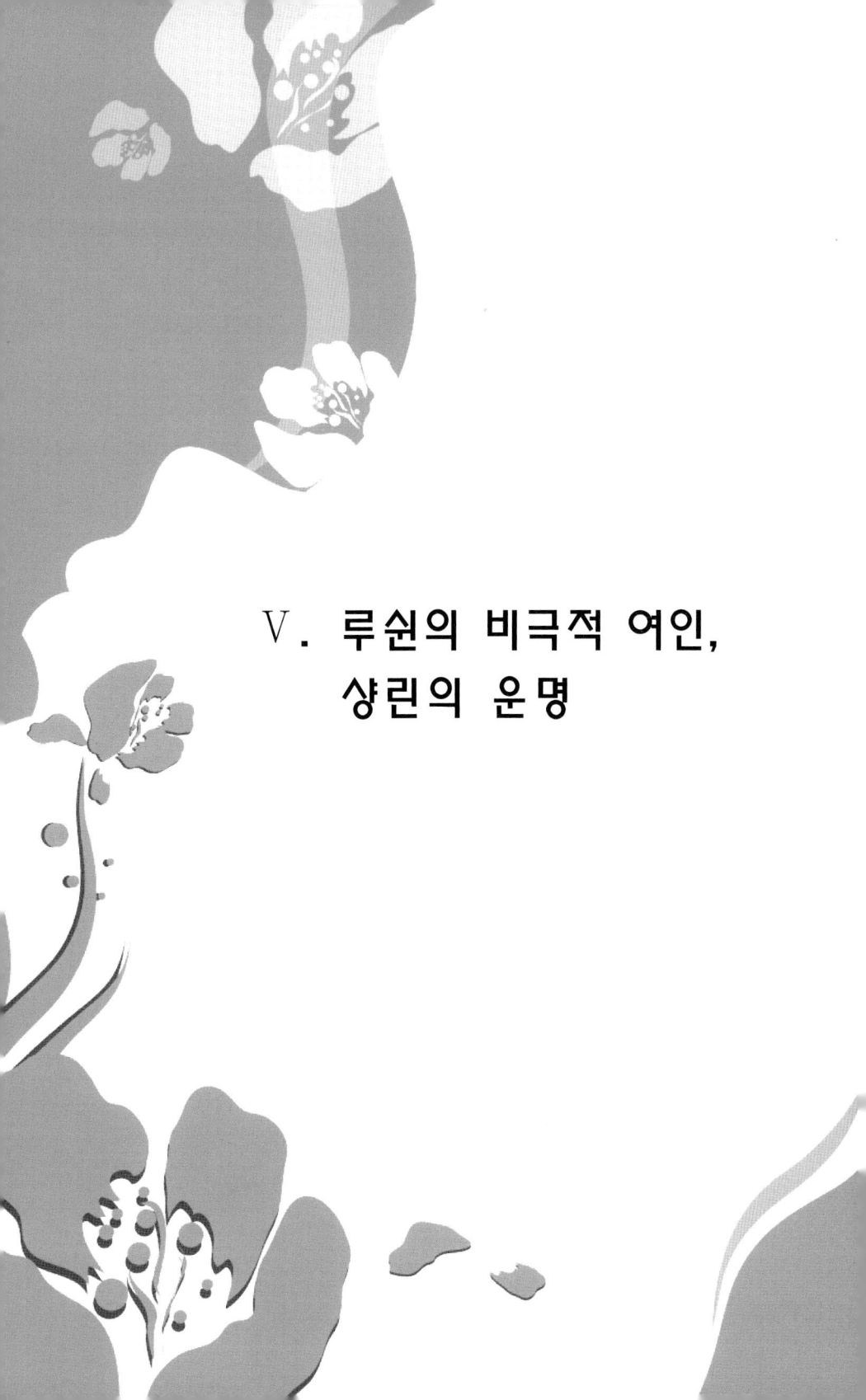

Ⅴ. 루쉰의 비극적 여인,
샹린의 운명

이끄는 말

세계적으로 여권에 대한 요구는 14세기 무렵부터 줄기차게 있어왔다. 특히 서구 계몽시대를 거쳐 19세기와 20세기에 이르기까지 메리 울스턴크래프트, 올랭프 드 구즈, 엘리자베스 캐디 스탠튼, 프랜시스 라이트, 사라 그림케, 존 스투어트 밀 등 여권론자들이 간고한 투쟁을 계속해왔다.

미국 독립선언서, 프랑스 인권 선언서와 대영제국의 헌법은 모두 여성의 선거권, 재산권과 상속권을 인정하지 않았다. 앞의 두 선언서의 이념적 기초가 되는 존 로크의 천부인권론에서 지적한 인간은 남성만을 의미한다. 아내에 대한 남편의 지배권을 공식적으로 인정했기 때문이다.

공자, 쇼펜하우어, 루소, 발자크 등 동서고금의 역대 사상가들은 여성을 예속물로, 미완성 인격체로 또는 보조적 동반자로서만 존재 가치를 부여해왔다. 이제 와서 보면, 그들이 사상가로서의 한계를 얼마나 선명히 입증해 보였는지 놀라게 된다.

여권논자들의 끈질긴 항의에도 불구하고 여성에게 최초로 피선거권 없이 투표권만 주어진 것이 1893년 뉴질랜드, 1901년 오스트레일리아와 1920년 미국이고, 나머지는 대략 2차 대전 이후다. 절반의 시민에게 재산권, 상속권과 참정권을 주지 않고, 결코 동의한 적 없는 법에 복종하도록 강요한 인권선언에 대해 여권논자들은 거세게 반발했다.

캠브리지 대학에서 여학생에게 졸업장을 주지 않은 채 입학만 허용한 것이 1920년 이후부터며, 하버드대학은 이보다도 늦다. 중국에서는 1950년에 비로소 새 혼인법을 제정하여 강제혼, 매매혼과 축첩을 금지했다. 그러나 최근 보도에 따르면, 인신 매매단에게 납치되어 얼굴 모를 두메산골 신랑에게 30 내지 60만 원(한화)에 팔려간 여자들이 공안당국에 의해 계속 구출되고 있다고 한다.

20세기에 와서 서구에서는 제도, 관행, 의식적 측면에서 여권이 획기적으로 신장되었다. 그러나 가부장적 사회의 기본 틀은 결코 변하지 않았다. 기혼 여성이 남편의 성을 따르고, 30%의 정책 결정직 참여가 유엔의 목표로 설정되어 있는 사실이 이를 잘 입증해 준다.

남녀의 성차(性差)가 성차별로 고착 심화되는 현상은 종전까지 여성 후진국이었던 한국과 유교 문화권에서는 더욱 극복하기 어려운 문제가 된다. 이 지역에서 여성에 대한 억압은 신분질서 기제의 비호를 받으면서 유난히 강력한 영향력을 발휘했다.

> "하늘에는 십 일(天有十日)이 있고 사람에는 십 등급(人有十等)이 있느니라. 아랫사람이 윗사람을 섬기고 윗사람이 신을 받드는 것은 이 때문이다. 그러므로 왕은 공(公)을 신하로 하고, 공은 대부(大夫)를, 대부는 사(士)를, 사는 조(皁)를, 조는 여(輿)를, 여는 예(隷)를, 예는 요(僚)를, 요는 복(僕)을 복은 대(臺)를 신하로 하느니라."(『左傳』, 昭公七年)

봉건왕조가 붕괴되고 근대시민 사회가 성립된 후, 위와 같은 신분질서는 더 이상 발붙일 곳이 없게 되었다. 그러나 마르크스, 엥겔스와 모택동이 예상했던 대로 계급해방이 여성해방을 가져다주진 않았다. 모계사회 이후 오늘날까지 지속되고 있는 가부장제 아래서 양성 모순은 여전히 미완의 과제로 남아 있다. 자유, 번영과 함께 평등이 미래에도 인류의 보편적 가치로 떠오르는 것은 이 때문이라고 생각된다.

"대(臺)는 신하를 갖지 못했으니 너무 고생스럽지 않을까? 그러나 걱정할 필요가 없다. 그는 자기보다 더 비천한 아내와 더 약한 자식을 가졌기 때문이다." 루쉰의 이러한 지적은 계급 모순과 또 다른 층위에 존재하는 양성의 모순을 잘 포착해낸 말이다. 노예해방 전쟁이 승리한 후에도 흑인 여성은 여전히 시민권을 갖지 못한 사실, 해방된 흑인 남성보다 백인 여성의 시민권이 낮은 사실에서 계몽시대 미국 여성의 지위를 파악할 수 있다.

1917년 5. 4 신문화 운동 시기 중국에서는 유교 전통문화에 대한 총체적 성찰 속에 여성 해방이 중요 담론의 하나로 떠올랐다. 강제 결혼, 전족(纏足), 삼종지덕(三从之德)으로 표현되는 여성에 대한 억압이 근대 시민사회로 이행하는 데 수치스런 역사로 기록될 것임을 깨달았기 때문이다.

루쉰(鲁迅, 1881－1936)의 단편소설 「복을 비는 제사(祝福, 1925)」는 봉건시기 여성문제를 다룬 대표적 작품이다. 여주인공 샹린댁의 이야기는 구시대 여성이 받아야 했던 극심한 억압의 표상이라 할 수 있다. 오늘날까지도 본질적으로 변하지 않은 여성에 대한 통제, 불평등과 차별의 근원이 샹린댁의 노예와 같은 삶 속에 자리하고 있다.

루쉰의 여성관은 중국 근대화 시기 보편적 신지식인과 유사하다. 비인도적 억압을 고발하고 경제적 자립을 여성해방의 해법으로 제시한 정도이다. 그 시대는 아직 성별분업과 노동에서의 성차별이 문제의식으로 떠오르지 않았던 때이다. 그러나 여성에 대한 작가의 깊은 연민과 고뇌는 위대한 작가로서의 면모를 한층 돋보이게 해준다.

1. 샹린댁의 실제 모델

　루쉰의 단편소설에 나오는 인물들 가운데 샹린댁(祥林嫂)만큼 봉건사회의 처절한 희생자는 드물다. 그녀는 단순히 하층민에 그치지 않고 그 가운데세도 여성이라는 데 문제의 심각성이 있다.

　샹린댁의 형상은 몇 사람의 실제 인물을 복합적으로 구성하여 이루어진 것이다. 루쉰의 고향인 사오싱(绍兴)에서 약 5 킬로미터 떨어진 곳에 9대 조의 무덤을 관리하는 여자 묘지기가 있었다. 이 가난한 농촌 여자는 일하느라고 정신없던 사이에 아기를 늑대에게 잡아먹히고 말았다.

　또 루쉰의 먼 친척 되는 한 여인은 멀리 떠나 있는 아들을 못 잊어 실성한 모습으로 키보다 더 큰 지팡이를 짚고 가끔 루쉰 집을 찾아오곤 했다. 어느 날 그녀는 슬픔을 참지 못해 강물에 빠져 죽기를 시도했으나 미수로 끝났다. 뚱창현(东昌县)에 사는 빠오(宝姑娘)라는 아가씨는 먼 두메산골로 팔려 시집가게 되었다. 그녀는 신랑 집에서 강제로 끌고 가려 하자 창문을 뛰어 넘어 강물에 몸을 던졌으나 결국 신랑 식구들에게 구조되어 끌려가고 말았다. 이러한 실제 이야기들은 루쉰으로 하여금 한없는 분노와 동정심을 불러일으키게 하였다.

2. 비극의 실체

샹린댁의 비극은 그녀보다 열 살이나 어린 신랑에게 시집가는 것으로부터 시작된다. 신부는 신랑과 시집식구의 소유물이며, 동산(动产)이다. 여자의 존재이유는 자식을 낳아 남편 집의 대를 이어주고, 남편과 시집 식구들에게 시중 잘 드는 것에 있다. 며느리를 들여오는 것은 노동력을 사오는 것이다. 일 부리기에 편리하도록 나이 먹은 신부를 데려와야 최대의 노동 효율을 올릴 수 있다. 신부를 돈 주고 사오던 중국의 풍습은 노동력의 시장 원리와 일치한다. 이 풍습은 아직도 농촌 지역에 남아 있어, 지금도 인신 매매단에 의해 팔려간 현대판 샹린댁들이 공안 당국에 의해 구출되고 있다.

가부장제는 아직도 범세계적인 사회구조다. 한국의 경우, 호주제 폐지를 위해 간고했던 투쟁 역정과 남성 중심적 사회구조, 사회 경제발전 수준에 비해 유난히 후진적이었던 한국의 여성 현실이 이를 잘 말해준다.

샹린댁이 집을 뛰쳐나온 이유의 하나는 그녀보다 네댓 살밖에 더 많지 않은 시어머니가 심하게 학대했기 때문인 것으로 보인다.

샹린댁의 두 번째 비극은 쓰수 영감 집에서 하인으로 지내고 있는 그녀를 시집 쪽 사람들이 납치해서 강제로 두메산골에 재혼시킨 것에 있다. 그녀는 과부라는 이유로 어렵사리 정착한 봉건사대부 댁의 하인 생활을 그나마 달게 받으며 지낸다.

"그녀는 쉴 줄 모르고 일했다. 음식을 따지지 않고, 힘도 아끼지 않았다. (...) 일 잘하는 남자보다도 더 일을 잘한다고들 했다. (...) 입가에는 점차 웃음기가 어리고 얼굴도 뽀얗고 통통해졌다."(魯迅 2권:11쪽)

그러나 봉건사회는 이 가련한 행복마저도 허용하지 않는다. 나무꾼이었던 어린 남편이 병으로 죽은 뒤 시동생의 장가 비용에 충당하기 위해 그녀는 강제로 납치되어 팔려가게 된다. 가부장적 도덕은 여자에게 정절을 강요한다. 그러나 하층민 여성에게는 수절할 권리마저 주어지지 않는다. 부권에 예속되어 정절을 목숨처럼 여기려는 샹린댁의 봉건의식과 이것마저 다시 침탈하는 이중적 억압은 모순의 극치를 이룬다. 성의 상품화와 여성 매춘은 산업화 이래 심각한 사회문제가 되고 있다. 가부장제 사회에서 여성의 성과 노동은 줄곧 남성의 지배 아래 거래의 대상이다.

전근대적 빈곤이 약육강식의 동물적 억압구조에서 심각성을 한층 더 드러내는 것이라면, 가난 때문에 빚어지는 불행의 연속은 전근대적 사회의 구조적 모순에다 책임을 돌릴 수밖에 없다.

폭압적으로 신방에 쳐 넣어진 샹린댁은 이듬해 아들을 낳아 그나마 운명에 복종하며 지낸다. 그러나 두 번째 남편이 병으로 또 죽고, 아기마저 늑대에게 잡아먹히며 살고 있던 집은 시집식구에게 빼앗긴다.

과부라는 딱지를 달고 봉건지주 집으로 다시 하인살이를 하러 온 샹린댁은 "기억력이 아주 나빠졌고 시체처럼 검어진 얼굴에는 종일 웃는 모습을 볼 수가 없게 되었다."(魯迅 2권:16쪽) 인격이 아닌 다만 노동력으로서의 샹린댁은 이제 더 이상 쓰수 영감 댁에 아무런 쓸모가 없게 되었다. 게다가 두 번씩이나 남편을 '죽게 한' 여자는 대단히 '불경(不敬)'하고 재수 없는 존재다. 때문에 제사 음식 준비와 제사상 차리기가 그녀에게 모두 금지되었다. 샹린댁의 존재 이유에 대한 부정은 정신적 사형과 다름없다.

마을 사람들도 샹린댁의 죽음에 가해자로 동참한다. 그녀의 비참한 조우(遭遇)에 눈물을 흘리다가 점차 무관심과 냉담으로, 다시 경멸과 조소로 태도를 바꾸는 마을 사람들, 이들은 동서고금을 통해 자주 식인(食人) 사회를 만드는데 조연 역할을 한다.

민중은 역사의 주체이면서 때로는 식인사회에 일조도 하는 양가적 존재가 된다. 늑대에게 아기의 오장을 파 먹힌 불행을 슬퍼해주던 마을 사람들이 강제로 처박혀진 신방과 저항의 표징인 이마의 상처를 놀려대는 잔인한 인간으로 변해간다.

가부장적 도덕은 봉건 사대부는 물론이요 피지배자인 민중을 매개로 샹린댁의 정신적 살해자가 된다. 샹린댁은 가난과 죽음이라는 물질적 고통은 힘겹게나마 견뎌낼 수 있었으나, 정신적 살해 앞에서는 일어설 힘을 잃어버렸다. 가부장적 도덕은 무지와 미신의 음습한 늪지 위에서 무성하게 자란다. 자신이 이 세상에서 더 이상 쓸모없는 존재라는 의식과, 죽은 뒤 두 남편에 의해 육신이 둘로 찢기리라는 공포감, 이년 치 월급을 고스란히 바쳐 사당묘의 문지방을 헌납하게 하는 것은 모두 가부장 도덕의 위력이다.

"이번에 그녀의 변화는 너무나 컸다. 이튿날 눈이 움푹 패었을 뿐만 아니라, 정신도 어리벙벙했다. 또 겁이 아주 많아져서 깜깜한 밤을 무서워하고 검은 그림자를 무서워할 뿐 아니라 자기 주인을 포함해 어느 누구든 사람만 보면 벌벌 떠는 게 마치 대낮에 구멍을 빠져나와 나다니는 쥐새끼 같았다. 아니면 멍하니 앉아 있는 게 나무 인형 같았다. 반년이 못 되어 머리카락도 희어지기 시작했고 기억력도 더욱 나빠져서 심지어는 자주 쌀 씻으러 가는 일조차 잊곤 했다."(魯迅 2권:20쪽)

"그녀는 살아 있는 동안은 그나마 쓰레기 속에 모습을 드러내어 재미있게 살아가는 사람들에게는 무엇 때문에 존재하나 이상하게 보였을 테지만, 이제 결국 깨끗이 무상으로 사라져 버린 것이다." (魯迅 2권:10쪽)

더 이상 쓸모없어진 샹린댁은 주인집에서 쫓겨 나와 거지가 된다. 죽기 전 그녀를 가장 고통스럽게 한 것은 영혼이 있어 저승에서 또다시 벌을 받아야만 하느냐 라는 공포심이었다.

처음으로 샹린댁이 쓰수 영감 집에 하인으로 살러 왔을 때는, "머리에 흰 끈을 묶고 검은 치마에 노란 저고리, 하늘 색 조끼를 입고 있었다. 나이는 대략 26,7세로, 얼굴은 창백하지만 두 볼은 볼 그레했다."(魯迅 2권:10쪽)

"외모가 단정하고 손발이 크며 눈을 내리깔고만 있을 뿐, 한마디도 없는 게 꼭 분수를 알고 일 잘하는 사람 같았다."(魯迅 2권:10쪽)

"그녀는 종일 일했고 한가하면 심심한 것 같았다. 힘이 세어 남자 한 사람 몫을 거뜬히 해냈다."

"그녀는 일하는데 조금도 게으름을 부리지 않았다. 먹는 것을 따지지 않고 힘도 아끼지 않았다."

사람들은 "일 잘하는 남자보다도 더 잘한다고들 했다." "입가에는 점차 웃음기가 돌고 얼굴도 뽀얗고 통통해졌다."(이상 魯迅 2권:10. 11쪽)

위에서 우리는 샹린댁의 면모를 파악할 수 있다. 그녀는 가난한 가운데서도 건강한 정신과 육체를 갖고 있다. 그녀는 정직, 성실하고 부지런한 일꾼이다.

그러나 두 번째 남편과 아기를 잃고 다시 쓰수 영감 집에 하인으로 돌아 온 샹린댁은 전과 달랐다.

"그녀는 전과 같이 머리를 흰 끈으로 묶고 검정 치마에 남색 저고리, 하늘색 조끼를 입고 얼굴이 창백했는데, 양 볼에는 이미 혈색이 사라졌다. 눈을 내리깔고 눈가에는 눈물 자국이 있었으며 눈빛도 예전처럼 생기가 돌지 않았다."

"일을 시작한 지 이삼 일이 지나자, 주인 집 사람들은 그녀의 손발이 이미 예전처럼 재지 못하고 기억력도 훨씬 나빠졌으며, 정신 잃은 사람과도 같이 얼굴엔 하루 종일 웃음기가 없다는 것을 알아차렸다."(이상 魯迅 2권:15, 16쪽)

가난이 당연한 삶의 과정으로 받아들여질 때 이를 이겨낼 수 있는 힘은 자연적으로 주어진다. 그러나 그것이 한을 머금었을 때 고통의 무게는 몇 배로 증가한다. 샹린댁이 겪은 가난, 죽음, 이별은 그녀에게 삶의 당위로서가 아니라, 깊은 한을 동반한 것이었기에 고통의 무게가 훨씬 큰 것이다.

그러나 막상 그녀는 그 한을 체계적으로 인식할 만한 지적 능력을 갖지 못했다. 그녀의 힘으로 아무리 해도 더 이상 버텨낼 수 없는 고통, 이것은 곧 기층 여성이기에 겪어야 하는 비극이다. 샹린댁의 비극은 개인만의 비극이기 보다, 시공을 넘어 모든 하층민 여성에게 공유되는 보편성을 지닌다. 이 점이 곧 「복을 비는 제사」의 문학성을 돋보이게 하는 대목이다.

노예로 지내다가 길가에 내버려진 샹린댁의 일생은 가부장적 봉건사회 아래 절대 다수 하층민 여성의 삶이다.

"오년 전 희끗희끗하던 머리카락은 이제 완전히 백발이 되어 전혀 마흔 살 안팎의 사람 같지 않았다. 얼굴은 형편없이 비쩍 마르고 누러면서 거무스름하여 예전의 비애스런 표정마저 사라져 버려 마치 나무 인형 같았다. 다만 눈동자만이 이따금씩 움직여 아직 그녀가 살아 있는 존재라는 것을 말해 주었다."(2권:6쪽)

이처럼 치밀한 문학적 묘사에서 우리는 "인물 묘사의 가장 좋은 방법은 눈동자를 그리는 것"이라는 루쉰의 화룡점정(画龙点睛) 기법을 확인할 수 있다.

3. 샹린댁의 저항

봉건제 사회에서는 가부장적 억압이 강력하고도 직접적인 형태로 행사된다. 피억압자는 그것을 체계적으로 인식하지는 못하지만 그때마다 본능적으로 반응한다. 그렇다면 샹린댁은 각 상황에 따라 어떻게 저항하는가?

우선 그녀가 시어머니에게서 도망쳐 나와 남의 집 하인으로 간 것 자체가 일종의 저항 행위라 할 수 있다. 시어머니는 삼십 여 세 안팎이니 그녀보다 네댓 살밖에 더 많지 않으나, 그녀를 엄격히 다뤘음에 틀림없다. 시집의 소유물이기를 거부하고 도망쳐 나와 자신의 의지대로 노동력을 파는 행위는 대단한 용기의 소산이라고 할 수 있다. 이는 의식화한 행위는 아니지만, 샹린댁의 인성에서 우리

나온 꾸밈없고 용감한 저항행위라고 할 수 있다.

그러나 보다 강력한 저항은 시집에 의해 강제로 재혼 당하게 될 때 나타난다.

"그런데 샹린 네는 보통 사람들 하고도 달랐대요. (신랑 집으로) 가는 길 내내 소리 지르고 욕을 하고 야단을 해서 허쟈오에 도착했을 때는 목이 벌써 완전히 쉬어 버렸대요. 가마에서 끌어내서는 두 장정과 시동생이 있는 힘을 다해 그녀를 붙잡았지만, 식을 올리지 못했다지 뭐예요. 그들이 좀 방심해서 손을 잠시 놓자마자 아이구, 나무아미타불, 그녀는 향로상 모서리에 머리를 갖다 부딪쳐 머리에 큰 구멍이 생겨 빨간 피가 콸콸 쏟아졌지 뭐예요. 두 줌이나 재를 뿌리고 헝겊을 두 겹이나 싸매도 피가 멈추지 않았다니까요. 여럿이 달려들어 그녀를 남자랑 함께 신방에 쳐 넣었는데도 여전히 욕지거리를 해대니, 아이구, 이건 정말이지..."(2권:14쪽)

여기서 우리는 샹린댁의 완강한 저항정신을 엿볼 수 있다. 철통같은 가부장권은 개별 여성의 어떤 결사적인 저항도 무력화시킬 수 있다.

잔인한 식인 사회에서 샹린댁의 저항은 때에 따라 형태를 달리하게 된다. 그녀는 아기를 늑대에게 잡아먹힌 얘기를 되풀이 할 때, 마을 사람들이 조롱 섞인 태도를 보이자, 입을 굳게 다물고 마음의 문도 닫아 버린다. 비정한 사회에 대한 체념과 실망, 환멸과 고독이 그녀의 잠재의식 속에 깊이 스며들었기 때문일 것이다.

"사람들의 웃음기에서 싸늘함과 날카로움을 알아차리고 자기도 더 이상 입을 열 필요가 없음을 느끼는 것이었다. 그녀는 그들을 흘깃 바라만볼 뿐 한마디 대답도 하지 않았다."(2권:18쪽)

"그녀는 아마도 그들의 웃는 얼굴과 말투로부터 비웃는 것임을 알아차렸는지, 눈을 부릅뜬 채 한마디도 하지 않고 나중에는 고개조차 돌리지 않았다. 그녀는 종일 입을 다물고 머리에는 모두가 치욕의 표시라고 여기는 흉터를 간직한 채, 묵묵히 길을 지나고 마당을 쓸고, 야채를 씻고 쌀을 씻었다."(2권:20쪽)

이 침묵의 저항은 두메산골로 두 번째 신랑에게 팔려갈 때의 피흘리는 몸부림과 좋은 대조를 이룬다. 골수 깊이 내면으로 파고드는 한과 분노, 이것이 샹린댁의 말없는 저항 속에 도사리고 있는 듯하다.

이러한 분노는 두 남편의 죽음과 세 살 난 아들의 죽음에 대한 반응의 차이에서도 읽을 수 있다. 첫 남편은 샹린댁보다 열 살이나 어렸고, 둘째 남편은 첫 번째 시어머니에 의해 강제로 팔려간 것이니, 애정 따위가 생기기 어렵다.

이에 비해 어린 아들의 죽음이 주는 고통은 쉽게 이겨내기 어려운 것이다. 아기의 죽음은 자기 분신의 상실이라는 것 외에도, 가난한 농촌살림이 부른 죽음이었다는 사실에서 비극성이 더욱 짙어진다. 두 남편에 대해 아무런 슬픔도 드러내 보이지 않는 것은 기구한 문명에 대한 무언의 반항이며, 봉건 혼인제도에 대한 무의식의 저항이다. 샹린댁의 비극은 기본 생존권의 박탈에서 비롯되는 것이다. 그렇다면 그녀의 침묵의 심연 속에는 저항의 씨앗이 자라고 있는 게 아닐까.

샹린댁이 죽기 전에 품었던 영혼의 유무에 대한 공포를 어떻게 풀이할 것인가? 이 세상에서 가난한 농촌 여인과 하인으로, 억압받고 빼앗기고 멸시 받다가 내버려진 그녀가 저승에서마저 두 남편에게 몸을 찢겨 고통 받으리라는 운명을 순순히 받아드릴 것인가. 희생의 나락을 전전하는 노예로서의 그녀가 체념하고 포기한다면, 분노와 저항심이 분출하는 또 하나의 그녀는 원한의 화신이 되어 결사적으로 자신의 운명에 저항할 것이다. 이 세상에서 짓밟히고 찢기던 사람이 저승에 가서까지 또 짓눌려야 하는 이유가 무엇인가, 잔인한 식인사회를 향해 그녀가 던지는 한 맺힌 저항일 것이다.

> "사람이 죽은 뒤에 대체 영혼이 있는 걸까요?"
> "그렇다면 지옥도 있나요?"
> "그러면 죽은 식구들은 모두 만날 수 있는 건가요?"(이상 2권:7쪽)

마을 사람들이 모두 믿는 영혼과 지옥을 샹린은 무엇 때문에 새삼 확인하려 하는가. 지옥에 대한 공포에 질린 그녀가 취할 수밖에 없는 행동이다. 그러나 한편 저승에서까지 억울한 희생자가 될 수는 없다는 무의식 속의 저항이기도 하다. 그것은 부당한 운명에 항거하려는 가련한 농촌 여인의 몸부림이다. 이 대목에서 어쩌면 그녀 자신조차 의식하지 못한 분노가 저항으로 발전하고, 그것이 다시 의식화 단계로 나아갈 수 있는 가능성을 엿볼 수 있을지도 모른다. 그렇지 않을 경우, 우리에게 희망은 너무도 요원할 것이다.

여기서 샹린의 저항성과 순종성에 대해 좀 더 자세히 살펴보고자 한다. 각 상황에서 그녀가 보여준 저항적 자세는 어떻게 풀이될 수 있는가. 그것은 결코 억압의 실체를 파악하고 이에 항거하려는 이성적 판단에서 비롯된 행위로는 보이지 않는다. 그보다는 자신을 억압하는 대상에 본능적으로 맞서는 매우 초보적 저항행위로 보인다. 소금이 뿌려진 몸뚱이를 결사적으로 허우적거리며 살아남으려는 지렁이의 그것에 비유할 수 있을까. 지렁이는 버둥대는 모양을 즐기기 위해 소금을 뿌려 놓고 재미있는 광경을 기다리는 인간의 잔인함을 알아차릴 리 없다. 샹린댁의 원초적 반항은 지렁이의 버둥거림에서 본질적으로 크게 벗어나지 않는다.

그녀는 시집의 예속물로, 사대부 집의 하인으로서의 생존조건에 순응할 수밖에 없다. 쓰수 영감 집에 하인으로 들어왔을 때, 그녀는

"눈을 내리깔고 있을 뿐 아무 말도 없는 게, 분수를 알고 성실하게 일 잘하는 사람 같았다."(2권:10쪽)
"그녀는 말하기를 좋아하지 않았고 사람들이 묻는 말에만 겨우 대답했다."(2권:11쪽)

가부장적 봉건사회 속 하층 여인의 눌리고 휘어진 모습을 읽을 수 있다. 남편이 죽고 엄격한 시어머니 밑을 용기 있게 빠져 나와 남의 집 하인으로 정착하긴 했으나, 그래도 여전히 하층민 여인으로서의 운명을 달게 받아드리는 자세가 역력히 드러난다.

"그녀는 일하는 데 조금도 게으름을 부리지 않았고 음식을 따지지 않았다. (중략) 연말이 되자 먼지 털고, 걸레질 하고, 닭 잡고, 거위 잡고, 밤새도록 복례 삶고 하는 일을 모두 혼자 맡아 해내서 다른 일꾼을 쓰지 않았다. 그러나 그녀는 오히려 만족해했다. 입가에는 차츰 웃음기가 돌았고 얼굴도 뽀얗고 통통해졌다."(2권:11쪽)
두 번째 매매혼에서 샹린댁이 결사적으로 저항하긴 했으나, 그것도 깊이 따져 보면 강제결혼에 대한 반항심 외에도 봉건 정조 관념에 충실한 데서 비롯된 것이라고 할 수 있다. 첫 번째 혼인 역시

본인의 의지와는 상관없는 것이었지만, 일단 한 남편을 섬겼던 이상 또다시 두 번째 남편을 섬길 수는 없다는 확고한 전통 정조 관념에서 비롯된 것이다. 여기서 인간의 내면 깊숙이 뿌리박고 있는 봉건도덕 권력의 메커니즘을 읽어낼 수 있다.

가부장적 봉건 사회의 먹이가 된 샹린댁은 어떠한 저항도 없이 봉건지주인 쓰수 영감 부부의 노예가 된다. "인간 세상에 열 등급이 있다(人有十等, 『左傳』)는 철칙을 감히 거역할 수 없다.

이러한 숙명론적 삶의 자세는 무지함에서 비롯된다. 가부장적 봉건의식과 미신은 근대 이전에 인간을 지배했던 이데올로기로 인간이 인간을 지배할 수 있는 기틀을 제공한다. '안분수기(安分修己)', '안빈낙도(安贫乐道)'의 교훈이 끝없는 탐욕과 허영을 추구하는 인간 본능을 경계하기 위해서가 아니라, 피억압 민중을 잠재우기 위해 악용되어서는 안 된다. 이들은 스스로 운명을 개척하기 위해 싸우기보다, 지배자의 의도에 무비판적으로 복종하게 될 것이다.

유교사상이 가부장적 신분질서를 계속 유지하기 위한 지배사상으로 규정되어 5. 4 신문화운동 시기와 사회주의 건설 시기에 비판의 대상이 되었던 이유도 같은 맥락에서 풀이될 수 있다. 샹린댁이 오직 미신에서 구원을 얻으려는 행위 또한 봉건적 의미를 깊이 내포하고 있다.

한편 샹린댁이 아무런 자아의식과 현실인식 없이 주어진 운명에 기본적으로 순응하면서 원초적인 저항을 할 뿐이지만, 사실 이것이야말로 간과해서는 안 될 귀중한 부분이라고 할 수 있다. 기층 민중은 원래 단순 소박하여 체계적인 비판의식을 갖고 있지 못하다. 따라서 원초적인 반항이라 해도, 그것은 언제인가 체계적이고 힘

있는 저항의식으로 발전할 소지가 있다. 이런 의미에서 샹린댁의 초보적 저항 해위는 높이 평가해야 할 것이다. 각성된 저항의식으로 발전할 가능성까지 내포하고 있기 때문이다.

샹린댁의 저항의식에 대해 연구자들의 견해는 대략 다음의 두 가지로 요약된다. 하나는 그녀가 운명에 고스란히 순종할 뿐만 아니라, 심지어는 비굴함까지 보인다는 것이다. 다른 하나는 부당한 운명에 강력히 반발하여 지옥의 존재를 결코 믿으려 하지 않는다는 것이다.

이 두 가지 견해 모두 꼭 옳다고는 생각되지 않는다. 샹린댁은 봉건적 운명론에 순종하지만, 그렇다고 나약함이나 비굴함을 보이지는 않는다. 또 그녀가 지옥의 유무에 대해 목마르게 해답을 구하기는 하지만, 그렇다고 자신의 운명에 대해 분개할 정도의 의식 수준에까지 이른 것은 아니다. 이 사실은 작품 속의 여러 대목에서 선명히 드러난다. 이런 점에서 루쉰의 리얼리즘의 우수성을 새삼 확인할 수 있다. 그는 샹린댁을 저항적 여인의 상징으로 창조함으로써 문학을 왜곡하지는 않았다.

루쉰 단편소설 속의 인물들 가운데 아큐와 화수안(华栓, 「약」)은 부정적 인물이라 할 수 있다. 「아큐정전」과 「약」에서 루쉰은 아큐주의(정신승리법)와 미신에 의지하는 우매성을 묘사했다. 그러나 「복을 비는 제사」에서는 이와는 달리 가련한 하층민 여인을 압살하는 잔인한 사회 구조와 그 의식을 날카롭게 비판하고 있다. 비록 샹린댁이 노예의 삶에 순종하며 묵묵히 노동하는 여인이기는 하지만, 그렇다고 그녀가 결코 온순한 노예로 남아 있을 사람은 아님을 알아차리게 된다.

샹린댁이 지옥의 존재에 대해 품는 의구심이 잠재적 저항성을 암시할 수 있음을 위에서 언급했다. 그러나 따져보면, 이것은 독자의 희망 사항일 뿐, 실제 작품 어디에도 그러한 증거는 찾아볼 수 없으며, 샹린은 지옥의 공포에 전율할 뿐이다.

루쉰이 부정적 인물인 아큐나 화수안과는 또 다른 의도에서 샹린댁을 형상화했다면, 그녀가 가부장적 사회의 철저한 희생자로 끝나버리는 것은 매우 안타까운 일이다. 아큐, 화수안과 룬투(闰土, 「고향」)에게서 찾아볼 수 없었던 희망의 실마리를 샹린댁에서 기대했던 독자의 입장에서 허무감을 감출 수 없다. 인류 역사는 힘겹고도 더디게 전진하는 것인가. 루쉰의 정직한 리얼리즘에 신뢰감을 가지면서도 인간사회의 발전 가능성에 대해 때로 실망하게 된다. 그러나 어쨌든 지옥과 영혼의 유무에 대한 샹린댁의 절박한 의구심에 대해서는 나름대로 일정한 의미 부여를 하지 않을 수 없다.

4. 누가 그녀를 죽였나?

마오쩌뚱은 중국 농민을 억압해 온 네 개의 밧줄로 정권, 신권, 족권과 부권(夫权)을 들었다. 이 가운데 샹린댁을 죽음에 이르게 한 권력은 부권, 다시 말해 남성의 전제권을 합법화하는 가부장제 사회며, 그것은 봉건적 질곡의 핵심 요소 중 하나다. 봉건사회에서 정권은 왕권으로 등급사회의 정점에 위치하여 엄격한 수직 상하관계를 이룬다. 그러한 신분사회 구조는 봉건지주인 쓰수 영감 집에서 충직한 하인 노릇을 하는 샹린댁에게 어떤 저항의식도 생겨날 수 없게 한다.

또 젊은 시어머니가 과부 며느리를 돈에 팔아 강압적으로 재혼시키는 것과, 두 번째 남편이 죽은 뒤 시집식구에 의해 살고 있던 집을 빼앗기는 것은 명백한 족권과 부권의 행사다. 과부를 죄인으로 단죄하고 정절을 생명으로 여기는 관념 또한 부권의 산물이다.

한편 지옥과 영혼의 공포에 떠는 것은 신권의 위력이라 할 수 있다. 샹린댁은 이렇게 봉건 권력이 지배하는 사회에서 태어나 살다 죽어간 희생자다. 뿌리 깊고 끈질긴 봉건 권력 전체가 곧 그녀의 목을 조른 장본인이라 할 수 있다. 그리고 이 봉건권력의 상징적 인물이 곧 쓰수 영감이다. 여기서 쓰수 영감의 사람됨을 꼼꼼히 살펴볼 필요가 있다.

그는 "도학(道學)을 숭상하는 옛 국자감(國子監)" 선비로 봉건도덕과 정치의 열렬한 옹호자이며, 당시 진보사상을 대표하는 "캉유웨이(康有为)의 유신당을 욕하는"(2권:5쪽) 인물이다. 그는 샹린댁이 "풍속을 헤치는 "과부라는 이유로 눈살을 찌푸린다. 또 민주와 과학을 구호로 하는 중국 근대화의 걸림돌인 미신을 철저히 지킨다. 루쩐(鲁鎭) 마을 사람들과 마찬가지로 연말에 귀신에게 올리는 제사가 그의 집에서 일 년 중 가장 중요한 행사이다. 때문에 이 날은 죽음이나 병 따위의 재수 없는 얘기들을 꺼내서는 안 된다. 샹린댁의 비극적 죽음이 그에게는 한갓 재수 없고 기분 나쁜 일에 지나지 않는다. "더 이르지도 늦지도 않게 하필이면 바로 이때에, 그러니까 틀려먹은 종자라니까!"(2권:8쪽)

쓰수 영감은 위선적이고 이기적이다. 재수 없는 과부라고 눈살을

찡그리면서도 사람 구하기가 어렵고, 샹린댁이 일을 잘할 것 같아 보이자 그녀를 하인으로 고용한다. 봉건도덕의 신봉자인 그로서 이것은 이율배반적인 행위이다. 또 두 번째로 하인을 살려 왔을 때, 샹린댁이 더 이상 쓸모없는 노동력이 되었음을 확인하자 서슴지 않고 내쫓아 마침내 죽음에까지 이르게 한다.

한편 샹린댁이 쌀 씻으러 냇가에 갔다가 시집 쪽에서 온 장정들에게 강제로 끌려갔다는 얘기를 듣자, "나쁜 것들!"이라며 나무라는 도덕군자의 위선도 과시한다. "사리에 통달하면 마음이 평화로워진다(事理通达, 心气和平)"(2권:6쪽)고 쓴 쓰수 영감 집 액자의 명귀가 지배계층의 위선을 말해 주는 듯하다. "한쪽이 이미 떨어져 나간 채 둘둘 말아 책상 위에 놓여 있는 탁본(拓本)이며, 온전하지 않은 듯한 『강희자전(康熙字典)』, 『근사록 집주(近思录集注)』와 『사서친(四书衬)』(2권:6쪽)"을 통해 루쉰은 봉건 사대부의 나태와 위선을 꼬집는다.

마을 사람들은 또 샹린댁의 죽음에 어떤 역할을 하는가? 선각자나 투사의 불타는 가슴 속에 무지몽매한 민중의 모습은 자주 암울하고 짜증스런 그림자를 드리운다. 젊은 문학도 루쉰에게 중국 민중은 어찌 해볼 도리 없는 실망의 대상이었다. 특히 그는 중국 근대화가 늦어진 요인의 하나로 국민성의 문제점을 지적하고, 민중의 각성과 국민성에 관해 각별한 관심을 가졌다. 환등기 사건으로 일본 센다이(仙台)의학 전문학교를 과감히 박차고 문학으로 돌아선 사실이 당시 그의 민중에 대한 시각을 잘 설명해주는 대목이다. 사회주의 문학자들에게 루쉰이 가끔 비판을 받는 부분도 이러한 보수적 시각 때문이다. 그러나 우리는 민중의 양면성을 인정할 수밖에 없고, 이런 뜻에서 당시 루쉰의 민중비판과 국민성 연구는 상당한 시대적 의미를 갖는다고 할 수 있다.

리유마(六媽)는 결과적으로 마을 사람들 가운데서도 샹린댁의 비극에 악역을 한 대표적인 인물이다. 샹린댁이 지옥과 영혼의 공포에 질려 고통 속을 헤매다가 끝내 죽음으로 이르게 된 것에 결정적 역할을 한 사람도 바로 리유마라 할 수 있다. 리유마 역시 하인으로 샹린네와 같은 기층민중의 한 여성이다. 그러나 이들은 같은 피지배계층으로서 어떠한 사회적 연대의식도 가져보지 못한 채, 공동운명 집단의 한 구성원에 의해 간접 살인을 당하는 지경에까지 이른다. 계급 사회구조의 최하위에 위치한 아큐를 같은 피지배계급인 건달패들이 끊임없이 잔인하게 괴롭히듯이, 샹린댁 역시 악의 없는 민중에 의해 죽음으로 한 걸음 더 빨리 내몰리고 만다.

"조물주는 인간을 너무도 교묘하게 창조하여, 결코 타인의 육체적 고통을 알 수 없게 만들었다. 여기에다 우리들의 성인들은 조물주의 모자라는 부분을 아주 완벽하게 보완하여 사람들로 하여금 타인의 육체적 고통은 물론 정신적 고통까지도 느끼지 못하도록 가르쳤다."[77]

샹린댁의 죽음에 대해 별다른 감정을 느끼지 못하는 마을 사람들은 정성을 다해 장만한 제사상 앞에서 예년과 다름없이 일 년의 축복을 빈다. 물론 음식을 열심히 준비한 사람은 여자들이고 조상 앞에서 직접 절을 올리는 사람은 남자들뿐이다. 풍성하고 들뜬 명절 분위기 속에서 신에게 무한한 행복을 가져다 달라고 비는 마을 사람들의 간절한 마음은 올해도 어김없이 이어지고, 그렇게 똑같은 모

---

77) 『魯迅全集』제7권 (中國: 人民文學出版社, 1981), 81쪽.

양으로 모든 가정에서 해를 거듭하며 이루어 질 것이다. (2권:21쪽)

작품 전체에 스며있는 날카로운 비판의식과 풍자적 문학기법을 통해 루쉰은 결국 샹린댁을 죽인 자가 다름 아닌 비인도적 사회구조와 그 도덕에 기인함을 강력하게 시사하고 있다.

기교면에서 작자는 현재 진행형을 사용하여 작품 전체에 생동감을 불어 넣으면서 독자들의 공감을 한층 더 자아내게 하는 효과를 거두었다. 우울한 가운데 축복의 분위기가 무르익어 아련한 쯔어쟝(浙江)의 풍경이 답답한 가슴에 한없는 동정심을 불러일으키게 한다. 변화발전이란 낱말과는 무관한 외딴 작은 벽촌에서 아무런 흔적도 없이 사라져간 샹린댁의 비극이 더 없이 슬픈 메아리를 허공에 드리우는 듯하다.

5. 지식인 '나'의 고뇌

「복을 비는 제사」에서 '나(我)'의 형상은 어떤 것인가? 사회변혁과 지식인의 역할, 민중과 지식인의 관계란 측면에서 이 문제는 중요한 의미를 갖는다. 이 작품에서 '나'는 화자이며 샹린댁 이야기의 관찰자이기도 하다. 루쉰의 다른 단편소설들 「고향」, 「마을 연극(社戱)」, 「어느 작은 일(一件小事)」의 '나'는 작가의 화신이라 해도 별 문제가 없을 것 같다. 「복을 비는 제사」의 '나' 역시 뚜렷한 증거가 있는 건 아니지만, 작가 자신으로 봐도 큰 잘못은 없을 것으로 생각된다. 먼저 보수적 신유학에 대해 비판적 입장을 갖는 신

지식인이라는 점이 그러하다.

동시에 작품을 통틀어 샹린댁의 불행에 대해 한없이 동정하고 고뇌하는 사람은 '나' 한 사람뿐이다. 이 때문에 '나'는 몇 년 만에 만난 마흔 살 안팎의 여인이 백발의 노인처럼 변해 있는 사실에 아연해 한다. 뿐만 아니라 샹린댁이 죽음 직전의 심리상태에서 지식인인 '나'에게 지옥과 영혼의 유무를 애타게 물어왔을 때, 그녀에게 더 한층 고통의 무게를 실어주지 않기 위해 무척 고민한다. 또 그녀의 예상치 못했던 죽음에 대해 누구보다도 크나큰 충격을 받는 사람 역시 '나'다.

그러나 샹린댁의 비극 앞에서 '나'는 그 어떤 역할도 하지 못한다. 「고향」의 '나' 역시 룬투의 불행에 대해 아무런 작용도 하지 못한다. 다만 '나'는 아직까지 아무도 경험해보지 못한 살기 좋은 신세계를 갈구하는 것으로 지식인의 사명감을 확인한다. 이에 비해 「복을 비는 제사」의 '나'는 다르다. 샹린댁의 불행에 대해 몹시 가슴 아파하면서도 지식인의 나약함과 도피 심리를 생생히 드러내 보인다.

영혼과 지옥에 대해 어찌 대답해야 좋을지 당혹스러워지자, 샹린이 머뭇거리는 틈을 타 "큰 걸음걸이로 그 자리를 떠나 급히 쓰 아저씨 댁으로 도망치듯 돌아갔다." 그리고는 "그건... 사실 나도 잘 모르겠는데..."(2권:7쪽)라고 얼버무린다. 이런 비겁한 행동에 대해 그 자신 무척이나 가책을 느낀다. 더구나 샹린댁의 죽음을 전해 듣고 나서는, 자신의 무책임한 대답이 혹시라도 그녀에게 직 간접으로 영향을 미치지 않았을까 깊이 고뇌한다. 하층민에 대한 연민과 나약하고 무능력한 지식인으로서의 고민이 내부에서 심한 갈등을 일으킨다.

이러한 심리상태는 「방황(彷徨)」(1926)의 단편들 속의 '나'가 「외침(吶喊)」(1924)의 단편들에 비해 한층 심하게 나타난다. 이것은 실제 당시 루쉰의 지식인으로서의 정신 상태와 밀접한 관계가 있는 것으로 풀이된다. 중국사회와 민중에 대한 실망과 좌절이 그를 에워싸고 있을 시기였기 때문이다. 변혁기에 있어 지식인의 무능함을 실감했을 때 갖게 되는 무력감과 고뇌, 그것과의 끊임없는 갈등에 지식인의 존재의의가 있는 것이기도 하다.

맺는 말: 양성평등의 과제

여성의 역사는 억눌리고 빼앗겨 온 역사다. 샹린댁의 죽음은 가부장적 봉건 억압의 상징적 표현이다. 남성에 의한 예속과 억압 속에서 노예로 살다 죽어간 한 기층 여인의 삶, 그것은 현대사회 속 성 불평등의 원형이기도 하다.

그것은 정도와 형태는 바뀌었지만, 여전히 남성에게 의존하고 봉사하고 지배받는 최근까지의 한국 여성에게 결코 지나간 역사의 장으로만 봐 넘길 수 없는 모습이기도 하다. 여성이 약자로서 억압받고 예속되고 통제받는 일은 봉건사회가 마감하고 민주시민 사회가 이룩된 오늘에도 형태와 강도를 바꾸면서 범세계적으로 유지되고 있기 때문이다.

오늘도 대다수의 여성은 남성이 관리하고 지배하는 사회에서 제

2의 성, 보조적 성으로 살아가고 있다. 표면적으로 가해지는 억압이나 종속 관계는 논외로 하더라도, 가부장적 사회가 강제하는 갖가지 통제, 불평등과 차별은 때로 교묘하게 은폐되어 노출되지 않는다.

이성, 합리, 과학과 공적인 것을 지배 질서로 규정한 뉴턴과 데카르트적 세계관에서 비롯하여, 산업혁명 이후 사적 무보수 노동과 공적 임금노동의 분리에 따라 여성은 시장경제 밖으로 내몰려 폄하되고 종속 상태로 남게 되었다. 동서고금을 지배해온 성 역할 분담과 현모양처 이데올로기는 남성의 체계적인 지배구조를 공고히 하는 데 이바지했다.

아내의 가사노동이 남편의 교환가치와 잉여가치 노동을 위해 이용당한다는 엥겔스의 이론에 전적으로 동의하기는 어렵다. 그러나 가사노동과 양육의 사회화와 공정한 남녀분담은 성 평등을 위한 열쇠가 될 수 있다. 구시대 여성에 대한 소유와 종속이 현대사회에서 불공평과 차별로 형태가 바뀌어 대물림되는 접점에 가사노동과 육아가 자리하고 있기 때문이다. 통독 후 동독 지역과 중국이 시장경제를 도입하고 나서, 생활수준의 향상에도 불구하고 양성평등이 후퇴하고 있다는 사실을 잘 살펴봐야 할 이유가 여기에 있다.

일찍이 사회주의 중국과 구 소련의 집단농장을 시찰하고 돌아온 시몬느 드 보브와르가 그 사회에서도 여전히 여성은 해방되지 않았다고 간파한 바 있다. 여성은 언제 어디서나 가사노동의 책임자로 규정되어 있기 때문이다.

사회주의 건설을 위해 여성을 가정에서 끌어낸 마오쩌뚱의 정책이 여성의 사회화에 획기적으로 기여한 건 사실이지만, 그 후 여성

은 오히려 가사, 육아와 직장의 삼중 부담으로 더 큰 고통을 감수
해야 했다. 전통 사회와 현대화 과정에서 젠더 문제를 정확히 진단
하고 해결하는 것은 간단한 과제가 아니다.

전통적 성별분업은 근본적으로 남성의 여성 지배를 유지하는데
이바지 한다. 버지니아 울프의「삼 기니(1938)」에 주목한 문화적
여성주의자들은 뉴턴 식 세계관의 공격, 지배, 경쟁, 파괴와 합리성
으로 표현되는 부권제의 대안으로 평화, 인고, 기다림, 생명, 관계
지향적, 왼 손과 오른 쪽 두뇌(감성), 사용가치 창출(가사노동)의 여
성적 문화를 제시한다. 역사적으로 참여는 하지 못한 채 억압만 받
아왔고 새와 짐승을 대량으로 살상한 적이 없으며 상품가치가 없
는 무보수 가사노동에만 종사해 온 여성적 가치가 미래를 지배할
것으로 기대하기도 한다. 비트겐슈타인, 시몬느 베이유, 수잔 손탁
과 아리리스 머독의 이러한 주장은 불확실성의 미래 사회에 상당
한 시사점을 던져준다.

그렇긴 하지만, 문화적 가치와 이상이 현실세계를 지배해 오지는
않았다. 오늘도 여성들은 여전히 남성지배구도 아래서 통제 받고
차별 당한다. 성차와 성차별, 성별분업에 대한 재검토, 이에 따른
제도, 관습과 의식의 점검이 여성학의 주요 과제의 하나라고 할 수
있다.

오늘의 여성문제를 바로 풀어내기 위해 샹린댁의 죽음에 대한
깊이 있는 천착은 반드시 필요한 작업이다. 오늘 우리가 문제의 핵
심을 꿰뚫지 못한다면 샹린댁의 죽음은 오늘도 내일도 쉽게 사라
지지 않을 것이기 때문이다.

참고문헌

魯迅, 『魯迅全集』, 1－16권, 北京: 人民文學出版社, 1981.

魯迅博物館 編, 『魯迅年譜』1, 2권, 北京: 人民文學出版社, 1981.

魯迅博物館 編, 『魯迅研究資料』, 天津: 天津人民出版社, 1990.

史鳳儀, 『中國古代的家族与身分』, 北京: 社會科學文獻出版社, 1999.

西北大學, 『魯迅研究年刊』, 北京: 中國和平出版社, 1993.

倪墨炎, 『魯迅后期思想研究』, 北京: 人民文學出版社, 1982.

王西彦, 『第一塊石』, 上海: 上海人民出版社, 1980.

王暉, 『反抗絶望』, 上海: 上海人民出版社, 1991.

李允經, 『魯迅的婚姻与家庭』, 北京: 十月文藝出版社, 1990.

張京媛, 『当代女性主義文學批評』, 北京大學出版社, 1992.

張琢, 『魯迅思想哲學研究』, 湖北: 湖北人民出版社, 1981.

朱文華, 『魯迅胡适郭末若比較評傳』, 上海: 上海文藝出版社, 1991.

周華山, 『閱讀性別』, 江蘇人民出版社, 1999.

陳炳良, 『魯迅研究評議』, 香港: 三聯書店, 1993.

陳順音馨, 『中國当代文學的叙事与性別』, 北京大學出版社, 1995.

陳安浩, 『魯迅論稿』, 湖南: 湖南人民出版社, 1980.

馮雪峰, 『論文集』, 北京: 人民文學出版社, 1980.

Michelle Loi, 『Pamphlet et libelles』, Paris: Universite de Paris 8, 1980.

Lu xun, 『Nouvelles choisies』, Pekin: Waiwen chubanshe, 1979.

Michelle Loi, 『Reseaux sur le mur』, Paris: Gallimar, 1982.

晋夫, 『文革前十年的中國』, 北京: 中共党史出版社, 1998.

李倍林, 『農民工』, 北京: 社會科學文獻出版社, 2003.

李强, 『農民工与中國社會分會』, 北京: 社會科學文獻出版社, 2004.

(1998년 12월 경기대 『여성논총』 1집에 발표한
「샹린댁의 죽음과 지배의 역사」의 수정본임.)

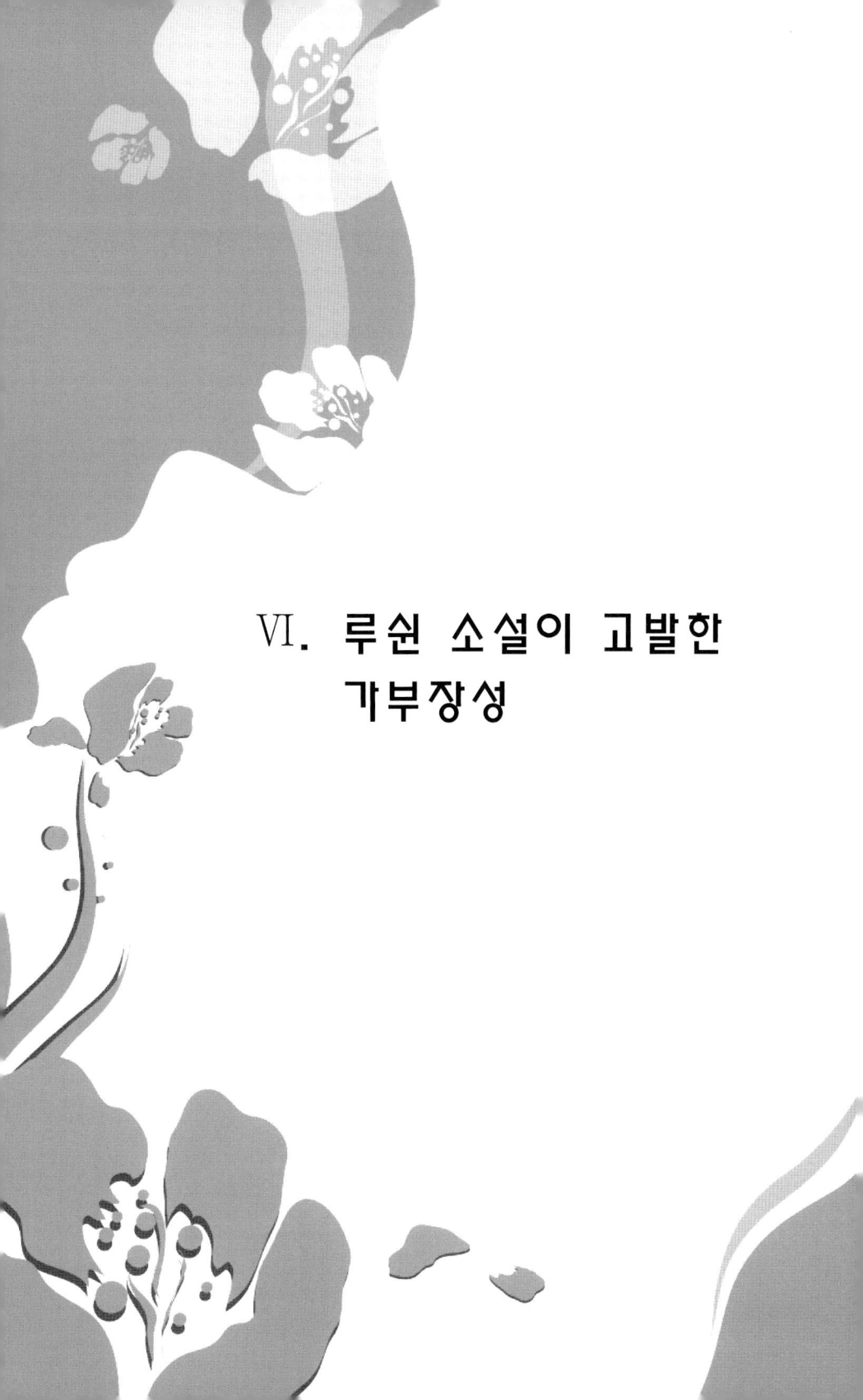

Ⅵ. 루쉰 소설이 고발한
가부장성

1. 문제 제기

이 연구의 목적은 루쉰의 두 단편소설 「복을 비는 제사(祝福)」와 「죽은 이를 애도함(傷逝)」을 페미니즘의 각도에서 분석하고, 작가의 여성의식을 오늘의 시점에서 재조명해 보려는 데 있다. 이는 나의 졸고 「노신의 여성의식」(경기대 『인문논총』제 5호, 1997년)과 「샹린 싸오의 죽음과 지배의 역사」(경기대 『여성논총』제1집, 1998년)에 대한 보완 수정의 의미를 가지며, 아울러 2003년의 「중국 현 당대 소설작품에 나타난 성 정체성 연구」(『중어중문학』33집, 2003.)와 「중국현대소설 속의 권력 계급 성」(『중국현대문학』31집, 2004.)의 연장선에서 중국현대문학 작품을 페미니즘의 각도에서 재분석하려는 작업이다.

근대 시민사회는 자연권으로서의 인권(human rights) 사상을 근거로 시작되었다. 그러나 근대에 있어 인권과 평등의 개념에는 분명한 한계가 있다. 여기서 인간(human)이란 남녀 모두를 의미하는 게 아니라 남성(man)만을 뜻하며, 인권이란 현실적으로 남성의 인권과 평등만을 의미하기 때문이다.

미국의 독립 선언, 프랑스의 인권 선언과 대영제국 헌법은 한결 같이 여성의 선거권, 재산권과 상속권을 인정하지 않았다. 혁명은 남성들만의 사업이었다. 프랑스 혁명에서도, 스페인 내전에서도 여성들은 혁명에 적극 참여했지만, 투쟁의 열매는 항상 인류의 한쪽 절반에게만 돌아갔다.

생산력의 부단한 발전으로 구체제가 역사 속에 묻히고 새로운 체제가 들어서도, 그것은 매번 절반 인류만의 새로운 관계 정립이었다. 메리 울스턴크래프트, 엘리자베스 캐디 스탠튼 같은 여성해방론자들은 남성 중심의 인권사상에 맞서 여성의 권리를 주장했다. 그러나 그 투쟁의 결과는 오랜 세월을 더 기다려야 했다.

고대 로마법 이래 봉건사회에서 남편은 아내에 대한 지배권을 공식적으로 인정받았다. 계몽사상가 루소를 비롯하여 역대의 수많은 사상가들과 정신분석학자 프로이트는 여성 차별을 구조적으로 정착시키는 데 크게 기여했다.

1960년대부터 활발하게 진행된 세계 페미니즘 연구와 운동은 근대의 인권 사상에 힘입어 일어났지만, 동시에 근대의 한계를 지적하며 그에 저항하는 의미를 갖는다. 인간해방과 평등을 지향하는 근대사회가 무엇 때문에 여성의 권리와 성 평등이라는 단순한 정의를 실현하지 못하는가? 인류의 절반이 제2의 성, 이류 시민, 그리고 시장 경제 밖의 주변 집단으로 머물 수밖에 없는 원인이 어디에 있을까? 이는 봉건사회의 잔재나 근대사회의 불철저성이 아니라, 근대사회의 구조적이고 본질적인 문제가 아닐까 하는 의문을 갖게 한다.

후기 산업, 정보화 시대인 오늘의 상황은 어떤가? 초국적 세계자본의 권력 하에 과거의 직접적이고 가시적인 식민화가 인종, 계급과 성을 축으로 종속시키는 새로운 식민화 메커니즘으로 변모하고 있다. 다국적 자본주의가 구가하는 하이테크와 신기술 아래 유색인종, 노동자와 여성, 그 가운데서도 유색 여성 노동자는 중층적으로 주변화 종속화 되어 가고 있다.

여기서 인문 사회학은 식민화와 재식민화의 구체적 양상들을 밝혀내는 작업이 절실히 요구된다. 페미니즘의 경우, 통사적으로 존재하는 성 불평등과 여성억압 구조를 해명하고 이론화 해야 할 과제를 안고 있다.

이러한 문제의식 아래, 이 연구에서는 두 단편소설의 주제사상이나 문학적 기교는 잠시 논외로 하고, 여주인공 샹린댁과 쯔쥔의 죽음을 중심으로 작품 속에 나타난 가부장적 요소를 분석하고자 한다.

2. 루쉰의 여성의식

루쉰은 자본 열강과 봉건 지배계급에게 이중으로 수탈당하는 하층민에 대한 동정심과 지배계급에 대한 비판의식을 휴머니즘의 핵심으로 한다. 핍박 받는 자들의 고통스런 삶을 대변해주며, 아울러 반성하고 저항할 줄 모르는 아큐식의 무지몽매함과 노예근성을 형상화 해내는 것이 그의 문학이라고 할 수 있다. "식인사회"를 만들어온 봉건예교와 그 사회구조, 그 속에서 '잡아먹는 자와 먹히는 자'를 분명히 갈라 형상화한 것이 그의 작품 속의 인물들이다.

'고기로 배를 채우는 부자들이 있는가 하면, 다른 한편에서는 근(斤)당 80전에 팔려가는 어린아이가 있다. 중국 문명이란 실은 돈 있는 자들을 위해 베풀어진 '인육의 향연'이며, 중국은 인육의 향연을 마련하는 주방에 지나지 않는다.'[78]고 그는 꼬집는다.

루쉰은 잡문(雜文) 20여 편과 단편소설 5편에서 여성문제를 다루

---

78) 「灯下漫笔」, 『魯迅全集』1권, 人民文学出版社, 1981년, 216쪽.

고 있다.[79] 그는 페미니즘에 관해 깊이 있게 연구 한 적은 없다고 스스로 밝히고 있다. 그러나 그의 진보적인 사회의식은 하층민, 어린이, 여성의 삶에 대해 깊은 관심을 가질 수밖에 없었다. 그의 여성의식은 대체로 당시 계몽주의 지식인들이 지녔던 근대 인권과 평등사상에 기초를 두고 있는 것으로 평가된다.

위의 20여 편의 작품들을 통해 루쉰의 여성의식을 종합하면 다음과 같다.

먼저 그는 여성이 남성의 소유물임을 지적한다. 어머니만 알고 아버지는 모르던 원시 공동체 모계사회를 지나 목축, 농경사회로 진입하면서 체력을 행사하는 남자에게로 권력이 이동되는 부권사회가 되었다.

여자는 한 남성의 배타적 전유물이 되면서 여자를 죽이거나, 가두고 잡아먹거나 무엇이든 허용되었다. 시간의 흐름과 함께 남자에게 시중들기, 수절(守節), 순장(殉葬)과 강간, 매매를 비롯해 갖가지 억압과 통제가 여성에게 가해졌다. 루쉰은 축첩을 일삼는 남자들이 여자에게는 정절을 강요하는 교활함과 이기주의를 강력하게 질책한다[80] 또 중국 여성의 전족(纏足)을 통해 여성이 남성의 완롱물이며 노예였다는 사실도 지적한다.[81]

루쉰은 봉건 결혼제도가 여성 소유를 합법화한 가장 견고한 제도적 장치라고 지적한 점에서 뛰어난 통찰력을 과시한다. 그는 잡문「男

---

79) 이영자,「노신의 여성의식」, 경기대『인문논총』제5호, 1997, 242, 249쪽 참조. (작품명 제시)

80)「我之节烈观」,『鲁迅全集』1권, 120, 121쪽.

81)「由中国女人的脚, 推定中国人之非中庸, 又由此推定孔夫子有胃病」,『鲁迅全集』4권, 人民文学出版社, 504쪽.

人的进化」[82]에서 혼인이 남성에게 평생 살아 있는 재산(动产)을 얻어주는 셈이며, 여자는 의무만 있을 뿐, 노동의 대가는 아무것도 없다고 설파했다. 소유와 종속관계를 명쾌하게 적시한 대목이다.

그는 이어 봉건사회에서 한 남성의 소유물이었던 여성이 현대 자본주의 사회에서는 남성 집단의 공동 소유가 되었다[83]고 말하여, 성 상품화와 성폭력까지 지적한다.

루쉰은 결론적으로 여성 억압의 해결책이 무엇이라고 생각했는가? 그는 여성의 경제적 독립과 남성과 동등한 경제권을 강조한다.[84] 노라[85]가 아무리 스스로를 해방시키고자 집을 떨쳐나섰지만, 만약 그녀가 경제력이 없다면 다시 집으로 돌아오거나, 윤락가로 떨어질 수밖에 없다고 그는 경고한다.[86]

여기서 나는 한 가지 문제를 제기하고자 한다. 그렇다면 루쉰이 주장하듯, 여성이 경제적으로 독립만 한다면, 남녀평등이 실현될 수 있을까? 또 남성과 동등한 경제권은 어떻게 가능한 것일까?

「죽은 이를 애도함(傷逝)」에 대한 분석은 이 두 가지 문제의식에서 출발하고자 한다. 이런 분석을 통해 루쉰을 포함하여 그 시대 여성의식의 한계는 무엇인가를 고찰해볼 수 있다. 이것이 왜 오늘까지도 근본적인 성 평등이 이루어지지 못하고 있는가에 대한 해답이 될 것이다.

---

82) 『鲁迅全集』4권, 283쪽.

83) 「男人的進化」, 『鲁迅全集』4권, 283쪽.

84) 「關于婦女解放」, 『鲁迅全集』4권, 598쪽.

85) 노르웨이 작가 입센의 『인형의 집』의 여주인공. 자신이 지금까지 남편의 노리개에 지나지 않았다는 사실을 깨닫고 자아를 찾기 위해 용감히 집을 박차고 나간다는 내용. 여성 해방 의식의 대표작으로 꼽힌다.

86) 「노라는 집을 나간 후에 어찌 되었는가?」, 『鲁迅全集』1권, 158쪽.

3. 봉건 가부장제 사회의 여성 지배

3 - 1. 분석의 틀: 성과 노동의 지배

봉건사회의 본질은 신분등급제다. 그것은 태어나면서부터 신분을 매개로 인간을 차별하는 사회다. 그러나 봉건사회는 신분뿐만이 아니라 성을 매개로 억압과 통제가 이루어지는 사회다. 이를 가리켜 우리는 가부장제 사회라 일컫는다.

가부장제(Patriarchy)란 용어는 여성 억압을 설명하기 위해 페미니스트들이 사용하기 시작한 유용한 용어다. 가부장제란 남성에 의한 여성 지배를 가능하게 하는 사회관계의 총칭이다. 그것은 역사 시기에 따라 양상과 강도를 달리 한다. 중요한 것은 가부장제가 농경 사회, 산업 자본주의 사회, 현실 사회주의 사회를 일관하여 상대적인 독자성과 불변성을 보인다는 점이다. 가부장제 사회는 유교 문화권인 동양에서 뿐만 아니라, 그리스 로마 시대 이래로 서양 기독교 문화권에서도 마찬가지로 유지되어온 제도와 관습이다.

가부장적 문화는 고대 유대교 기독교와 성서의 창세기 신화에 이미 잘 나타나 있다. 가부장적 이데올로기의 토대는 성별 분화를 생물학적이고 자연스러우며 성스러운 것으로 간주한다는 것이다. 그러면서도 성별 분화가 위계적인 것에 대한 해명은 없다. 인간(human)과 남성(man)은 동일한 것으로 간주되고 남성이 인간이라는 종(種)으로 정의된다. 성경에서는 원죄 신화로 성의 범주가 정해진다.

전통적 혼인제도는 남성에게 합법적으로 여성(의 성과 노동)을 소유하게 하는 일종의 장치라고도 할 수 있다. 서양 아내의 원형은 성서와 그리스 로마 시대의 아내다. 여자는 선악과를 따먹고 남자를 유혹한 태생적 죄인이다. 고대 로마에서 여자는 남자의 동산이며 종속물이다.

유대교와 그리스도교는 모두 여자가 본질적으로 남성보다 열등하며 생존을 위해서는 남성의 보호를 받아야 한다고 암시한다. 아내는 주님을 대하듯 남편에게 순종해야 하며, 부녀자들은 교회에서 발언이 허락되지 않았다. 여자가 집회에서 발언하는 것은 부끄러운 일이며, 집에서 남편에게 물어야 한다고 가르쳤다. 성서 시대에 히브리인 남편은 한 명 이상의 아내를 소유하는 것이 허락되었다. 아내를 취하려면 장인에게 지참금인 모하르 50세겔(신명기 22)로 부양비를 지불하고 난 뒤, 아내에 대한 소유권을 갖는다.

일단 결혼하고 나면 신부는 법과 관습에 따라 남편에게 복종해야 한다. 이것은 20세기 후반까지 대부분의 유대인과 그리스도교도의 결혼 서약에 남아 있다. 그리스 로마 시대에 아내는 가축, 노예와 함께 재산으로 간주되었고, 자식 낳는 도구였다. 여자는 오직 아들의 어머니로서만 가치를 인정받았다. 고대 히브리법은 간통을 여자에게만 적용하여 돌로 쳐 죽이지만 기혼 남성에게는 책임이 없다. 13,4세기 프랑스와 독일에서는 간통한 남녀를 벌거벗겨 거리 행진을 시키거나 생매장했다. 어진 아내의 표본은 부지런하고 자녀를 많이 낳고 순종하며 정절을 지키는 것이다[87]

고대 중국에서도 여자는 남자의 동산이며 노예나 다름없었다. 말하고 생각할 수 있다는 점이 동물과 다를 뿐이다. 여자의 의무는

---

87) 메릴린 엘롬:29 – 33쪽.

남자의 후손을 낳아주고, 남편이 바깥일을 잘하도록 온 힘을 다해 의식주를 보살피고, 정절을 지키며, 시집 식구를 잘 섬기는 것이다.

전통 혼인에서 여자를 데려오기 위해 남자 가족들은 여자 집에 돈을 지불했다. '처녀 사오는 값'은 전통 혼례의 육례(六禮)라는 형식으로 바뀌어 그 흔적이 남아 있다. 만약 신부를 사 올 돈이 없을 경우에는 약탈해오는 일도 많았다. 심지어는 여자를 시장에서 사고 팔고, 전당 잡히고, 선물하거나, 교환하는 일도 없지 않았다.

중국에서는 특히 여자의 정절을 생명보다 귀한 것으로 여기도록 교육했다. 남자들은 왕에서 일반 백성에 이르기까지 벼슬의 높낮이에 따라 허용하는 첩의 숫자가 규정되어 있다[88].

고대 그리스에서도 합법적 혼인을 인정하면서도 남자는 아내, 첩, 매춘부 등 세 종류의 여자를 거느릴 수 있었다. 유일한 금지 사항은 타인 즉 다른 남자의 아내를 건드리는 것이다. 반면에 여자는 순결의 엄격한 윤리 규약을 지켜야 하며, 과부가 된 후에도 정절을 지키는 것이 미덕으로 칭송되었다. 겁탈 당할 경우 아버지와 남편의 친구들을 불러 모아놓고 그 앞에서 자결로 응답하기도 했다.

동서양을 통틀어 여자는 혼인에 의해 소유권이 아버지에게서 남편에게로 넘어가는 것이다. 보호자이며 주인으로서 남자가 여자를 데려오는 혼인제도는 법, 관습과 의식에 의해 보호 받아왔다.

가부장제는 부계(父系, Patrilineage) 부명(父名, Patrinymy)과 부거(父居, Patrilocality)로 형식화 된다. 그러나 내용상으로 본다면, 여성에 대한 남성의 지배는 여성의 성과 노동에 대한 통제를 핵심으로 이루어진다. 여성이 생산하고 양육한 2세는 남성의 성(姓)과

88) 李玲子, 2003:11 - 33쪽.

혈통을 따라 남성에게 법적으로 귀속된다. 이것은 가부장제 사회에서 보편적인 가치로 통용되며, 바로 가부장적 사회관계를 유지하기 위한 방편이다. 가부장제 사회에서 남녀는 권력, 자원과 의무가 불균등하게 분배된다.

이것을 현대 가족의 틀 안에 적용해 본다면, 결혼한 남녀는 단순한 개인이 아니라, 남편과 아내로 관계 맺음을 하게 된다. 그들에게는 각각의 역할, 의무와 권리를 규정하는 규범과 권력관계가 이루어진다. 그런데 그것들은 성에 따라 비대칭적으로 배분된다. 이 불평등한 권력관계는 남성에 의한 여성의 소유라는 봉건 사회의 혼인제도에서 비롯된 것이라고 할 수 있다.

혼인제도와 성 불평등의 기원에 관한 연구는 대체로 일부일처제가 남성의 상속자(아들)를 확인하기 위해, 여자의 성을 독점할 필요에서 만들어진 제도라고 풀이하고 있다. 자원의 희소성과 경제성의 원리가 작동하는 생산체계에서 여성을 평생 동안 한 남성이 주관하는 재생산체계에 묶어두는 것이 중요한 문제가 된다[89].

대우혼(對偶婚)에서 허용되었던 여성의 성적 자유가 생산체계와 재생산 체계 사이의 모순을 야기하기에, 여성의 성을 한 남성에게 배타적으로 독점시키기 위한 장치가 일부일처제의 기원이라고 보는 견해다. 남성 자신의 재물과 권력관계를 유지, 강화하기 위해 재생산체계를 새롭게 강화할 필요가 있다. 그들은 당대의 권력과 부 만이 아니라, 다음 세대의 분배 방식을 정하는 데도 그럴 필요성을 느꼈다. 이처럼 여성에 대한 소유가 제도와 관습으로 보장되는 봉건 가부장적 사회에서 샹린싸오의 봉건적 혼인이 어떤 의미를 지니며, 그녀는 무엇 때문에 죽어갔는가를 살펴보고자 한다.

---

89) 이영자, 1993.

3-2. 샹린싸오의 봉건적 혼인과 죽음

샹린싸오의 봉건적 혼인을 살펴보기 위해「복을 비는 제사(祝福)」의 줄거리를 다음과 같이 정리해보려 한다.

1. 샹린싸오는 자기보다 열 살이나 어린 남편에게 시집감[90].

2. 남편이 죽고 난 후, 그녀는 자기보다 서너 살밖에 더 먹지 않은 시어머니에게서 도망쳐 나와 봉건 사대부 집으로 가 하인살이를 함.

3. 그러나 시집식구는 그녀를 납치해 먼 두메산골로 팔아 넘겨 재혼하게 함. 어린 시동생의 장가 비용에 충당하기 위함.

4. 샹린싸오를 납치해감과 동시에, 시어머니는 며느리가 한 푼도 쓰지 않고 주인집에 맡겨둔 임금 천 칠백 오십 문(文)을 고스란히 찾아감.[91]

5. 샹린싸오는 산골로 팔려가면서 결사적으로 저항함.

6. 재혼한 남편이 죽고, 어린 아들마저 늑대에게 잡아먹히고 나자, 시숙은 샹린싸오가 살던 집을 몰수해감.

7. 두 남편 모두 병으로 죽고, 샹린싸오는 다시 쓰수 댁 하인으로 되돌아옴. 그러나 얼이 빠지고 일손이 민첩하지 못하다는 이유로 내쫓겨 걸인이 됨.

8. 쓰수 댁에서 쫓겨난데다, 저승에 가면 죽은 두 남편에게 몸뚱이가 찢길 것이라는 공포심에 질려 결국 죽음에 이름.

---

90)「祝福」,『魯迅全集』2권, 11쪽.

91) 위의 책 12쪽.

봉건사회에서 혼인은 남자가 여자의 성 뿐만 아니라, 동시에 노동력도 전유함을 의미한다. 위의 사실들에서 우리는 샹린싸오에 대한 시집 식구들의 소유가 성과 노동을 매개로 이루어짐을 알 수 있다.

샹린싸오가 자기보다 열 살이나 어린 신랑에게 시집갔다는 사실은 부권에 의한 노동력의 수탈인 동시에 노동력 효율성의 극대화를 추구함을 의미한다.

또 샹린싸오가 쓰수 집에서 하인살이 하며 맡겨 둔 임금을 죽은 남편의 시어머니가 고스란히 찾아가는 것도 며느리의 노동에 대한 소유권의 행사를 의미한다. 며느리의 노동의 대가를 당당하게 찾아가는 시어머니(夫權)나 그것을 당연한 도리로 받아드리는 쓰수 마님도 모두 가부장적 제도와 관습이 내면화되어, 이를 유지시키는 주범이며 공모자의 역할을 한다.

샹린싸오는 봉건 사대부 쓰수 댁에서의 하인살이에 그나마 만족하며 일한다.

'힘을 아끼지 않고 일하며, 점차 웃음기가 돌고 얼굴도 뽀얗고 통통해진[92]' 젊은 과부 샹린싸오의 몸에는 씻어내기 어려운 성적, 계급적 낙인이 찍혀 있다. 계급적 성적 식민지, 그녀는 온 몸으로 그 식민지적 삶의 흔적을 보여준다.

하인살이를 하는 샹린싸오를 강제로 납치해 여자의 몸값이 비싼 두메산골로 재혼시킨다는 사실은 여자의 성(性)에 대한 부계의 소유권 행사를 의미한다. 여자를 돈 주고 사오는 일이 후손(父系)을 이어주기 위해 '애 낳는 도구'로서 여자의 '성(性)과 노동력의 획득'임을 분명히 보여준다.

---

92) 위의 책 11쪽.

성은 인간을 생산하기 위한 것이며, 노동은 인간의 생존을 이어가기 위한 행위다. 그런데 인간을 생산하기 위해서는 상대의 성을 필요로 한다. 여기서 간과하지 말아야 할 대목이, 여성의 자궁을 빌어 남성의 후대를 생산하는 것은 여성의 성을 전유하는 가부장제의 핵심을 뜻한다는 사실이다.

역사적으로 성은 줄곧 통제받아왔다. 종교, 법, 도덕, 그리고 국가 권력들은 개인의 성에 개입하고 작용한다. 인구의 확대와 억제, 노동력의 극대화 등의 정치 경제적 요구에 따라 성은 항상 감시 받고 통제 당한다[93]. 성은 사적 영역에 머물지 않고 사회적 공적으로 정의되어 있다.

샹린싸오의 성을 탈취해가는 주체는 죽은 남편의 가족과 재혼한 시집이지만, 그것을 지지하는 것은 가부장적 사회구조와 도덕이다. 따라서 그녀의 몸은 개별(사적) 가부장의 지배에서 한걸음 더 나아가 공적 가부장제의 지배를 받는 노예화, 식민화된 몸이다.

샹린싸오가 시집에 의해 다시 산골 남자에게로 팔려감으로써 그녀의 성은 재화로 환산되고, 팔려간 그녀의 성과 노동력은 다시 두 번째 시집에게로 귀속될 것이다. 이렇듯 봉건 부권제 아래서 여성은 한 남성에게서 다른 남성에게로 소유권이 이전되기도 한다.

샹린싸오가 산골로 팔려가면서 결사적으로 저항하는 행위에는 가부장적 흔적이 깊이 각인되어 있다. 그녀의 행위에는 단순히 자신의 몸을 강제로 팔아먹는다는 사실에 대한 저항의 의미도 있겠으나, 그 못지않게 결사적으로 정절을 지켜야 한다는 가부장적 부

---

93) 권력이 성에 미치는 작용에 대해서는 미셀 푸코, 이규현 역, 『성의 역사』1권 참조. 그는 18세기 말까지 교회법과 교리, 그리고 국가 권력의 통치 수단을 통해 성에 대한 허용과 금지, 합법과 불법을 정해놓고 감시와 징벌이 줄곧 이루어져 왔음을 지적한다.

덕을 실천하기 위해서라고도 할 수 있다. 그러한 가부장적 도덕은 대부분의 사람들에게 의심 없이 수용되어 체질화되어 있다.

「복을 비는 제사」의 비극의 절정은 샹린싸오의 죽음이다. 그녀를 죽음에 이르게 한 장본인은 누구일까? 그것은 더 이상 일손이 재지 못하고 얼빠진 사람이 되었다는 이유로 그녀를 내쫓아버린 봉건 사대부 쓰수와, 죽은 두 남편에 의해 몸이 찢기리라는 공포심을 불어넣은 리유마와 동네 아낙네들이다.

다시 말해, 그것은 샹린싸오의 노동력이 더 이상 효용가치를 갖지 못했기 때문이며, 그녀가 가부장적 정절 의식의 노예가 되었기 때문이다. 샹린싸오를 죽게 한 것은 여성의 노동력을 수탈하는 가부장적 권력이며, 그녀와 마을 아낙네들을 길들이고 순종시켜온 가부장적 도덕의 권력이다. 노동력의 전유는 가부장제의 물적 토대이며, 도덕과 의식은 형이상학적 기반이라고 할 수 있다.

4. 근대 가부장제 사회의 여성 종속

4-1. 분석의 틀: 생산노동과 재생산노동의 모순

역사적으로 여성의 노동량은 남성에 비해 오히려 많은 것으로 파악된다. 원시사회에 관한 연구가 아직 충분히 이루어진 것은 아니지만, 대체로 수렵시기에 채집을 주로 담당하던 여성의 노동량은 남성에 비해 뒤지지 않았다고 한다. 그러나 부권사회로 진입하고 가부장제가 정착하면서 여성의 노동은 남성에 의해 통제받기 시작했다.

남성에 의한 여성 노동의 지배는 시대에 따라 각기 다른 형태로 이루어져 왔다. 자연 농업 경제 시기에는 결혼제도를 통해 여성의 노동력을 직접 소유하는 형태로 나타났다. 이 시기는 생산노동(사회노동)과 재생산노동(가사노동)이 분리되지 않은 채, 대부분의 노동이 가정 안에서 이루어졌기 때문에, 여성은 양쪽 부문을 넘나들며 가정에서 두 가지 노동을 남성과 함께 분담했다.

그러다가 산업사회에 와서는 여성을 생산노동에서 소외, 사적 영역인 가정 내의 노동으로 한정시킴으로써 여성노동을 은폐, 통제하는 방식으로 변화했다. 그것이 상당 부분 자연적인 것이든, 아니면 인위적인 것이든 결과적으로 여성노동은 소외되고 왜곡되기에 이르렀다. 여기서 생산노동과 재생산노동의 모순을 살펴볼 필요가 있다.

세계사는 노동의 보편사라고도 할 수 있다. 인간의 역사는 노동의 형태가 복잡해지고 다양해지는 과정으로 풀이할 수 있다. 원시 수렵사회, 봉건 농업사회, 근대 산업사회와 후기 산업 정보화 사회는 노동 형태의 변화와 궤를 같이 한다.

노동이란 수고와 노력을 동반하여, 물질적 또는 비물질적 재화를 생산하는 행위이다. 다시 말해 노동이란 인간의 창조적 의지에 의한 생산과 창조 활동이라고 할 수 있다.

노동은 크게 생산노동과 재생산노동으로 구분할 수 있다. 생산노동이란 생존을 위한 물질 또는 비물질적(용역) 생산을 말하며, 재생산노동이란 인간 생산, 양육과 가족원의 노동력 재충전이라는 노동력의 세대적, 일상적 재생산을 의미한다.

그런데 노동은 그 자체의 사회적 성격 때문에 고립적으로 이루어지지 않는다. 한 개인의 노동은 다른 개인의 노동과 밀접히 연관되어 있다. 생산 과정에서 공동 작업을 하는 것을 협업, 전문화하고 세분화한 작업을 분업이라고 한다. 생산은 이런 협업과 분업 과정에서 비로소 완성될 수 있다. 이렇듯 생산은 재생산의 원활한 작동을 전제로 하는 한편, 재생산도 생산물이 있어야 존립이 가능하다. 이 두 체계의 상호보완성이 생산력 발전을 가능하게 한 것은 결코 부정할 수 없는 사실이다.

그러나 인간 역사는 이 상호보완성이 무시되고, 생산체계의 발전만이 동력인 양 인식되어 왔다. 여기서 우리는 다음과 같은 물음을 던질 수 있다. 그렇다면, 생산영역만 역사발전의 중요한 동인으로 작용하고, 재생산 영역에서는 역사발전이 정지되었는가. 여성의 영역은 사회 영역과 분리된 채 사회 경제 발전에 아무 기여도 못하고 자연 상태 그대로 남아 있었을까. 아니 그보다도 여성은 실제로 줄곧 생산노동에 참여해왔음에도 불구하고, 왜 재생산 영역의 담당자로 규정되었는가? 자연인가, 아니면 인위인가? 이것은 노동을 매개로 한 양성불평등의 핵심 문제가 된다고 할 수 있다.

여성학에서는 이 문제를 소유와 권력의 발생과의 연관성 위에서 설명하고 있다. 모계사회가 부권사회로 이행한 과정은 아직 이론적으로 명확히 해명되지 못하고 있다. 그러나 원시 공동체 사회에서 점차 생산력이 발달함에 따라 잉여 축적과 분배가 이루어졌고, 이 과정에서 권력과 소유의 개념이 생기게 되었을 것으로 보인다.

모계사회에서 여자는 통솔권, 대표권만 가졌을 뿐, 소유권은 갖지 않았다. 소유와 분배권은 여자의 남자 형제로부터 여자의 아들,

그리고 아들에게서 모친의 누이의 아들에게로 승계된 것으로 보고 있다. 이와 같이 모계사회에서는 권력 개념은 없었으나, 부권사회에서는 소유와 권력 개념이 작용하기 시작했을 것으로 추정된다.

여성의 노동 능력과 노동량은 남성에 비해 차이가 별로 없지만, 노동대상의 차이로 말미암아 남성의 영역이 더 사회화 했고, 이에 따라 권력과 소유권을 장악하게 되었을 것으로 학자들은 내다본다. 여성은 주로 채집을 하고, 남성은 수렵을 했으나, 생산도구가 아직 발달하지 못해, 채집이 전체 생산량의 약 60%를 차지했을 것으로 보는 설이 많다[94].

이에 따라 지배집단인 남성은 자신들의 권한을 제도화하고 여성을 통제하기 위해, 생산 영역과 재생산 영역을 점차적으로 분리하여 재생산노동을 사회로부터 소외시키고 은폐하기에 이른 것으로 추정해볼 수 있다. 결국 생산 체계가 재생산 체계를 규정해왔음을 알 수 있다.

다시 말해, 남성끼리의 소유와 권력을 분배하기 위해 재생산 체계를 통제해왔을 것이란 설이 상당한 설득력을 얻는다. 일부일처제와 혼인제도 역시 남성끼리의 분배 과정에서 상속자를 확실히 해놓기 위해, 한 남성에게 여성의 성을 배타적으로 전유하게 한 제도임을 짐작할 수 있다. 실제로 남성은 제도로 성문화되고 관습으로 보장되는 가부장제란 틀 속에서 줄곧 난혼 상태를 유지해 온 게 사실이다.

엥겔스는 계급불평등 이전에 성불평등이 생겼다고 지적하고 있다[95]. 계급불평등은 고대 사회에서 피정복자들을 노예로 삼아 생산

---

94) 이영자, 70 – 75쪽.

노동에 이용했던 것에 기원을 둔다고 할 수 있다. 그것은 생산수단
의 유무를 의미하는 생산관계에서 비롯되는 것이다. 그러나 성불평
등은 생산노동과 재생산노동의 분리, 곧 성별분업에 따라 발생한다.

이 때문에 페미니즘에서는 성별분업과 재생산노동에 관한 연구
를 활발히 진행해오고 있다. 아울러 여성 집단을 가리켜 내부 식민
지, 최초의 식민지이며 최후의 식민지라고 표현하여 성 불평등을
부각시키고 있다.

중국의 경우, 적장자를 중심으로 정권과 상속권을 계승시키는 종
법제도에 의해 여성을 가정 안에 묶어두고 도덕 교육을 통해 여성
의 내조자 의식을 길러왔다.[96]

결론적으로 가부장적 생산양식과 생산관계는 절반 인류의 노동
에 대한 소외와 은폐를 통해 세계사를 왜곡하면서 유지되어왔다고
할 수 있다.

4-2. 쯔쥔의 비극

「죽은 이를 애도함(傷逝)」의 여주인공 쯔쥔의 비극을 노동에 따
른 양성 간의 모순의 측면에서 분석해보는 것은 이런 뜻에서 중요
한 의미가 있을 것이다.

두 주인공 쯔쥔과 쥐앤성은 시대를 앞서가는 의식과 용감성을
가지고 과감히 동거생활을 시작한다. 그러나 그들은 결국 사랑의

---

95) 엥겔스, 1985.
96) 이영자, 2003.

열매를 맺지 못하고, 쯔쥔은 죽음으로 짤막한 삶을 마감한다. 이 작품을 통해 작가는 현실에 발을 딛지 않은 청춘남녀의 공허한 사랑을 들춰내 보이고자 한 것이다.

자유연애를 죄악시하는 봉건도덕과 용감하게 이에 맞선 두 연인의 진보적이고 선각자적인 행위, 그러나 현실과 생존, 먹고살아야 한다는 간단한 진리를 소홀히 한 이들의 과오를 짚어주는 사실주의 수법과 작가 정신이 엿보인다.

여기서 나는 주제 사상과는 별도로 성 평등의 각도에서 이 작품을 살펴보고자 한다. 분석의 초점은 그녀를 죽음에 이르게 한 근본 원인이 무엇인가에 맞춰보려고 한다. 다시 말해, 그녀를 죽게 한 원인은 자유연애를 죄악시하는 봉건도덕과 그에 따른 생활고인가, 아니면 여자의 비지성적 생활태도, 정체, 경제적 의존에 실망한 쮜앤성이 서로 헤어져 재기하기를 원했기 때문에 야기된 것일까. 이는 자연히 노동에서의 성별역할에 따른 쮜앤성과 쯔쥔의 관계로 집중될 수밖에 없다.

두 연인은 동거 후 쮜앤성의 원고료에 의지하여 단칸짜리 셋방에서 가난한 살림을 시작한다. 쮜앤성은 사색, 독서와 글쓰기의 이성적인 정신노동에 종사하고, 쯔쥔은 식사준비, 가축 기르기 따위의 가사노동에 종사한다[97]

이는 일반적인 현실 남녀 역할모델의 반영이기도 하다. 성 역할은 관념적 차원의 규범에서 뿐만 아니라, 구체적 현실인 사회 조직으로 밑받침된다. 혼인제도, 가족제도와 이를 규정하는 법, 제도와 경제 구조가 상호 결합하여 성 규범과 역할이 유지된다. 이것은 개

---

97) 魯迅:2권, 118-119.

인의 선택이나 가치관의 문제가 아니라, 이들을 틀 지우는 의식과 제도의 문제다[98].

대부분의 문학작품에서 여성은 남성에 비해 교육 수준과 지적 수준이 낮은 역할로 그려진다. 역사적으로 여성은 남성에 비해 권력 자원의 변수가 되는 교육의 기회를 훨씬 적게 분배 받아왔다. 또한 노동의 종류는 정규 교육 이외에 일생 동안 축적되어야 할 지적 자원에 지대한 영향을 끼친다. 정신노동과 육체노동의 차이는 지적 수준에 직접 영향을 주며, 지적 수준은 권력과 지위에 주요 변인으로 작용한다.

쯔쥔과 쥐앤성의 경우도 예외가 아니다. 동거 전에는 쥐앤성과 함께 '가정의 전제를 논하고, 구습타파, 남녀평등과 입센, 타고르와 쉘리'[99] 에 대해 얘기하던 쯔쥔이 동거 후에는 '가사를 돌보느라고 잡담할 틈은 물론, 독서나 산보할 틈도 없다'(1권:115쪽). 쥐앤성이 종일 머리를 쓰며 글쓰기 구상을 하고(119), 인생과 사회를 사색하며 이성적인 일에 전념하는 동안, 쯔쥔은 "이전과 같이 조용하지 못하고, 방에 대접과 접시를 어수선하게 늘어놓고 연기를 피우며", 먹기 위해 사는 존재로 쥐앤성의 눈에 비친다(118).

노동에서의 성별분업은 가부장제의 핵심 요소다. 그것은 단순한 의식, 도덕과 윤리적 수준에서 작용하는 것이 아니라, 노동, 경제와 직결된 물적 토대 위에서 유지된다. 이 때문에 가부장제는 의식과 이데올로기에 그치지 않고, 뚜렷한 물질적 기반을 갖고 있다고 보는 것이 페미니즘의 보편적인 입장이다.

---

98) 장필화, 1999.
99) 魯迅:2권, 111.

다시 말해, 공적 영역과 사적 영역, 생산체계와 재생산체계의 분리, 그리고 재생산 노동의 소외, 은폐와 여성에게 배타적으로 이를 담당하도록 한 제도가 여성 종속을 가능하게 하는 가부장제의 핵심 부분인 것이다.

여성은 고대 수렵 사회에서 후기 산업 정보화 사회에 이르기까지 줄곧 노동을 해왔고, 노동의 질과 양이 남성에 비해 뒤지는 것이 결코 아니다[100]. 그럼에도 불구하고 여성의 노동이 줄곧 은폐되고 평가절하 되어, 여성은 남성에게 경제적으로 의존하고 종속될 수밖에 없다. 페미니즘에서 성별분업은 자연적인 것이 아니라, 역사 사회적으로 조직되고 구성된 것이라고 보는 이유가 여기에 있다.

시장경제 이론에 가사노동은 포함되어 있지 않고, GDP에도 재생산은 계산되지 않는다. 자본과 가부장제는 이해관계에 따라 때로는 공조하고 때로는 갈등관계를 가지면서 재생산노동을 활용해왔다. 여성의 노동은 사랑이란 이름으로 합법화된 무급노동이다.

엥겔스는 '여성의 소외가 생산노동에서의 소외 때문'임을 지적하고 있다. 그러나 그는 출산은 동물적 과정인 자연의 영역으로 간주하여, 정치 경제학에 포함될 수 없다고 생각했다[101].

마르크스는 사적 소유의 확립에 따른 부권제의 성립이 성불평등을 가져왔다고 밝히고 있다. 그러나 재생산 노동은 왜 생산노동만큼 역사발전에 작용할 수 없었는가? 생산 체계와 재생산 체계가 상호보완적임에도 불구하고, 왜 재생산 체계가 사회 생산으로부터 소외되고 은폐되었는가에 관한 해명은 없다. 마르크스는 사회 불평등

---

100) Schweitzer, 2002.
101) 엥겔스, 1985.

을 노동과 연관 짓는다. 그러나 여기서 노동은 임금노동만을 의미한다. 그는 자본의 논리와 임금노동의 개념 내에서만 유물론을 상정하고 있다.

이에 반해, 페미니즘의 기본 입장은 성 불평등의 사회 구조를 새로운 노동의 개념, 즉 재생산노동까지 포괄하는 것으로 재정립하고자 한다. 그것은 곧 가부장제 생산양식에서 여성의 노동이 은폐되는 구조를 밝히려는 것을 말한다.

「죽은 이를 애도함」에서 우리는 재생산 노동의 왜곡을 분명히 읽어낼 수 있다. 쥐앤성은 "나 혼자라면 사실 생활하기가 용이하다[102]"며 쯔쥔의 경제적 의존성을 암시적으로 비판한다. 여성 노동에 대한 왜곡으로 인해 경제적 의존자로 전락할 수밖에 없는 것이 가부장제의 핵심이다. 그러한 제도를 만들고 유지해온 것은 남성 집단이다.

"먹지 않아도 좋으니, 절대 그렇게 애써서 일하지 말라.[103]"는 남자의 질책은 여성의 재생산노동을 은폐하고 평가절하 하는 가부장적 의식이 내면화된 사람의 전형적인 표현 방식이다.

그것은 생산체계의 우위와 재생산체계의 종속성을 발판으로 성 불평등의 확고한 구조가 정착된 사실을 보여주는 대목이다. 실제로는 생산체계와 재생산체계의 유기적 관계를 적극 활용했음에도 불구하고, 형식상으로는 이 두 개를 분리시켜 위계적으로 만들어 놓은 것이 가부장제의 본질이라 할 수 있다. 성 불평등은 사회 전반에 구조화 제도화 되어 개인의 차원에서 극복할 수 없는 것이다.

---

102) 魯迅:2권. 120.
103) 위의 책 116.

생산체계의 일방적 우위와 그 지배에 따른 모순의 결과를 우리는 이미 경험하고 있다. 재생산 체계는 그대로 방치해두어도 자연적으로 유지될 것이라 착각하고, 여성의 무급 노동을 제도화한 것이 이제는 더 이상 효력을 갖지 못하게 되었다. 독신 여성의 급증과 출산 파업이 심각한 사회문제로 떠오르고 있는 사실에서 알 수 있다. 뒤늦게 국가와 자본이 개입하여 생산체계 유지에 치중되어 있던 자원을 재생산 체계로 재분배하려 하지만, 치러야 할 대가는 그리 만만치 않을 것으로 보인다.

가정은 남성 우월주의와 위계적인 성 역할분담, 여성의 경제적 의존성을 중심으로, 가부장적 가족관계가 극명하게 드러나는 지점이다. 그것은 성 평등을 구조적으로 차단하며, 지배와 종속 관계가 유지, 재생산되는 곳이다. 남성은 권위와 경제력을 바탕으로 권력과 지위를 획득하게 된다.

쯔쥔과 쮜앤성은 봉건 도덕에 과감히 맞서 자유 동거를 시작했지만, 그것은 성 불평등이 내재한 가부장적 남녀관계의 모델일 뿐이다. 가부장적 사회에서 가정이 남성에게는 쉼터며, 권리지만, 여자에게는 일터요, 의무다. 쯔쥔은 음식 준비에 "전력을 쏟고, 밤낮으로 마음을 쓰며", 종일 땀을 흘리고 두 손도 거칠어졌다[104]. 그러나 쮜앤성은 집안일에 파묻혀 책도 안 보는 여자에게 실망하고, 어수선하고 지저분한 방 때문에 조용히 글쓰기를 하지 못하는 것이 화가 난다[105].

집안일은 주말, 휴가와 퇴직도 없이 쉬지 않고 반복되는 번거롭고

---

104) 위의 책 115, 116.
105) 위의 책 118, 119.

잡다한 노동임에도 불구하고 노동으로 인식되지 않았다. 여기에 가사노동이란 이름을 붙여 노동이란 개념을 도입한 것이 페미니스트들이다. 그러나 가부장적 사고가 체질화한 일반 사람들은 아직도 가사노동을 노동으로 간주하지 않는다. 가사노동은 중요한 가치를 생산함에도 불구하고 시장에서 유통되는 상품가치와 교환가치가 주어지지 않았기 때문이다. 고전경제학은 직업 활동, 즉 소득 활동을 하는 사람만을 노동하는 사람으로 간주한다. 따라서 여성은 노동하지 않는 존재, 아울러 생산과 창조를 하지 않는 존재로 규정된다.

쯔쥔이 살림에 모든 것을 걸고, 경제적 무능력자가 되는 것에 실망하고, 각자 헤어져 새 출발을 할 것을 선포한 쥐앤성의 행위, 그래서 '나는 이미 당신을 사랑하지 않소.'라고 한 그 선언이 쯔쥔의 얼굴을 잿빛으로 만들었고, 결국 이 세상에서 사라지게 했다.

그녀를 벼랑 끝으로 몰고 간 것은 그늘 진 울타리 속에서 종일 허리가 휘도록 땀 흘리고도 어떤 가치도 존엄성도 인정받지 못하는 절반 인류를 억눌러 왔던 바로 그것이다. 쯔쥔이 사라져간 오늘도 수많은 쯔쥔들이 수많은 쥐앤성에 의해 여전히 심판받고 있다. 지켜보고, 말하고, 판단하고, 심판하고, 다스려 온 사람은 언제나 그들이며, 침묵하고 체념하고 인내로 시간을 지켜온 사람은 그녀들이다.

맺는 말: 성과 노동의 직접 소유에서 소외와 은폐로

이 글에서는 루쉰의 두 단편소설의 여주인공의 비극을 노동의 성 평등의 시각에서 분석해보았다. 가부장제란 남성에 의한 여성 종속을 가능하게 하는 사회관계의 총칭이라고 정의할 수 있다. 그런데 그 형태는 시대에 따라 다르다. 봉건 가부장제에서는 여성의 성과 노동을 직접 노골적으로 소유했으나, 현대 산업사회에서는 여성의 노동을 사회로부터 소외, 은폐함으로써 남녀가 지배와 종속관계를 이루도록 한다.

지배와 종속은 윤리 도덕적인 수준에 머물지 않고, 물적인 토대 위에서 유지된다. 다시 말해, 생산체계와 재생산체계를 위계적으로 분리하여 재생산노동을 사회 경제노동으로부터 소외시키고, 여성에게 전담시킴으로써 여성종속을 가능하게 해왔다.

쯔쥔의 비극은 단순히 자유연애를 죄악시하는 봉건도덕에서 비롯되었다기보다, 남녀 노동의 위계적 분리와 여성의 경제적 종속성에 더 큰 원인이 있음을 알 수 있다. 이것이 곧 근대 가부장제의 숨겨진 핵심이라고 할 수 있다.

나는 이전의 연구 「샹린싸오의 죽음과 지배의 역사」(1998), 「중국 현 당대 소설작품에 나타난 성 정체성 연구」(2003), 「중국현대소설 속의 권력 계급 성」(2004)에서 여성 종속을 주로 의식적 측면에서 분석한 바 있다. 그러나 이 연구에서는 거기서 한 걸음 나아가 여성 종속을 가능하게 하는 가부장제는 도덕 윤리의 수준에 머물지 않고, 분명한 그 물적 토대에 의해 유지된다는 점을 지적하였다. 가부장적 사회구조는 의식적 차원만이 아니라, 노동, 경제와 관계되는 물질적 기초 위에서 지속가능한 것이다. 따라서 그것은 봉건 잔재나 근대의 불철저성에서 비롯되었다기보다, 근대의 본질적이고 구조적인 문제라고 해야 할 것이다.

이런 의미에서 샹린싸오의 봉건적 죽음과, 쯔쥔의 근대적 죽음은 범세계적, 통사적으로 존재하는 가부장제의 다양성과 불변성을 새삼 드러내 보여주는 것이다. 여성의 몸을 가시적으로 소유하는 봉건과 여성의 노동을 비가시적으로 은폐, 통제하는 근대는 가부장제라는 깃발 아래 언제나 그렇게 건재하고 있음을 이 글에서 지적하고자 하는 것이다.

참고문헌

마릴린 엘롬, 이호정 역, 『아내 – 순종 혹은 반항의 역사』, 시공사, 2003.
엥겔스, "가족의 기원", 김대웅 역, 도서출판 아침, 1985.
우에노 치즈코 지음, 이승희 옮김, 『가부장제와 자본주의』, 녹두, 1994.
李玲子, 『중국 여성잔혹 풍속사』, 에디터, 2003.
_____, 「중국 현 당대 소설작품 에 나타난 성 정체성 연구」, 『중어중문학』 33집, 2003.
_____, 「중국현대소설 속의 권력 계급 성」, 『중국현대문학사』 31집, 2004.
이영자 외, 『성 평등의 사회학』, 한울, 1993.
장미경, 『페미니즘의 이론과 정치』, 문학과학사, 1999.
장필화, 『여성, 몸, 성』, 또 하나의 문화, 1999.

_____, 「결혼제도와 성」, 『한국여성학』 13권 2호, 1997.

태혜숙, 『탈식민주의 페미니즘』, 여이연, 2001.

魯迅, 『魯迅全集』1, 2, 4, 5권, 人民文學出版社, 1981.

Fouacault, M, "Power/Knowledge:Selected Interview and Other Writings 1972 – 1977", London, ed. C. Gordon, Brighton, Harvester Press, 1980.

_____, "Surveiller et punir, Naissance de la prison", Paris, Ed. Gallimard, 1985.

Heidi Hartman, "The Unhappy Marriage of Marxism and Feminism: Towards a More Progressive Union," Lidia Sergent, ed. Women & Revolution, London: Pluto Press.

Schweitzer S. "Les femmes ont toujours travaille", Paris, Ed. Odile Jacob, 2002.

(2005년 경기대 『여성논총』 7집에 발표한 「루쉰의 「복을 비는 제사」와 「죽은 이를 애도함」의 가부장적 요소」의 수정본임.)

VII. 중국의 여성고용정책과
양성평등

요약

이 글은 중국의 여성고용정책과 시행사례들을 양성평등의 시각에서 고찰하고 문제점들을 제시하려는 것이다.

개혁 개방 후 중국의 양성평등은 채용, 해고, 임금과 고용구조면에서 퇴보하고 있다. 그 근본 원인은 전통적 성 역할 분업을 재생산 유지하는 가부장적 사회 문화 경제구조에 있다. 여성종속 구조는 남녀평등을 기본국책으로 했다는 계획경제 시기에도 잠재해, 수직 수평적 남녀 노동 분절로 발현되었으며, 시장경제에서 더욱 표면화되고 있다. 따라서 여성고용정책이 어떻게 이에 대응하는가가 문제 해결의 관건이 될 것이다.

고용관련 법제는 여성의 노동권 보장과 모성보호에 초점이 맞춰져, 실질적 평등과는 거리가 있으며, 여성을 모성으로 개념화하여 근본적인 종속구조를 개선할 수 없다는 한계를 지닌다.

전국부련(全國婦聯)은 평등보다는 개발에 주력하며, 양성평등 기구로서의 역할은 미흡하다. 중점사업인 경제건설에의 여성노동력 동원이 고용확대 효과는 가져 오지만, 경제성장이 자동적으로 남녀평등으로 연결되는 것은 아니며, 근본적으로 여성종속구조가 해체될 때 비로소 가능하다.

직업 훈련 과목들이 전통적 여성분야로 이뤄져, 성 분업 위계구조를 개선할 가능성이 희박하다. 따라서 성별분석에 근거한 통계자료 작성, 각 계층의 여성을 포괄하는 계층별 차별화 정책, 가부장적 권력구조에 주체적으로 대응할 여성의 세력화가 요구된다.

1. 종속구조의 재편 가능성

이 글은 중국의 여성고용정책과 시행사례들을 양성평등의 시각에서 정리분석하고 문제점들을 지적하려는 데 목적이 있다.

중국은 1949년부터 30년간 계획경제를 실시하다가, 1979년부터 오늘날까지 20여 년간 시장경제를 채택하고 있는 사회주의 개발도상국이다. 계획경제 시기에는 중앙 통제 식 관리에 따라 여성 고용정책이 형식상 양성평등의 방향으로 펼쳐졌다.

이에 비해 시장경제 도입 후에는 여성은 고용, 승진, 임금과 해고에서 심각한 차별을 받아, 그나마 계획경제 시기에 이룩해 놓았던 양성평등을 퇴보시키고 있다. 그 이유는 학력, 지식과 기능기술을 포함한 여성의 경쟁력이 남성에 비해 떨어지기 때문이다.

그렇다면 경쟁력이 높은 대졸 여성들까지 노동시장에서 고용차별을 받는 이유는 무엇인가. 그것은 전통적 성별분업 구조 때문이라고 볼 수 있다. 여성이 모성으로 개념화되어, 성역할 분업에 따른 이중부담이 효율을 목적으로 하는 기업경영에 불리하기 때문이다.

성 이데올로기를 토대로 한 비가시적 문화 권력은 남성보다 높은 문맹률, 낮은 학력과 성별 노동 분절이라는 여성종속 기제를 형성한다. 모택동 시기에도 높은 취업률과 비교적 적은 남녀 임금격차에도 불구하고 성별 노동 분절은 한결같이 존재했다. 그 잠재적 불평등 요인이 자유경쟁 시장에서 표면화되는 것뿐이다.

중국여성 정책의 핵심은 능력개발을 통한 고용확대다. 이것은 개별여성의 생존과 국가 경제성장에도 부합하는 긍정적인 효과가 있

다. 그러나 제3세계에서 경제개발이 양성평등을 앞당겼는가. 예상과
는 달리 오히려 남녀격차를 심화시켰다(내쉬, 1977; 매킨토시, 1981;
모저, 1993; 유엔, 1994; 다케나까 에이꼬, 1996; 蔣永萍 외, 1998).

그 이유가 무엇일까. 성별분업을 토대로 가정과 사회에서 여성 종
속이 재생산되는 사회 경제제도와 구조가 개선되지 않았기 때문이다.

최근 유엔의 여성정책은 이 사실을 경험적으로 인식했음을 보여
준다(유엔, 1994; 다케나까, 1996). '기회의 평등'에서 '결과의 평등'
으로의 전환, 결과의 평등을 이루기 위해 사회적 생산노동과 가정
내 재생산노동의 남녀 분담과 임금노동에서의 성별 분업 구조를
재편하려는 노력이 그 사실을 말해준다.

경제성장이 양성평등으로 자동 연결되지 않는다는 가정은 선진
공업 국가들에서 저임금, 단순노동과 하위직에 여성이 주로 집중되
는 수평 수직적 남녀 노동 분절 현상에서 경험적으로 확인되었다.

개도국에서도 농장이나 공장이 설립되면, 상대적으로 불리한 임
금과 노동조건을 가진 '여성의 일' 분야가 재빨리 형성되며, 일단
형성된 성별분업은 재생산, 영속화한다는 사실이다. 성별분업은 경
제 사회적 변화에 따라 계속 형태가 변화하면서 재창조 된다(매킨
토시, 1981).

따라서 개발과정에서 '개발과 여성(WID)', '개발과 젠더(GAD)'
라는 두 개념을 구별할 필요가 있다(모저, 1993). 전자는 전통적인
성 역할을 수용하면서, 여성의 노동력을 개발과정에 최대한 통합시
키려는 정책이고, 후자는 사회제도와 구조에서 기인하는 불평등과
종속에 초점을 맞추어, 이를 해소하려는 정책이다.

이 글은 양성평등이 퇴보하는 시장경제에서 중국의 여성고용 정

책이 어떻게 이에 대응하는가, 중국정부가 당면 과제인 경제성장과 '기본국책'인 양성평등의 균형을 어떻게 이뤄나가는가를 살피는 데 목적이 있다.

구체적으로는 법제와 기구가 종속구조를 재편하는데 어느 정도 적합하며, 고용확대 사업이 개발 속에 젠더를 어느 정도 개입시켜, 불평등한 권력 관계를 개선할 수 있는가를 살피려는 것이다.

2장에서는 여성 고용 실태의 문제점과 원인을 분석하고, 3장에서는 법제와 여성정책 대행기구인 전국부녀연합회가 이런 문제점들을 시정하여 '결과의 평등'을 실현하는데 어느 정도 적합한가를 살핀다. 4장에서는 중점 사업인 재취업 고용확대 사업이 단기적 생존 문제를 해결하면서, 장기적으로 종속구조를 개선하여 양성평등을 실현하는 데 어느 정도 접근하며, 문제점이 무엇인가를 비판적으로 정리 분석하려 한다.

2. 중국의 여성 고용실태

2-1. 계획경제 시기: 완전 고용과 고용구조의 취약성

중국 여성이 봉건적 예속에서 해방된 후, 가장 괄목할 만한 변화의 하나가 사회진출이다. 여성해방이 경제적 자립에 있다는 마르크스, 마오쩌둥 사상(雷潔琼, 1993)과 사회주의 건설에 절반 인구의 노동력을 필요로 한 상황이 잘 맞아떨어진 결과다.

계획경제 시기 여성고용 정책의 특징은 '높은 취업률, 저임금'과 고용구조의 취약성에 있다. 먼저 취업률을 보면, 1949년 약 60만 명(전체 근로자의 7.5%)이던 여성근로자 수가, 1957년 3백 28만 6천 명(13.4%), 1960년에는 1천 8만 7천여 명(20%)으로 두 배 이상 증가했다(蔣永萍, 1999).

60년대 초 대약진 정책의 실패로 대량 실업사태가 발생하긴 했으나, 전체적으로 증가 추세는 계속되었다. 개혁 개방 직전인 70년대 말에는 15세에서 45세 여성의 90% 이상이 취업하고 있다(중국통계연감, 1981).

개혁 개방 후에도 높은 취업률은 계속되어, 98년도 여성근로자 수가 3억 2천 7백여 만 명으로 전체 근로자의 46.7%를 차지한다. 이것은 세계 평균 약 34%를 앞질러 취업률로만 본다면 선진국 수준이다.

연령별 취업분포를 보면, 95년 현재 15－19세가 총 근로자의 50.7%, 20－24세가 48.9%로, 가임 연령에 관계없이 44세까지 고르게 46－48%를 유지하다가, 고령에서 하향곡선을 그린다(全国妇联妇女研究所, 1998; 2000). 이것은 고용 우선 정책의 결과로, 중국이 가장 내세우는 부분이다.

1953－57년 여성 근로자의 평균 임금은 남성의 77.5%(중국부련, 1993)로 격차가 비교적 적은 편이었다. 그러나 계획경제 시기부터 고용구조가 취약했고, 그것이 시장경제 도입 후 표면화되고 있다. 여성은 대체로 임금이 낮은 단순 하위직에 집중되어, 남녀 간 수직적, 수평적 분리 현상이 심하고, 여성의 고용 영역이 매우 좁다.

시장 압력에 덜 노출되어 안정적이고 보장 혜택이 주어지는 국영기업의 여성고용 비율(36.1%)이 남성(63.9%)에 비해 낮다. 공영 기업의 남녀 비율도 55.4:44.6%로 여성이 낮으나, 공공 이외의 부문에서는 반대로 여성이 남성보다 높다(51.4:48.6)(吳兆華, 1999).

여성은 주로 임금이 낮은 농업과 제조업에 몰려있다. 90년대 초이 두 부문의 남성 비율은 83.96%인데 비해, 여성은 87.32%다(趙麗江, 1998.3). 1998년도 직종별 분포를 보면, 여성은 제조업(전체 근로자의 43%), 판매업, 요식업(46%), 서비스업(56%)에 집중되어 있고, 국가 기관, 공산당과 사회 복지(24%), 과학 기술(34%)과 건축업(19%)의 비율은 낮다(全國妇联妇女研究所, 2000).

남녀의 수직 수평적 노동 분리 현상의 원인은 여성의 문맹률이 남성에 비해 높고 교육 수준이 낮으며, 전통적 성별 노동 분업의 영향을 받기 때문으로 보인다.

49년 이전에는 문맹률이 90% 안팎에 이르렀으나, 90년에는 전국 평균 22.2%인데, 그 중 여자가 31.9%, 남자가 13.0%로 여성문맹률이 훨씬 높다. 농촌 지역으로 가면 여성문맹률이 80%에 이르는 곳도 있다(全國妇联妇女研究所, 1998). 능력, 지식 등 사회 권력 자원의 소유 정도를 의미하는 고용구조의 취약성은 중국여성 고용 현실의 큰 문제점으로 지적된다.

2-2. 시장경제: 양성불평등 심화

시장경제가 도입된 80년대 이후에는 여성취업난이 더욱 심해지고, 전통적 성별분업으로의 회귀 분위기가 확산되어, 양성평등이 퇴보한다는 지적이 지배적이다.

계획경제 30년간 경제 정책의 특징은 공유제도와 강력한 중앙 통제 식 관리 체계로, 직장 배치와 임금책정을 정부에서 총괄했다. 국영기업의 3/2가 적자운영이어도 국가에서 책임졌기에, 동일노동에 동일임금 원칙에 맞추려고 노력했다. 그러나 시장경제가 심화되자, 노동시장에서 여성은 정부의 보호 없이 약자집단으로 노출된다.

2000년 말 현재 전반적인 취업난 가운데, 90년에 비해 남성 취업률이 90.0%에서 81.5%, 여성이 76.3%에서 63.7%로 낮아져, 여성의 하강 폭이 남성보다 크다. 18 - 64세 도시 지역 여성의 취업률이 87.0%로 남성보다 6.6% 더 낮으며, 18 - 49세 여성의 취업률은 72.0%로 90년도에 비해 16.2% 낮아졌다(全国妇联, 2001, 23号).

자유경쟁 체제에서 출산, 육아의 부담과 더불어 전문성과 고급기술이 부족한 여성이 경쟁력 없는 집단으로 해고 1순위가 된다. 노동시장에서 여성이 남성에게 내몰리고, 다시 기혼여성이 출산 육아에서 상대적으로 자유로운 미혼여성에게 내몰리는 현상이 보편적으로 나타난다.

국영기업 구조조정의 여성해고 피조사자 가운데 49.6%가 성차별을 받았다고 응답했다(全国妇联, 2001.23号). 종래의 양성평등법이 "국영기업은 준수, 공영기업에서는 참고 사항, 민영기업은 개의치 않는(丁娟, 1998.3)" 현실이 되었다.

97년 현재 기업들의 구조조정에서 생긴 1천 3백만여 명의 해고자 가운데 여성이 약 59%를 차지하는데, 여성 근로자 비율이 전체의 46.7%인 것을 감안하면 실제 비율은 더 높은 것이다. 심천, 무한, 심양, 대련 지역에서는 여성 해고자 비율이 최고 67%에 이르는 곳도 있다(丁姸, 1998.3).

2001년 1 – 6월 사이 전국 62개 도시를 대상으로 한 조사에 따르면, 노동시장에서 여성에 대한 수요는 감소한 반면, 남성에 대한 수요는 증가했다. 그 이유는 산업의 발전으로 점점 더 고급 기술을 필요로 하기 때문이다(汝信, 2001). 그러나 고졸 이상으로 전문기술, 비서, 회계나 관리직에 종사하던 여성 해고자들도 점차 증가하는 것으로 조사되었다.

여성 고용구조의 취약성은 여성이 집중적으로 고용된 상업, 요식업, 서비스와 제조업이 주로 구조조정의 대상이라는 사실로 연결된다(全国妇联妇女研究所, 1998). 재취업까지의 기간과 재취업 율도 남성에 비해 여성이 길고 낮다(全国妇联, 1998.8.31).

또 다른 문제점은 여성의 비정규 직 증가추세다. 1997년 전국 비정규 노동 부문 취업률이 20.3%에 이르러 정부가 고심하고 있다. 현재 이 수치는 더 높아졌을 게 분명하다.

95년 현재 농업 분야의 여성노동력이 55.9%를 넘어(汝信, 2001), 농업 노동이 여성화하는 것도 성별 업종 분리현상에 따른 소득 격차 문제로 이어진다. 여성의 평균 학력이 남성보다 낮은 것과 재생산 역할의 담당이 고용구조 취약성의 큰 요인으로 지적된다.

시장경제 도입 후 여대생이 남학생에 비해 취업난이 훨씬 더 심각한 것도 주목해야 할 점이다(张喜阳, 1993; 이영자 1997; 石美遐, 2000). 대졸 여성은 고학력 미래 세대로서 당 정 기관과 기업체 간부로 성장해 지도적 역할을 할 수 있다는 점에서 이들의 취업난은 간과할 수 없는 대목이다.

1997년 상반기 대졸자 취업박람회에 참가한 42개 기업체 중 27

개가 대졸여성을 모집 제한 또는 아예 채용하지 않았다(中国妇女報 97.1.8). 96년 랴오닝성 공무원 채용고사에서는 우수한 두 여학생이 "남성 지원자가 없을 경우에만 여성을 채용"한다는 방침에 따라 취업 기회마저 박탈당했다(같은 신문 96.6.19).

계획경제 시대에 거의 없었던 성차별을 취업 현장에서 실감한 신세대 여성들 가운데는 '차라리 고소득자 신랑을 구해 가정주부로 정착'하는 쪽을 택하려는 우려스런 분위기가 한편에서 확산되고 있다.

이들에 비해 비교적 안정된 계층이 계획경제의 혜택을 받은 기성세대 전문직 여성들이다. 그러나 이들 역시 60세를 정년으로 한 인사부 법령(1990년 5호 문건)을 무시하고, 남성보다 5년 앞서 조기퇴직을 강요받는[106] 경우가 비일비재하다.

노동부 규정에는 산업근로자의 퇴직 연령이 55세지만, 1996년 20개 성의 800여 기관을 대상으로 한 조사에서, 14%만이 이를 준수하고 나머지는 남성보다 5년 내지 10년 앞당겨 퇴직시키는 것으로 나타났다(中国妇女報, 96.3.14). 이러한 차별대우는 여성들에게 차별적 노후 보장 혜택 등 경제적 손실뿐만 아니라, 극심한 좌절과 사회 불신감으로 이어져 평등사회 실현에 심한 악영향을 미칠 수밖에 없다.

동일노동에 동일임금 원칙은 계획경제 시기 이래 비교적 잘 지켜지는 편이어서, 시장경제 도입 초기에는 그 기조가 대체로 유지되었다. 1990년 현재 도시 지역 남녀의 월 평균 소득은 193.15위안과 149.60위안으로 여성이 남성의 77.5% 수준이고, 농촌지역은 남

---

106) 북경소재 한 병원에서 16명의 여의사가 조기퇴직 압력을 받고 집단소송을 제기했던 사례가 있다(中國婦女報, 1996.3.14).

녀의 연 평균 소득이 각각 1,518위안과 1,235위안으로, 여성이 남성의 81.4%이다.

그러나 시장경제가 진전될수록 남녀 간 임금 격차가 벌어져, 99년 도시 지역 여성의 연평균 소득(7,409.7위안)은 남성의 70.1%로 90년도보다 7.4% 더 낮아졌다.

남녀임금 격차의 원인은 여성이 집중되어 있는 직종의 보수가 주로 낮은 것과, 같은 직종에서도 남녀 직급의 차이에도 있다. 남성은 각종 관리인과 전문 기술직 종사자가 많으나, 여성은 주로 낮은 직급에 분포되어 있어 여성의 임금이 각각 남성의 57.9%와 68.3%에 그친다.

농업, 임업과 목축업에 종사하는 여성의 연소득도 99년 현재 (2,368.7위안) 남성의 59.6%로, 남녀 격차가 90년도보다 19.4% 더 벌어졌다.

그 이유는 여성은 소득이 낮은 농업 종사자가(82.1%) 남성보다 17.4% 많으나, 남성은 비농업 분야 종사자가 여성(35.3%)보다 2배나 많기 때문이다(全国妇联, 2001, 23號; 汝信, 2001). 앞으로 WTO 가입에 따른 구조조정의 가속화로 해고자 수가 연평균 1천만 명에 이를 것으로 전망되어, 고용 확대가 정부의 최대 과제로 되어 있다(全国妇联妇女研究所, 2000).

시장경제 도입 후 여성 차별이 심화되는 원인을 살펴보자. 첫째, 전반적으로 노동력 수요가 공급을 초과하는 상황에서 학력 지식 전문기술이 없는 여성은 경쟁력이 약하기 때문이다.

둘째 모성 비용에 대한 사회적 지원 체계가 마련되어 있지 않기 때문이다. 국민복지 중심의 계획경제 시기와 달리, 자유경쟁 체제에서는 이윤이 기업의 목적이다. 모성 비용을 사회가 부담하지 않으면서, "임신, 출산, 수유기간 동안 임금 삭감이나 해고를 금지"(<여성근로자 노동보호규정>1988년)한다는 것은 기업으로 하여금 오히려 여성을 기피하도록 유도하는 결과만 낳을 뿐이다. 실제 여성근로자 비율이 높은 한 방직업체는 여성 수가 적은 다른 업체보다 모성 비용이 약 4배 더 소요된 것으로 조사됐다(中国妇女报, 95.11.15).

여기에 비가시적 사회 문화 권력 기제가 가세하여 적극 상승작용을 한다. 계획경제 시기 정책적 보호 아래 진행되던 초보적 남녀평등은 자세히 살펴보면 근본적인 문제점을 내포하고 있었다.

먼저 여성은 모성으로 개념화되고 보호의 대상으로 규정된다. 1982년 개정된 <헌법>제49조에 "결혼, 가정, 어머니, 아동은 국가의 보호를 받고, 노인, 부녀와 아동에 대한 학대를 금지 한다"고 규정했다. <여성근로자 합법적 권익 보장과 여성 차별 학대 금지에 관한 전국 노총 통지문>에도 "탁아소, 유치원 및 모자 보건 사업과 여성 근로자의 가사노동을 경감시키기 위해 적극 돕는다."고 했다. <여성근로자노동보호 규정> 등 여러 곳에도 유사한 내용이 있다.

이들은 은연중에 여자는 약하고 보호받아야 할 존재라는 의식을 갖게 하고, 전통적 성역할을 기정사실화하고 내면화하는 데 결정적역할을 한다. 무엇보다 그것이 가부장적 사회에서 여성의 권리보다는 '신체적 약자'인 모성을 '보호'한다는 시혜의 의미를 담고 있다는 데 문제가 있다(조형, 1996).

게다가 여성의 특수성을 무시한 채 '남성이 하는 일은 무엇이든 여성도 할 수 있다'는 남성 모델에 강제로 끼워 맞춘 모택동 시기의 형식적 평등은 시장경제에서 '가정복귀론'에 힘을 실어주는 역작용을 낳았다. 남성중심의 자유경쟁에서 좌절하고 무기력해진 여성들은 점점 더 가정으로 안주하려는 심리가 확산되고, 효율을 생명으로 하는 기업은 더욱 나약해져 가는 여성들을 기피하게 되는 악순환이 계속된다.

위와 같이 양성평등이 후퇴하는 현실에서 여성 고용 정책이 효과적인 대응 전략을 갖고 있는가를 살펴볼 필요가 있다. 그 핵심 쟁점은 근본적인 종속 구조에 충격을 가할 수 있는 전략, 구체적으로 여성의 장기 경쟁력 강화, 재생산 역할의 남녀 분담, 가부장적 성별 노동 분절의 재구성과 모성비용의 사회적 지원으로 요약될 수 있다.

3. 여성종속 구조 개편 가능성 희박

3 - 1. 법제 - 모성보호에 초점, 결과의 평등 미흡

자본주의 국가에서 여성들이 아래로부터 투쟁을 병행해 권리를 획득하는 것과는 달리, 사회주의 중국은 위로부터의 개혁에 따라 여성고용이 확대되고 보호받고 평등을 지향해왔다.

1949년 <공동강령>과 <중화인민공화국 노동조례>(51년), <노동보호 조례 실시세칙 수정초안>(53년), <여성근로자의 출산

휴가에 관한 통지> 및 <공장 안 위생규칙>(55년)들을 보면, 사회주의 정권 초기 여성고용에 따른 보호 규정들을 파악할 수 있다.

현재 여성고용에 관한 법제는 <헌법>을 기본법으로 하여 <노동법>, <부녀 권익 보장법>, <여성 근로자 노동 보호 규정>과 <여성 근로자 금지 노동 범위의 규정> 및 민법, 노동조합법과 지방 단위의 법규들로 되어 있다. 이들을 정리하면 평등 취업, 차별 금지, 특수 권익 보호와 동일 임금에 관한 규정으로 구분될 수 있다.

첫째, 평등 취업 권과 성차별 금지는 남성과 동등한 취업권과 직업 선택권을 인정하고, 채용, 승진, 승급, 업무배치, 직업 훈련에서의 차별과 채용에서 이중 기준을 금지한다. 헌법 48조, <노동법> 13조, <부녀권익보장법> 21, 22, 24조가 위의 내용들을 규정하고 있다.

둘째, 특수 권익 보호는 인간 재생산의 생리적 특성을 인정하여 여성의 안전과 건강을 미성년자와 함께 특별히 보호해야 한다는 내용이다. 광산 갱도, 강도 4급 이상의 노동, 높은 곳과 저온에서의 작업 등 금지 노동의 내용과 범위를 밝히고 있다. <노동법>58-61조, <부녀권익보장법>25조, <여성근로자 보호규정>(88년)5-7조들이 위의 내용을 규정하고 있다.

이 규정을 위반한 사업장은 노동부로부터 시정 명령과 행정 처분을 받는다. <노동법>95조, <부녀 권익 보장법>48-50조, <노동 조합법>17조, <여성 노동 보호 규정>13조 가 이에 해당한다.

출산 유급 휴가는 산전 15일, 산후 75일 총 90일이다. 4개월 미만의 임신중절은 15-30일, 4개월 이상은 42일의 유산 휴가를 받는다. 위의 규정을 위반하면, 시정 명령을 받고, 이를 이행하지 않으면 3천 위안(약 4십8만원)의 벌금형을 받는다(<노동법>14조).

동일임금에 관한 규정에는 "평등한 임금"(노동법 3조)과 "동일 노동 동일임금 실행"(노동법 46조, 부녀 권익 보장법 23조)과 최저 임금제에 관한 규정이 있다. 그러나 시장경제 도입 후, 규정을 이행하지 않는 민영기업과 남녀 임금격차의 확대에 대해, 거의 정책의 손길이 미치지 못하고 있다(田小寶, 1997; 張泳平, 1997).

위의 내용들을 종합해 살펴보면, 노동권 보장과 모성 보호에 초점이 맞춰져 있다. 채용에서 남녀 차별 금지와 임신 출산을 이유로 해고하지 못하도록 한 규정은 고용 자체를 중요시 한 것이지, 평등에 중점을 둔 것은 아니다. 승진, 승급에서의 차별 금지 등 법 앞의 형식적 평등에 초점이 맞춰져 있고, 실질적 평등에 대한 보장은 별로 문제 삼지 않았다. 선언적 의미를 갖는 상위법을 보장하는 하위법이 마련되어 있지 않아 시행여부가 불확실한 점에서 드러난다.

여성우대 규정도 일반적 조치인 생리적 특성에 대한 보호가 중심을 이룬다. 제도적이고 누적된 차별을 시정하여 결과적 평등을 이루기 위한 적극적 조치로서 여성의 우선 채용을 규정했으나, '여성에게 적합한 직종'이 무엇인지, 여성채용 비율이 얼마인지를 적시하지 않아 실효성이 의문시된다.

이것은 잠정 우대 조치로서 할당제를 도입한 세계적 추세나 서구 국가들과 비교하면 상당한 차이가 있다. 가령 스웨덴은 한쪽 성이 최소한 40%가 되도록 채용 규정을 의무화했다. 프랑스는 '남녀 공직 참여 관련법'으로 정책 결정직에 목표 할당제를 실시한다(여성개발원, 2001). EU는 고용의 기회평등을 위한 시행 계획표를 작성하여 사용자에게 책임을 할당하고 조정 반을 구성하여 실행 결과를 분석하고, 평가결과 보고서를 제출하게 하여, 지속적 자동적으로 고용 평등을 개선하게 한다.

이들과 비교하면, 중국의 법제는 실질적 평등에 매우 미흡하다. 기본법의 실효성을 담보하는 하위 법, 시행 세칙과 구체적 시행 절차가 제시되지 않아 법이 사문화 할 가능성이 많다. 법제 자체가 아직 미비하고, 집행체계도 불완전하여 쟁의가 발생했을 경우, 법률보다는 행정수단에 의지하는 경향이 있다. 실제 "투명하지 않은 고용 절차를 이용하여 여성을 차별하는 사례가 많으나"(陆方文:8), 이를 통제할 길이 없다.

여성관련 법제는 모든 집단의 여성에게 포괄적으로 적용되어야 한다. 민간 기업, 소규모 하청 업체, 영세업자, 가내 근로자와 농업 노동자 등 모든 영역의 여성을 법의 보호망 속에 포함시켜 채용, 승진, 직업 훈련, 근로조건, 해고, 퇴직과 보상에 관한 규정을 마련해야 한다.

그러나 현행법에는 이에 대한 세부 조항이 미흡하다. 법 자체의 구체성과 적용 범위 외에도 시행의 문제가 또한 중요하다. 집행 여부에 대한 감독 체계가 미비하면, 법의 효력을 보장할 수 없다. 중국의 여성고용 관련법에서 이것이 큰 문제점으로 지적된다.

이 때문에 개방 후 폭증하는 농촌에서의 유입 여공, 자영업, 민간 기업, 외자 기업과 성 산업에 종사하는 여성 노동자들이 법의 보호망 밖에 그대로 노출되어, 고용계약 미비, 임금 차별과 열악한 노동조건에 시달리고 있다(丁妍, 1998; 蒋永萍, 1998; 吴兆华, 1999).

특히 '직공언니'로 불리는 농민 여공들의 불평등한 노동관계는 심각한 사회문제가 되는데, <노동법>의 손길이 미치지 못하고 있다.[107) 많은 민간 기업과 외자 기업들은 임금 비밀 제도를 채택하여 다른 동료의 임금을 알 수 없기 때문에 동일 임금제가 유명무실하게 된다.(陆方文:8)

<노동법>을 위반하고 무급 야간 잔업, 임금 체불, 삭감과 최저임금제를 지키지 않는 민간 기업이 단속을 받지 않고 있다.[108) 저임금의 농민 여공을 채용하기 위해 고용계약을 위반하고 기존의 여성 근로자를 대량 해고(上海市妇联, 1997:39)하고, 해고자 수와 대상도 경영자가 임의로 결정 하며[109), 법규와 절차를 무시하고 실업 보험과 연금을 지불하지 않는(葛美云:272) 행위를 통제하지 않고 있다.

현행 법제의 근본적인 문제점은 모성 보호를 여성에게로 국한시켰다는 점이다. 이것은 육아 휴직이 여성에게만 한정되고, 총체적인 모성 보호가 여성에 대한 보호로 규정된 것에서 드러난다.

여성 노동력의 주변화를 시정하기 위한 열쇠는 종래 여성이 전담하던 모성의 책임을 남녀가 분담하고, 사적 무보수 노동이던 재생산 노동을 생산노동 영역으로 통합하여, 사회적으로 지원하는 데

---

107) 1995년 현재 우시(無錫)지역의 경우, 농촌에서 유입된 여공은 총 노동력의 71.3%, 쑤쩌우 지역은 91.5%나 된다. 이들은 전통적 여성 분야의 단순 노동력밖에 갖지 못해 "취업영역 이 한정되어 있고", 도시 노동자에 비해 저임금, 열악한 근로 환경, 무급 야간조업 등의 "불 평등한 노동조건"을 호소하지만, 이들을 보호할 법적 조치가 뒤따르지 못하고 있다. 臣海 麗(1997), 19쪽.

108) 한 조사에서 민간기업들의 하루 평균 노동시간은 10.9시간, 무급잔업이 한달 평균 8.4일이 고, 일개월간 휴무 4일인 기업이 43.4%, 휴무가 없는 곳도 8.5%나 된다. 직위별 임금격차 가 국영기업보다 커서, 하위직, 임시직이 대부분인 여성들은 일반적으로 국영기업보다도 적 게 받는다. 蔣永萍 외(1998), 121쪽.

109) 민간기업의 남녀고용 실태에 관한 한 조사에 따르면, 피조사 민간기업의 13%가 노동법에 관계없이 신규채용여성의 연령을 22세로 제한하고, 61%가 30세로 제한한다. 노동계약을 1년 이하로 하는 여성의 비율이 남성보다 25.4% 많고, 임시직, 시간제, 견습공이 많다. 蔣 永萍 외(1998), 120쪽.

있다.

여성이 출산이라는 생리적 역할을 담당한다고 해서 육아와 가정의 책임까지 맡게 하는 것은 전통적 사회기제다. 실직 남성조차도 기피하는 가사노동과 자녀양육의 부담은 노동시장에서 여성의 교섭 능력을 약화시키고 남성에게 기득권을 부여하는 셈이다.

상하이의 민간, 외자기업 여성 근로자들을 대상으로 한 조사에서, 남성들이 이전과는 달리 가사노동을 여성에게 떠넘겨 이중 노동에 시달린다고 증언한다. 그러나 기업은 효율적 경영을 위해 오히려 전통적 성별분업을 장려하여, "채용 시 이중 기준이나 여성사절, 조기 퇴직, 진급에서의 불평등"으로 연결되어, 성차별을 호소하는 사례가 많다(上海社会科学院, 1997:28). 이런 것은 계획경제 때는 없었던 일이기에 여성들에게 충격적인 경험이다.

경제성장이 양성평등으로 자동 연결되지 않는다는 선진국과 개도국들의 사례가, 성장속도가 빨랐던 중국의 세 농촌지역의 한 조사에서도 입증되고 있다. 개혁개방 후 남성은 고소득 고위직에, 여성은 저소득 하위직으로의 분화가 심화되는 경향을 보인다는 사실이다.[110]

중요한 것은 이것이 모성 역할을 여성에게 국한시키는 전통 성별분업을 통해 종속구조가 재생산 유지되기 때문이라는 사실이다.

ILO가 전통적으로 가정 책임을 지는 여성을 위한 '고용 권

---

110) 한촌(韓村)의 1백 가구를 대상으로 한 조사에서, 개혁개방 후 연소득 3천 - 5천 위안(한화 약8십 만원)은 여성 94명 남성 27명이나, 1만 - 5만 위안 소득자는 남성만이 73명이다. 시난짱 촌은 연 3천만 원 미만이 여성 48명, 남성 6명이나, 1만원 소득자는 여성 3명, 남성 50명이라는 임금격차가 생겼다. 수직적 성별 노동 분절에서 촌장, 행정부서 책임자와 고위기술직은 거의 모두 남성이고, 부 촌장 부 서기나 농장 등 소단위의 책임자, 위생 관리, 서비스와 시간제는 여성이 대부분이다. 李慧英(1999), 12쪽.

고'(1965년)에서 남녀 분담을 전제로 한 '가족적 책임을 지는 남녀 근로자에 관한 조약'(156호, 85년)으로 전환한 이유가 여기에 있다. 이것은 성차는 인정하되 모성에 대한 기존의 사회 통념을 재정의 했음을 의미한다. 그러나 여기서도 육아와 노약자 돌보기만 문제 삼았을 뿐, 가사노동에 관한 규정은 미비한 것이 여전히 문제점으로 지적된다.

중국 여성 정책에서 또 큰 문제점은 가정에서의 무보수 재생산 노동을 생산노동 영역으로 통합하는 사회 지원 체계를 마련하지 않았다는 것이다. 고용상의 차별을 시정하기 위해 가장 중요한 것은 효율을 목적으로 하는 기업 대신 사회가 모성 비용을 부담해야 한다는 것이다. 계획경제 시기의 행정명령이 안 통하는 시장경제 체제에서는 보상, 면세, 벌금 따위의 경제적 개입을 통해 여성 차별을 차단할 수 있는 여건을 마련해 주어야 한다.

이처럼 법제가 한계점을 드러낸다면, 여성관련 기구는 실질적 평등을 이루는 데 어느 정도 적합한가를 살펴볼 필요가 있다.

3-2. 전국부녀연합회 – 비 자생적 조직, 평등보다는 개발

여성의 지위 향상을 담당하는 기구로는 국무원 산하에 1990년 신설된 '부녀 아동 사업 위원회'가 있다. 그러나 이것은 명목상의 기구이고, 실제 모든 여성 정책을 수행하는 기구는 전국부녀연합회다.

그 밖에 전국 여성 노동조합이 있으나, 자생적 독립 단체가 아니라, 공산당의 지도하에 설립되어 그 강령 아래 행동한다. 전국의 성, 자치구와 직할시 등 31개 지역의 80% 이상과 현에 각각 부녀 아동 사업 기구가 있는데, 지방 정부 책임자가 대표직을 맡고 예산은 지방 정부에서 부담한다.

전국 부녀연합회는 1949년 3월 중국 공산당의 지도 아래 성립된 중국 최대의 비정부 기구로, 중국 정부 출범 후 오늘에 이르기까지 전국적인 조직과 규모를 가지고 여성 정책을 일선에서 집행하는 총사령부 격이다.

부련의 첫째 임무는 중국 여성을 "단결"시켜 "사회주의 현대화 건설을 위해 여성을 동원"하는 것이다(장정 제1조; 전국부련, 2000.5.11; 11.25).

6억 5천만 여성이 자립, 자존, 자신, 자강심(自强心)(四自운동)을 함양하도록 교육하고(2조), 여성을 대표하여 민주 사회를 위한 관리 감독과 여성과 아동의 권익을 지키기 위한 법률 제정에 참여하여 이들의 합법적 권익을 보호(제3조)하는 것이다. 또 여성과 아동의 실태를 조사 연구하여 당과 정부에 보고하고 여론을 수렴하여 정책 건의를 한다.

여기서 보듯, 부련의 중요한 임무는 양성평등 자체보다는 사회 발전과 민족의 번영을 위해 "당과 여성 사이에서 교량 역할" (전국 부련, 1999.12.1; 2001.19号)을 하는 것이다. 그러기 위해 여성의 자질을 향상시키고 당을 대신하여 사회주의 사상 교육을 담당한다 (전국부련, 2000.3.7).

부련은 비정부 기구면서도, 정부에 의존하는 특수한 조직이다. 구미와 아시아 여러 나라들은 행정기구로서 여성부나 여성국을 두고, 별도로 NGO 여성단체들이 있다. 그러나 중국은 형식상 비정부 기구면서 정부 예산에 의존하는 부련이 행정력을 동원해 조직한 전국적인 여성하부 조직을 총괄 지도하는 구조다. 이 점이 곧 여성의 세력화 문제에서 중국이 갖는 한계라고 할 수 있다.

전국부련은 지방 조직과 단체 회원으로 구성되어 있다. 31개 성, 소수민족 자치구, 직할시 및 모든 행정 구역마다 지방 부녀연합회를 두었다. 전국 여성노조를 비롯하여 여성근로자 위원회, 여성 과학기술자연합회, 여류기업가, 여성엔지니어, 여기자, 여성법관, 여류작가, 여성기독교 청년회 등 30여 개의 직장, 직업 및 학술 단체가 회원으로 소속되어 있다.

부련 이외에 전국적으로 5천 8백여 개의 크고 작은 여성조직들이 존재한다(전국부련 부녀연구소, 1999). 이 조직들은 모두 당과 정부의 지도 아래 구성되어 부련을 구심점으로 정부의 방침에 순응하기에, 다른 나라의 자생적 여성단체들과 상당한 차이가 있다. 부련의 사업에는 정부와 행정 부처들이 전극적인 지지와 협조를 보내도록 되어 있다.

전국부련은 당의 방침에 의거해 하부조직 강화를 장기 전략과 임무로 설정했다. 기층 민중의 조직화, 선전활동, 군중 단결을 통해 당의 노선과 정책을 실행에 옮기도록 교육하는 일을 중요한 임무로 설정한다.

하부 조직의 강화와 더불어 문제가 되는 것은 지방 간부들의 다수가 중졸 이하로 학력이 낮고 나이가 많아 기능을 발휘하지 못한다는 점이다. 이것은 비록 간부만의 문제가 아니라 전체적인 사회 문제지만, 간부의 전문화, 연소화가 빠르게 진행 중이어서 머지않아 사정이 달라질 것으로 보인다.

부련의 최고 권력기구는 전국과 각 지방의 부녀 대표대회인데, 5년에 한 번씩 소집되며, 집행위원회 전체회의는 매년 열린다. 주석과 대표위원은 무기명 투표로 선출된다. 부련의 예산은 기본적으로 정부로부터 지원되며, 그 밖에 지방별로 수익 사업과 국내외 독지가의 후원금으로 충당된다.

기층 조직의 강화는 중국이 "사회 안정과 발전을 통해 당권과 정권을 공고히 하고"('북경부녀보' 2000.6.19), 이를 토대로 사회주의 현대화를 이루기 위한 전략으로 풀이된다. 그들에게 충성심과 단결을 위한 사상 교육을 병행하여 여성 노동력을 효율적으로 동원(전국부련2000.11.25)하려는 것이 큰 목적이다. 직업훈련, 교양 지식 교육이 부련 조직에 의해 이루어진다.

이런 역할 때문에 당과 정부는 부련을 "제2의 민간 정부"라고 부르기도 한다. 부련은 자진해서 "당과 국가의 정책에 순응"하게 되고, 여성 운동은 당의 민중 사업의 하위 개념으로 간주된다(북경부녀보, 2000.6.19). 여기서 중국의 여성 발전은 사회주의 발전과 병행하는 것으로 규정될 수밖에 없다.

전국 부련은 93년 현재 농촌 지역에 달성 목표의 98%에 해당하는 73만 3천 7백 8개의 부련 대표회를 두었다. 도시 지역은 주민위원회 산하 부련 대표회가 목표의 96%인 8만 9천952개 설치되었다. 중앙 정부와 국가 기관 산하에 70개의 부련 위원회가 있고, 전국의 당정기관과 사업장에 모두 5만 6천 915개가 있다.

부련 조직이 없는 9천여 개의 농촌 지역과 약 3천 개의 도시 지역 부녀위원회의 신설이 아직 과제로 남아 있다. 또 시장경제 도입 후 여성 근로자와 도시 유입 농민 노동자들이 밀집된 상업 지역과 공단 지역에도 부련 조직을 신설 중이다(전국부련, 95.13號). 이 광범위한 부련 조직들은 해당 지역의 공산당 지부와 유기적인 공조 체제를 이룬다.

이상의 내용을 보면, 기구 면에서 상당한 문제점들이 보인다. 국무원 내의 '부녀 아동 사업위원회'는 복지와 빈민 구제(전국부련; 국무원, 2000.4.28)를 주요 사업으로 한다. '여성' 대신 '부녀'라는 명칭을 사용한 점에서 짐작할 수 있듯이, 이 기구의 성격이 성별 의식에 기초한 것이라고 보기는 어렵다.

부녀라는 단어는 결혼한 여성, 더 포괄적으로 일반 여성을 지칭하는 것으로, 여성을 주부와 어머니라는 모성으로 개념화한 것이라 볼 수 있다. 이 기구가 모성 역할에 바탕을 두고 있음은 여성을 아동 정책과 결부시키는 사실에서도 드러난다. 여성의 역할을 재생산의 모성으로 개념화하는 한, 공적 영역에서 보조 생산자의 지위를 벗어나기 어렵다(모저, 2000). 실제로 사회주의 사상 교육을 중요시하고 "근검절약으로 애국하는"(전국부련, 1996.31호) 주부의 역할에 초점을 맞추고 있다.

둘째, 이 기구는 북구나 구미처럼 남녀평등 문제를 담당하는 기구는 아니다. 노르웨이의 남녀평등심의회, 남녀평등 옴부드(남성을 의미하는 '맨'을 의도적으로 제거)와 남녀평등 위원회, 스웨덴의 평등문제 평의회와 평등위원회, 덴마크의 평등심의회(신용자, 2000: 118－124), 미국의 평등 고용위원회(조순경, 1998)와 같이 평등 문제를 중점적으로 취급하는 기구들과는 큰 차이가 있다.

정책의 실효성 여부는 예산 규모로 가늠해볼 수 있다. 중국 여성 기구의 현실은 "비공식 통계로 1999년도 예산이 3억 6천만 위안

(한화 약 5백 7십억 원)"에 불과해 "인원과 예산이 턱없이 부족하고, 행정 체계가 불합리하여 결재 기간이 너무 길다."(전국부련부녀연구소, 2000)는 사실로 짐작할 수 있다.

여성 문제를 주로 담당하는 전국부련은 입법, 사법, 행정권이 없는 비정부 기구면서 정부 예산으로 운영되며 중국 공산당의 여성 정책을 대행하는 '민간 정부'이기에, 지금까지 성 인지적 입장에서 독자적으로 정책을 입안, 집행하고, 여성을 세력화 하는 데는 일정한 한계가 있을 수밖에 없다. 그렇다면 중점 정책과 시행 사례들은 여성 종속 구조를 개선하고 양성평등을 이루는데 어느 정도 접근하는가 살펴보고자 한다.

4. 중점 정책, 시행 사례와 문제점

4 – 1. 개발에 총력, 평등 소홀

전국부련이 중심이 되어 시행한 여성 정책을 종합해보면, 경제 건설을 위해 여성 노동력을 동원하는 것이다. 정부는 여성 정책이 중국의 역사, 사회적 상황에 부합해야 한다는 것을 항상 강조한다(전국부련, 1998.9.5; 2000.11.25).

중국은 30년간(49 – 79년)의 계획 경제를 시장 경제로 전환한 개발도상 국가다. 인구가 많고 인프라는 부족하며, 경제 발전 수준이 낮은데다 지역 편차가 심하다. 또 법체계와 사회보장 제도 등 사회주의 제도가 정비되지 못했을 뿐만 아니라, 시장 경제 또한 제대로 정착되지 못했다.

여성 문맹률이 여전히 높고 절대 빈곤 지역이 많으며, 지역과 계층 간의 격차가 대단히 심해 하나로 묶어 규정할 수 없는 특징이 있다. 이런 물질적, 문화적 토대로는 사회 경제 발전을 쉽게 이룰 수 없다는 것이 심각한 문제로 지적된다.

이러한 특수 상황에 비추어 여성 정책은 "개혁 개방과 현대화 건설"에 적극 참여하는 것을 기본 의무로 한다(전국부련, 1995. 1.1; 2001년 1호). 경제 건설에의 참여가 여성 개인의 발전과 부합하는 것이라는 게 당의 기본 인식이다. "사회 경제 발전에 '하늘의 절반'인 여성의 역량을 발휘하자"(전국부련, 2001.2.1). 이것이 1949년부터 사회주의 현대화를 추진하는 오늘에 이르기까지 중국이 한결같이 강조해온 여성 정책의 핵심이다.

중국 역사상 첫 번째 여성 종합 발전 계획인 "중국 부녀 발전요강 1995 - 2000년", 2000년의 "부녀 아동 사업요지"와 "전국부련 2001년 사업 요지"에는 최근 6년간 여성 정책의 목표가 집약되어 나타나 있다. 여성 정책의 목표는 여성의 능력을 향상시켜 경제 성장과 사회 발전에 동참하게 하는 것이다. 구체적 목표로 정책 결정직에 여성의 참여율을 높이고, 여성 노동력이 집중되는 부문에서 여성의 관리직 비율을 높이는 것이다. 그러나 이 두 경우 모두 구체적 목표치는 제시되지 않았다.

여성 정책 중 중점적인 사업이 고용 확대다. 가장 대표적인 시행 사례가 쌍학쌍비 운동(双學双比)이다. '지식과 기술을 배우고, 실력과 국가 기여도를 경쟁하다.'라는 구호로 1980년대 후반부터 농촌 여성을 대상으로 전개되는 거국적 여성 운동이다.

전국 부련과 농업부 등 12개 부처가 공동으로 전국에 걸쳐 쌍학 쌍비 운동 지도반을 결성했다. 부련이 정부로부터 예산을 지원 받고, 전국의 행정력을 동원하여 농가 소득 향상과 애국 운동 실천을 병행하는 형식으로 이루어진다. '천만 농촌 여성, 백 가지 신기술', '여성 과학기술로 부자 되기', '전문가 집단 농촌 보내기'(쓰촨성 부련, 2000. 4.4; 전국부련 2001, 1호)와 사상 교육도 병행한다. 최근 사회문제가 되고 있는 파룬꿍 '사교(邪敎) 반정부 집단'에 대한 비판이나 시장경제의 필요성을 이해시키는 것이다.

정부 쪽 집계[111]에 따르면, 2000년 상반기까지 전국적으로 약 1억 2천만 명이 이 운동에 참여해, 1억 명이 기술 훈련을 받고 생산 기술을 습득했다. 1천 5백여 만 명이 농업대학 강좌를 이수하여 51만 명이 농업기술사 자격을 취득했으며, 921만 호의 '시범농가'가 탄생했다. 2천여 만 명이 문맹을 벗어났고, 75만 명의 취학 포기 아동이 학교로 되돌아갔다(呂文俊, 1999; 전국부련, 1998.8.31; 2000.4.4).

8차 5개년(90 - 95년)계획에 95만 명, 97, 98년 사이에 58만 명의 농촌 여성이 의식주 문제를 해결했다. 98년 현재 48만 명이 재취업 했고, 5년간 모두 17만 명이 '3.8여성의 날 홍기', '쌍학쌍비', '여성 건국'의 모범 전사 칭호를 받았다(인민일보, 1998.9.2).

취학 포기와 중도 자퇴 여자 어린이를 2% 미만으로 줄이기 위한

---

111) 통계숫자의 신빙성에 대해서는 문제가 많다. 대약진 시기(1958년)에 과잉충성을 하기 위해 무리한 생산목표를 정하고 허위 실적 보고서를 작성함으로써 초래된 참담한 경험을 기억한다. 국제기구들도 중국정부 쪽 통계가 홍보 의도 때문에 "실제와 차이가 턱없이 큰"(조선일보, 2001.3.22)점을 지적한다.

'봄 꽃봉오리 계획(春蕾計劃)'으로 약 90만 명이 배움을 찾았고, '극빈자 구제 여성 운동'으로 264만 명이 구제된 것으로 발표되었다(전국부련, 2001.2.1). 중국적 현실을 감안할 때, 쌍학쌍비 운동이 개별 여성의 생존 문제를 해결한 중요한 역할은 인정하지 않을 수 없다.

4-2. 성별분업 재생산을 통한 고용확대

그러나 여기서 간과할 수 없는 것이 개발과 젠더(GAD)의 문제다. 경제건설과 고용 확대라는 두 가지 목표를 달성하기 위해 실시되는 직업 기능 기술 교육이 전통적 여성 직종 분야로 이뤄지는 문제에 대해 살펴볼 필요가 있다.

도시 여성을 대상으로 1990년부터 시작한 거국적 운동이 '여성 건국(建幗建功)' – 여기서 국幗은 여자의 머리 수건을 가리킴)운동이다. 여성들에게 생산에 필요한 기술, 지식과 사상 교육을 실시해, 경제 건설에 적극 동참하게 하려는 운동이다. '네 가지를 갖추고' (四有: 이상, 도덕, 문화, 기율), '네 가지를 이루자.'(四自: 자존, 자신, 자립, 자강)는 구호로 계몽하고, 지식과 기능 기술을 가르친다. 특히 작년부터 본격화되어 이미 8천여 사업항목이 확정된 신쟝 지역의 '서부 대개발 계획'에 인구의 절반인 여성노동력을 투입하려는 정책에 이 운동은 매우 중요한 역할을 할 것으로 정부는 기대한다(전국부련, 1998.1.21; 2000.3.7).

전국부련, 교육부와 과기부가 공동으로 '여성 능력 개발 사업'을 전개하여 지식, 기술과 경쟁력 제고 교육을 실시했다. 과목은 주로 미용, 의복, 공예가공, 비서, 경리, 판매업이다(전국부련, 1998. 1.21; 2001.2.1). 매년 80만 명의 실직자와 정리해고 여성 가운데 70% 이상을 재취업 시켰다는 보고도 있다.

정부의 발표에 따르면, 10년간 약 4천만 명의 여성이 참여하여, 5백여 명이 전국 단위의 '모범 용사' 칭호를 받았다. 지난 몇 년간 220만 명이 훈련받아, 1백만 명이 재취업했다(인민일보, 1998. 9.23).

1949년에 90%이던 여성 문맹률이 약32%로, 여아 취학률이 20% 미만에서 98년 98.96%로, 여대생 비율이 37.32%로 향상되었다(전국부련, 1999.10.5). 그 밖에 지역별로 재취업 훈련소를 설치하여 기능기술 훈련, 정보 제공, 직업 소개, 창업 돕기, 시장 경제 의식을 교육하고, 사상 교육도 병행하여 당에 대한 충성심을 고취한다. 성공 사례 소개와 모범 인물 표창, 기술 자격증을 수여했다(전국부련,1996, 31호; 98.1.21; 5.25; 광주시 부련, 2001. 5.16).

위에서 보듯, 기능 기술 교육이 가정 도우미, 재단, 미용, 요리, 노인과 환자 돌보기, 탁아소, 노인정, 방과 후 아동 지도, 청정 야채 배달, 매점 경영 따위의 전통적 여성 직종 분야를 중심으로 이루어진다(북경시 부련, 2001.1.18; 신화사 통신, 2000. 12.21; 인민일보, 1998.9.23; 지린성 부련, 2001.6.24).

이상의 시행 사례들에 관해 성인지적 시각에서 깊이 있게 수행된 조사 연구들은 별로 많지 못한 실정이다. 노동력 수급 실태, 교육과 취업의 연계 상황, 교과목과 성별분업 및 임금 격차와의 상관관계[112)에 관한 연구는 불평등 구조를 개선하는 데 필수적으로 파악해야 할 요소들이다. 전통적 '여성의 일'을 중심으로 한 직업교육이 노동시장에서 성별분업을 강화한다는 우려 섞인 지적은 있지만(李新建, 1999), 체계적인 연구는 이루어지지 못하고 있다.

교육 내용을 다양한 전문 분야와 실용 기술로 확장할 것을 제안(吳兆华: 214)하거나, 주민의 편의를 위한 지역 관리 사업의 일자리를 창출하여 여성 고용을 도모하자는 대안을 제시(刘雅芝: 225)하는 데 그친다. 그러나 지역 관리 사업은 생필품 판매나 가사도우미 등 일상생활의 편의를 위한 전통적인 여성의 일로서, 단기 고용확대 효과는 있겠지만, 장기적으로 경쟁력을 길러주지는 못한다.

지역 사업에 관한 연구도 젠더 시각에서 주목해야 할 부분이다. 쟝용핑은 성 인지적 분석과 전문성을 통한 여성 경쟁력 제고의 필요성은 강조했으나, 성별 노동 분절의 실체가 종속 기제임에는 주목하지 않았다(蔣永萍, 1999:230). 생존이 절박한 현실에 평등 문제를 개입시키기란 쉬운 일이 아니다.

전국 부련의 진보 학자인 띵쥐안은 "성별 분업과 여성 해고의 밀접한 인과관계"는 인정하면서도, 절박한 생존 문제를 해결한 후에 여성 발전도 가능할 것이라는 견해를 밝혔다(丁娟:16, 17). 설득력 있는 주장이다.

그러나 1995년도의 한 조사에 따르면, 남성은 전문, 기술직, 공산당과 국가 기관 및 관리직(92%), 토목 수리 광산 운수업에서 절대 다수(86-89%)인 반면, 여성은 유아 교육(99%), 가정 도우미와 관련 직종(99%), 봉제(99%), 공예 미술(96%), 간호(95%) 등 서비스

112) 임금책정의 기준이 되는 '숙련'이라는 정의에 개입된 사회 문화적 성 이데올로기를 파기하고 전적으로 새로운 객관적 평가를 시도해야 한다(김미주, 2000, "성, 숙련, 임금", 조순경, 『노동과 페미니즘』, 이대출판부)는 주장도 여성학이 주목해야 할 부분이다.

직에 편중되어 있다(林聚任, 2000; 劉德中, 2000).

생존이 절박하다고 해서 이처럼 심각한 성별 분업이 재생산 유지되는 현실이 묵과된다면 곤란하다. 단기 전략에 치중하여 장기 발전을 소홀히 하고, 성장에 비중을 두어 평등을 간과하는 오류를 범한다면, 역사를 지연시키는 과오로 남겨질 수밖에 없다. 생존과 발전, 성장과 평등이 변증법적인 해결점을 찾기 위해서는, 현실 분석에 기초한 정교한 연구가 수반되어야 하며, 이것이 중국 여성학계의 주요 과제가 되어야 할 것이다.

실제 부련이 시행하는 재취업 사업에서 전통적 여성 분야의 단순 노동 능력밖에 갖지 못한 해고 여성들이 직업 선택의 폭이 매우 좁음을 호소하고 있다(曹海靑, 1996).

쟝쑤성의 경우, 노동시장에서 필요로 하는 직종은 관리직, 전문기술이 있는 영업직, 기계 가공, 전자 설비와 수리이기에, 여성보다는 남성을 선호한다. 이러한 상황에서 자연히 '여성 귀가론'이 설득력을 얻을 수밖에 없다.

재취업 훈련 여성들에 대한 조사에서도, 피조사자의 31%가 가사도우미를 원치 않았고, 57%가 환자 간병 일을 원치 않아, 수강생이 한 명도 없었다(葛美云 외:271). 여성의 직업 능력 부족은 남성에 비해 취업난이 더 심하고 해고자가 더 많은 사실에서 경험적으로 확인된다.

1997년의 한 조사에서, 여성 응답자의 98%, 남성의 84.3%가 여성의 취업난이 남성보다 심하다는 견해를 나타냈다. 또 남녀 응답자의 72%와 62%가 여성의 능력 부족과 가사노동 부담이 높은 해고율과 취업난의 원인이라고 응답했다(전국부련, 1997:60, 61). 6대

도시를 대상으로 한 다른 조사에서도 절대 다수의 남녀 응답자가 여성의 기능 기술 부족을 지적했다(丁娟:17). 3장에서도 지적했듯 이 '여성의 분야'가 주로 경쟁력 없는 구조조정의 대상이 된다는 사실을 간과할 수 없는 일이다.

민간 기업에 대한 한 조사는, 남녀의 직위, 임금 체계의 양분화 를 통해 이윤을 극대화하고 근로자를 분할 관리하는 기업들의 경 영 방식을 지적했다.[113] 이것도 여성을 전통적인 여성의 분야에 묶 어버리는 데 기인한 일이라 할 수 있다.

또 정보 전산교육 같은 첨단 과목은 모두 남성들에게 배당되고, 시대에 뒤지고 경쟁력 없는 과목들만이 여성의 차지가 된다는 현 장의 소수 목소리도 있으나(陸方文, 2000), 정부는 아직 이에 주목 하지 못한다.

남녀 간의 불평등한 자원 분배가 농촌 지역의 향진기업[114]에서 도 여성 종속 구조를 강화한다는 지적이 있다. 자영업이건 합작 기 업이건, 남자는 기술, 능력과 의식면에서 관리인으로서의 권력을 행사하고, 여자는 지배 관리 당하는 직위에 배치된다(金一虹:263). 공업화 과정에서 가부장적 지배 구조는 농업경제 때에 비해 더욱 정교하게 제도화됨을 알 수 있다.

단기 고용 훈련이 장기적인 경쟁력을 가져다줄 것인가에 대해서

---

113) 민간 기업은 국영 기업에 비해 남녀노동의 수직분리 현상이 더 심한 것으로 조사됐다. 여성 은 임금과 복지 혜택이 모두 남성보다 현저히 낮은 직위에 집중되어 "관리 당하고, 지배받 는다." 직업의 안정성이 없으므로, 많은 미혼여성들이 결혼하면 곧 농촌으로, 가정으로 되돌 아간다. 이에 따라 성별분업 구조는 재생산 강화된다(蔣永萍 외 (1998), 121쪽). 이런 경 영 방식이 이윤을 최우선으로 하는 기업에게 효율적임은 이미 알려진 사실이다.

114) 농촌에 설립된 합작기업과 개인 기업들을 총칭하는 말로 1984년 국무원에서 공식적으로 명명 했다. 양잠, 농산물가공, 채광, 건축, 농기구 제작, 운수와 서비스 등 모든 종류의 산업을 포괄 한다. 다양한 경영 방식으로 농촌 경제 발전에 중요한 역할을 한다.

도 많은 검토를 필요로 한다. 여성 분야로 지목되는 의류, 섬유, 식품 가공 등 수출 지향적 노동 집약형 미숙련 제조업은 거의가 저학력 여성과 농촌에서 유입된 젊은 여성들로 충당된다. 이 분야는 신규 경쟁자의 출현이 쉽고 자동화에 따라 기계 조작을 할 줄 아는 남성이나, 외국 자본의 경우, 임금이 더 싼 나라로 옮겨가는 이동성이 강하다.

따라서 임기응변식 단기 취업 위주의 교육은 오히려 남녀 격차를 심화시키는 역작용을 할 수 있다. 이 문제에 대해서는 개도국들이 아직 효과적인 해법을 찾아내지 못하고 있는 실정이다.

여성 취업률이 높은 노동 집약적 제조업은 정보화와 신기술의 도입 등 획기적으로 변화하는 세계 시장 구조에 따라, 점차 축소되는 분야로 예측된다. 이러한 세계 시장의 변동으로부터 여성을 보호할 수 있는 장기적인 정책 대안이 마련되지 못했다. 의류 신발 따위의 수출 지향적 제조업이 단기적으로는 여성의 고용 확대에 기여하지만, 대다수가 하위직이다. 이것은 저학력 여성의 능력개발만으로 해결할 수 없으며, 남녀 노동 분업 구조를 근본적으로 재구성하는 방향으로 직업 훈련이 시행되어야함을 암시한다.

농업의 여성화도 성인지적 정책이 필요한 부분이다. 제조업과 마찬가지로 농업에서도 남성은 도시나 인근 지역의 산업근로자로 나가고, 농촌에 남은 여성은 상대적으로 소득이 낮은 농업에 종사 한다[115]. 여기서 남녀 소득 격차, 가족 부양책임을 회피하는 남성 문제, 여성 가장의 사회보장 혜택 문제에도 성인지적 정책이 요구된

---

115) 1993년도 산업노동자로 떠난 남성은 전체 전환노동자의 81.8%, 여성은 18.2%에 그친다. 劉伯紅(1996), 「農村流動人口與性別」, 『婦女研究論叢』.

다. 한 가구 안에서 남녀의 이익이 일치하지 않는 경우와 여성 빈곤이 전체 빈곤 문제 속에 은폐되지 않도록 '개발 속의 젠더' 정책을 적극 개입시켜야 할 필요가 있다.

위에 언급한 정책과 시행 사례들을 종합해 볼 때, 개별 여성의 인적 자본 축적은 평등으로 다가갈 수 있는 중요한 요인이 된다. 그러나 기존의 불평등한 남녀 권력 구조를 근본적으로 개선할 수 있는 방향으로 교육이 이루어지지 않는 점에 문제가 있다.

맺는 말 : 정책 보완

개혁 개방 후 중국의 양성평등은 채용, 해고, 임금과 고용 구조 측면에서 후퇴하고 있다. 그러나 양성평등을 기본 국책으로 했다는 계획경제 시기에도 여성 고용 정책은 근본적인 한계점을 내포하고 있음을 알 수 있다. 그것은 여성을 모성으로 개념화하여 성역할 분업을 전제로 한 사회기제에 근본원인이 있다. 계획경제 체제에서 높은 고용률, 상대적으로 적은 남녀 임금 격차에도 불구하고, 수직 수평적 남녀 노동 분절을 바탕으로 한 여성 종속 구조는 항상 존재해 있었던 것이 이를 말해준다.

그 잠재 요인이 정부가 통제력을 잃은 시장경제 체제에서 표면화되었을 뿐이다. 시장은 전통적인 성별 노동 분업을 통해 불평등을 유지 강화함으로써 이윤을 추구한다. 따라서 여성 고용 정책이 이에 대응하여 차단할 수 있는 방향으로 수립되고 집행되는가가 문제 해결의 관건이 된다.

그러나 중국의 여성 고용 관련 법제는 모성 역할을 여성에게만 국한시키는 기본 틀 위에서 여성 노동권을 보장하고 모성을 보호하는 내용으로 되어 있다. 법 앞에서의 형식적 평등에 초점이 맞춰졌고 실질적 평등은 문제 삼지 않았다. 감독 체계가 미비하여 법의 집행을 보장할 수 없고, 민간기업, 다양한 형태의 근로자를 포괄할 수 있는 구체성과 포괄성이 결여되었다. 또 모성 비용의 사회적 부담이 되어 있지 않아 여성을 차별하는 기업에 대한 통제가 사실상 어렵다.

시행 기구인 전국 부련은 공산당의 여성 정책 대행기구로서, 평등보다는 개발에 중점을 두어, 성 평등 전담 기구로서의 역할을 하지 못한다. 문맹퇴치와 직업 훈련들이 경제 건설과 개별 여성의 생존과 발전에 합치하는 점에서 긍정적인 역할을 하는 것은 사실이나, 경제건설에 무게 중심을 두어 평등은 방치되고 있다.

직업 훈련들이 전통적 여성 직종으로 이루어지면서 여성 종속 구조를 근본적으로 재편할 수 있는 조짐이 보이지 않는다. 이 때문에 불평등한 자원 분배, 수평 수직적 남녀 노동 분절, 임금 격차와 여성의 장기적인 경쟁력 약화를 피할 길이 없다. 특히 남녀 노동 분절은 사회 권력 자원의 불평등한 분배와 직결되어 양성불평등의 근본 요인이 된다. 따라서 효과적인 양성평등 정책을 마련하기 위해서는 다음과 같은 기본적인 정책적 보완이 필요할 것으로 판단된다.

먼저 성 인지적 통계조사가 선행되어야 한다. 성별 분석에 근거한 통계자료는 현실적 난제를 겨냥한 효과적인 여성 정책을 수립

하는 데 필수적인 작업이다. 중국에서 지금까지 발간된 『중국부녀 통계자료 1949 – 1989』는 연령별 여성 취업 인구, 실업자 수와 성별 임금 비교만 제시하고 있다. 나머지 하나인 『중국성별통계자료 1990 – 1995』는 좀 더 구체적으로 성별대비 취업 인구와 임금이 나와 있다. 그러나 급변하는 경제 동향을 파악할 수 있도록 공공 부문, 민간 부문, 공식, 비공식 부문, 여성 근로자의 다수를 차지하는 불완전 고용, 시간제 근무 등 다양한 형태의 고용 현황을 짧은 주기로 조사하여, 성별 격차에 관한 이론적 접근과 정책 수립에 도움을 줄 수 있는 통계 자료로서의 기능을 하기에는 턱없이 부족한 수준이다. 또 보육 관련 통계가 전혀 없는 것은 모성비용의 사회적 지원 제도가 미흡함을 의미한다.

다음으로 중요한 것은 경제 발전 추세에 대응하는 계층별 차별화 여성 정책이 필요하다. 노동 집약형에서 지식 기술 집약형으로, 세계화에 따른 치열한 경쟁 체제로 돌입한 세계 경제 동향이 정책 속에 반영되어야 한다. 국내적으로는 광범위한 저학력 여성뿐 아니라, 소수의 고학력 여성, 증가 일로의 민간 부문과 비정규직 여성 근로자들이 모두 정책 범위 안에 포함되어야 한다.

쌍학쌍비 운동과 여성 건국 운동은 저소득층을 대상으로 한 고용 확대와 재취업 사업에 초점을 맞춘 것이다. 그러나 기술 기능 교육과 취업 과정에서 나타나는 성 인지적 현장 조사가 체계적으로 이루어진 것은 별로 없다. 산업 발전 추세와 노동력 수급 동향, 남녀 고용 현황과 임금격차, 성차별 형태와 원인에 관한 조사 연구가 이루어지지 못하고 있다.

성 평등 실현에는 무엇보다 여성의 세력화가 중요하다. 한국의 경우, 여성 관련법의 제, 개정에서 여성의 세력화가 중요한 필요조건임을 확인한 연구(조형, 1996)가 있다. 여성 선진국인 북구조차 양성평등이 전체 복지 전략의 부산물이었을 뿐, 복지국가로의 발전 과정에서 여성이 주도적 역할을 하지 못했기에 아직 가부장제적 남녀 노동 분절을 청산하지 못한 사실이 이를 시사한다[116].

중국에는 자생적인 여성 조직이 없다. 전국 부련, 여성 노동조합과 직장 단위의 모든 조직들은 공산당의 지도 아래 탄생했고 활동해왔다. 그러나 1949년 이래 한결같이 여권 향상을 '정책 이념'으로 해온 사회주의 정권과 개혁 개방 후 상대적으로 자유로워진 분위기는 여성운동에 좋은 조건을 제공할 수도 있다. 전국 부련은 당의 대행 기구로서의 역할을 수행하면서, 독자적으로 젠더 의식을 터득했을 것으로 기대된다. 그러한 분위기가 여성계로 확산되고 있다는 징후가 일부 엿보인다. 따이진화(戴锦华), 리샤오쟝(李小江)이나 리후이잉(李慧英)같은 학자들은 경제 건설이 여성해방과 병행한다는 주장에 동의하지 않고 젠더 의식의 중요성을 적극 강조한다[117].

전국적 조직망을 갖는 부련, 노조와 직장 직업별 여성 조직들은 정부와 협력 체제를 구축하면서 여성 단체로서의 역할을 하기에 유리한 조건이다. 여성 근로자와 정부, 사용자 사이의 다리 역할을 하면서, 소득 창출, 직업 훈련, 빈민 구제 활동 현장에서 얻은 체험을 협상의 자료로 삼을 수도 있다. 저소득층 여성들의 생존 전략과 균등 분배를 접목하는 방안을 마련해서 정부와 사용자에게 조직적

---

116) 정영애(1996), 「시간제 노동과 성별분업」, 『한국여성학』 12(1), 104 - 105.

117) 북경대 교수인 戴锦華는 논설집 『猶在鏡中』에서 젠더의식과 성별차이에 대해 깊이 있는 분석을 하고 있다. 중앙당교 교수 李慧英도 「農村集體經濟發達地區的性別狀況及性別結構分析」 등 여러 논문에서 젠더의식을 정책에 개입시킬 것을 강조한다.

으로 접근할 수도 있다. 저학력 근로 여성들에게 젠더 의식을 고취하고[118], 교육 자원과 정보의 불평등한 분배 사례들을 정부에 전달하여 남성들을 지지 세력으로 끌어들일 수도 있다. 시장의 효율성을 존중하면서 경영자와의 단체 협상을 통해 여성 노동권을 보장하고 남녀의 생산과 재생산 역할의 경계를 허무는 고용 조건을 제시할 수도 있다. 이러한 역할들을 적극 수행할 때, 시장경제와 사회주의의 강점이 결합하여 양성평등을 앞당길 수 있을 것이다.

참고문헌

신용자 외, 『여성정책과 남녀평등제도』, 서울: 노문사, 2000.

이영자, 「개혁 개방 이후 중국여성의 취업실태와 문제점」, 한국중국학회, 『중국학보』 (39), 1996, 377 - 391쪽.

조순경, 「경제 위기와 여성 고용 정치」, 한국여성학회, 『한국여성학』 제14(2), 1998, 5 - 34쪽.

조 형, 「양성평등과 성의 정치」, 한국여성학회, 『한국여성학』, 14(1), 1996, 7 - 44쪽.

한국여성개발원, 『OECD회원국의 여성고용정책』(연구자 문유경 외), 2001.

葛美云 외, 「江蘇省下崗女工再就業的難点与對策研究」, 『中國婦女50 年理論研討會 論文集』上, 北京: 全國婦聯婦女研究所, 1999,

---

118) 생존과 젠더를 접목시키는 일은 여성운동의 중요한 과제다. 인도의 '여성억압반대포럼'이 빈민여성들의 절박한 주택 소유 요구를 가부장적 상속법과 연결시켜 계몽함으로써 여성을 세력화하고 주택소유권문제를 정치 쟁점화한 사례는 좋은 교훈이 된다(모저, 2000:119).

269 - 273.

雷洁琼, 『毛澤東婦女思想研究』, 全國婦聯婦女研究所理論室, 紅旗出
版社, 1993.

陶春芳 외,「脫貧致富: 中過農村婦女發展的足迹」, 全國婦聯婦女研究
所,『婦女研究論從』, 1996(1), 21 - 25頁.

石美遐,「關于中國婦女勞動權益保障問題」,『95世界婦女大會5周年研
討會論文集』上, 北京: 全國婦聯婦女研究會, 2000, 203 - 205頁.

呂文俊,「双學双比活動的兩个文明效應」,『中國婦女50年理論研討會
論文集』上, 北京: 全國婦聯婦女研究所, 1999, 150 - 153頁.

汝信外,『中國社會形勢分析与預測』, 北京: 社會科學文獻出版社(1998,
1999, 2000, 2001, 2002).

吳兆華,「中國經濟轉型期:女性面臨的挑戰与對策」,『中國婦女50年理
論研討會論文集, 北京: 全國婦聯婦女研究所, 1999, 211 - 214頁.

劉雅芝,「爲促進婦女就業而共同努力」,『中國婦女50年理論研討會論
文集』上, 北京: 全國婦聯婦女研究所, 1999, 223 - 225頁.

劉德中 외,『中國的職業性別隔离与女性就業』, 全國婦聯婦女研究所,
『婦女研究論從』(36), 2000, 18 - 20頁.

劉宝位,「男女平等基本國策的理論和戰略選擇」,『中國婦女50年理論
研討會論文集』上, 全國婦聯婦女研究所, 1999, 32 - 34頁.

陸方文,『職業性別歧視: 原因和對策』, 全國婦聯婦女研究所,『婦女研
究論從』(36), 2000, 4 - 9頁.

李新建 외,『性別歧視与女性就業』, 全國婦聯婦女研究所,『婦女研究
論從』(29), 1999, 4 - 8.

李慧英,「農村集休經濟發達地區的性別狀況及性別結构分析」, 全國婦
聯婦女研究所,『婦女研究論從』(31), 1999, 10 - 13.

林聚任 외,『行業与職業中的性別隔离狀況分析』, 全國婦聯婦女研究
所,『婦女研究論從』(36), 2000, 14 - 17.

全國婦聯婦女研究所,『1949 - 1989中國婦女統計資料』, 北京: 中國統
計出版社, 1991.

_____,『關于女職工下崗 - 再就業狀況的調查報告』,『全
國婦女研究學術報告集』, 1998, 51 - 65.

_____, 『中國性別統計資料1990－1995』, 北京: 中國統計出版社, 1998.

_____, 『中國婦女五十年』CD光盤, 北京: 中國婦女出版社, 1999.

_____, 『1995年第四次世界婦女大會＜北京宣言＞＜行動綱領＞執行成果報告』, 北京, 2000.

蔣永萍(장용핑), 「非公有企業女工的生存与發展」, 全國婦聯婦女研究所, 『婦女研究論從』(23), 1998, 21－27.

_____外, 「非公有企業女工研究」, 全國婦聯婦女研究所, 『婦女研究學術報告集』, 1998, 115－123.

_____, 「五十年中國城市女性就業的回顧与反思」, 全國婦聯婦女研究所, 『婦女研究學術報告集』, 1999, 226－230.

田小宝, 『婦女研究權益法律問答全書』, 北京: 經濟管理出版社, 1997.

丁娟, 「關于女職工下崗－再就業狀況的調查報告」, 全國婦聯婦女研究所, 『婦女研究論從』(27), 1998, 13－19.

曹海靑, 『下崗女工再就業渠道』, 全國婦聯婦女研究所, 『婦女研究論從』(19), 1996, 29－32.

中國女檢察協會, 『婦女与法律』, 北京: 中國檢察出版社, 1995.

中國全國人大常委會法制工作委員會, 『中華人民國共和國憲法』, 北京: 法律出版社, 1994.

_____, 『中華人民國共和國婦女權益保障法』, 北京: 法律出版社, 1994.

_____, 『中華人民國共和國勞動法』, 北京: 法律出版社, 1995.

_____, 『中華人民國共和國婚姻法』, 北京: 法律出版社, 2001.

陳玉杰, 「貫徹男女平等基本國策推動社會全面進步」, 全國婦聯婦女研究所, 『中國婦女50年理論研討會論文集』上, 1999, 24－32.

* 内部文件

全國婦聯(1992.21号), "關于婦聯發展第三産業經濟實体有關問題的通知".

_____(1994.6.1), "中國婦女狀況".

_____(1995.1.1), "中國婦女發展綱要(1995－2000年)".

_____(1995.13号), "關于加强基層組織建設的決定".

_____(1996.30号), "關于印發1996－2000年全國婦聯干部教育計划的通知".

_____(1996.31号), "'五好文明家庭'創建活動".

_____(1996.11.19), "關于保障婦女合法權益, 做好婦女法律援助工作的通知", 司發通 154号).

_____(1998.1.21),"'巾幗建功'活動領導小組第七次會議上的匯報".

_____(1998.08.31),"＜中國婦女發展綱要＞實施三周年婦女參政程度明顯上昇",

_____(1998.9.5), "中華全國婦女聯合會章程".

_____(1998.9.5), "中國婦女第八次全國代表大會上的講話."

_____(1999.10.5), "彭珮云同志在香港'21世紀中國婦女的發展'座談會上的講話".

_____(1999.12.1), "彭珮云同志在'第二次執委會會議'上的講話".

_____(2000.3.7.), "'三八'國際勞動婦女節90周年大會上的講話".

_____(2000.4.4), "四川省双學双比活動協助小組開展送科技下鄕活動".

_____(2000.4.28),"今年婦女儿童工作要点"(國務院婦儿工作委員會).

_____(2000.11.25), "彭珮云在婦聯第八届三次執委會上的講話".

_____(2001.1.5.1号), "全國婦聯2001年工作要点".

_____(2001.2.1.), "'十五'建新業".

_____(2001.5.16), "广州市婦聯實施再就業工程".

_____(2001.18号6.24), "發揮婦女优勢,做好新形勢下城市婦女儿童工作".

_____(2001.19号), "學習貫徹江澤民同志在慶祝中國共産党成立80周年大會講話的通知".

_____(2001.23号), "第2期中國婦女社會地位抽樣調查報告".

北京市婦聯(2001.1.18), "下崗女工謀出路爲家政服務創新路".

東莞市婦聯(2001.1.15), "'女性素質工程'關注外來打工妹".

_____(2000.4.9),"广西婦聯實施少額信貸帮助下崗女工再就業成效顯著".

江蘇省婦聯(2001.4.16), "突出解決婦女工作實際問題加強調查研究".

广州市婦聯(2001.3.16), "積极配合政府實施再就業工程又有擧措".

北京婦女報(2000.1.8), "江蘇省維權先進翩翩來".

_____(2000.6.19), "把城市婦女工作重点放在社區".

_____(2001.4.23), "遼宁婦聯机构維權网絡".

上海市婦聯(1997.1), "上海市下崗婦女再就業問題及對策", 全國婦聯 婦女研究所, 『婦女研究論從』, (1997.1), 36 - 39頁.

上海社會科學院 婦女研究中心, (1997.2), "就業市場化中的職業女性", 全國婦聯婦女研究所, 『婦女研究論從』, (1997.2), 25 - 28頁.

趙麗江(1998), "女性人力資本積累与就業關系透視", 全國婦聯婦女研究 所, 『婦女研究論從』, (1998.3), 9 - 12.

后海麗(1997), "蘇南地區外來工女性勞動力狀況調查", 全國婦聯婦女 研究所, 『婦女研究論從』, (24), 16 - 20.

重慶市婦聯(1997.3), "實施下崗女職工再就業工程狀況", 全國婦聯婦 女研究所, 『婦女研究論從』, (1997.3), 34 - 36.

欣圓(2000), "婦女与反貧困", 全國婦聯婦女研究所, 『婦女研究論從』(35), 31 - 35.

新華社(2001.12.21), "內蒙古近二万下崗女工走上再就業".

人民日報(1998.9.23), "爲再就業多做貢獻".

내쉬, 준, 「여성과 발전」(예속과 착취)(Women and Development, 1977), 『제3세계 여성노동』, 137 - 160쪽, 여성평우회 편, 서울: 창작과 비평사, 1985.

매킨토시, 머린, 「성과 경제」(성별분업과 여성의 예속)(Gender and Economics, 1981), 『제3세계 여성노동』, 98 - 118쪽, 여성평우회 편, 서울: 창작과 비평사, 1985.

모저, 캐롤린, 『여성정책의 이론과 실제』, 장미경 외 옮김, 서울: 문원 사, 2000(Moser, C.O.N., *Gender Planning and Development Theory, Practice and Training*, Routledge, 1993).

米利特 凱特, 『性的政治』, 鐘良明譯, 北京: 社會科學文獻出版社, 1999 (Millett, K, *Sexual Politics*, New York: Doubleday & Company, 1970).

사지차이, 『현대중국여성의지위』, 이영자(옮김), 서울: 경기대출판사, 1997 (沙吉才, 『当代中國婦女地位』, 北京: 北京大出版社, 1995).

유엔 엮음(1994), 『변화하는 세계경제와 여성』(발전과 여성역할 세계조사), 장성자 옮김(1997), 서울: 한국여성개발원(Womem in a Changing Global Economy).

테레사 클라빅 외, 『복지국가와 여성정책』, 한국여성학회(옮김), 서울: 새물결, 2000.

(2002년 『한국여성학』 18권 2호에 발표한 논문의 수정본임.)

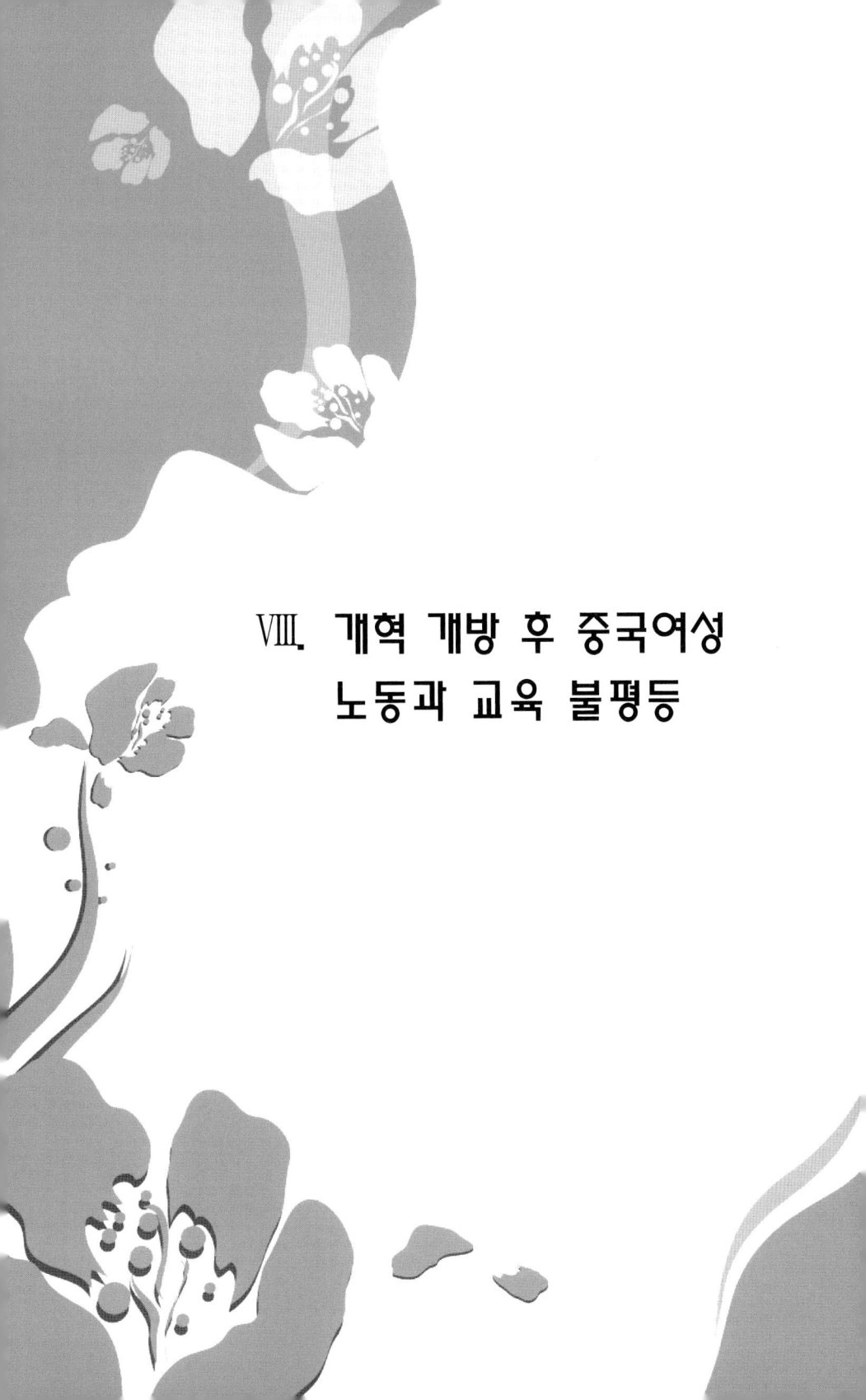

VIII. 개혁 개방 후 중국여성 노동과 교육 불평등

1. 실질적 평등

중국은 사회주의 정권 수립 이래 적극적인 정책적 지원과 보호 아래 양성평등이 추진되어 왔다. 여성의 사회경제 활동 참여율, 정책 결정직 참여율, 동일노동에 동일임금, 가사노동의 남녀분담 등이 개도국의 일반적 수준에 비해 높은 편이었다. 이것은 평등을 이념으로 하는 사회주의 정책 덕분이다.

1995년 북경에서 제 4차 세계여성대회가 개최되어 '북경 선언', '행동 강령'이 발표되고, 이어서 '중국부녀 발전요강'이 제정되어 2000년도까지 그 목표가 달성된 것으로 평가되었다.

2001년에는 또 '중국 부녀발전 요강(2001 − 2010)'이 제정되어 현재 시행 중에 있다. 그 내용을 보면, 남녀평등을 기본 국책으로 하여, 정치, 경제, 사회, 문화의 모든 영역에서 여성이 남성과 동등하게 참여하고 혜택을 누릴 것을 골자로 한다.[119]

그러나 이런 정책에도 불구하고 개혁 개방 이후 자유경쟁 체제에서 출산, 양육과 가사노동을 담당하는 여성은 남성에 비해 훨씬 불리할 수밖에 없다. 이 때문에 여성의 취업률이 하락하고, 남녀의 임금격차가 심화되며, '여성은 가정으로 돌아가라'는 시대역행적인 논쟁이 달아오르기도 한다. 왜 이런 현상이 생기게 되었을까? 계획경제 시기, 정책에 의한 위로부터의 개혁은 가부장적 사회구조와 의식이 근본적으로 개선되지 않는 한, 남녀평등을 근본적으로 실현할 수 없는 것이기 때문이다.

---

119) 汝信 外, p.261.

실질적인 양성평등을 실현하기 위해서는, 가부장제가 성립된 이래 사회와 가정, 사회 임금노동과 무급 가정노동으로 이분화 된 남녀분업의 경계를 허물어, 양자를 통합하는 것이 문제 해결의 관건이라 할 수 있다.

유엔이 1997년 '성인지적 관점을 주류 정책에 포함시킬 것'을 선포한 것은 바로 이와 같은 맥락에서다. 최근 유엔 회원국들은 양성평등을 위한 이론 분석, 목표 설정, 전략 수립과 사회조직망 구축에 박차를 가하고 있다. 또 실질적 양성평등을 얻어내기 위해, 정책 수립, 집행, 감시와 평가까지 포괄하는 보다 효율적인 전략을 세우는 방향으로 나아가고 있다.

1970년대 유엔은 '여성차별 철폐조약'을 발표하고, 여성에 대한 갖가지 차별을 없애기 위한 특별조치들을 마련했다. 특별조치들이 필요한 이유는 생리적으로 불리한 여성의 특성을 고려하고, 역사적으로 누적된 불평등을 해소하기 위해서다. 종래 평등이라 함은 주로 제도적 법률적 차원의 '형식적 평등'만을 의미했으나, 이제는 남녀가 평등한 조건에서 일하고 경쟁할 수 있는 '조건상의 평등'을 마련하여 '실질적 평등'과 '결과의 평등'을 실현할 것을 목표로 하기 때문이다.

'나이로비 전략', '자아개발권에 관한 선언'(1986), '북경선언'과 '행동강령'(1995년)은 남녀가 법률적 제도적 평등의 차원을 넘어, 정치, 경제, 사회와 문화적인 발전 과정에 동등하게 참여하며, 그 결과를 평등하게 향유할 권리를 가질 것을 목표로 하고 있다. 그것은 인간의 기본권인 생존권은 물론, 개인의 무한한 잠재력을 계발할 수 있는 권리까지 포함하는 것을 의미한다.

양성불평등은 가부장적 사회 문화의식과 이에 상응하는 경제 체제에서 비롯된다. 가부장제 사회란 부계(父系, patrilineage), 부명(父名, patrinymy), 부거(父居, patrilocality)의 세 구성요소를 토대로, 가정과 사회에서 가부장권 또는 부권을 뒷받침하는 사회로 정의될 수 있다.[120] 가부장제의 구조적 특징은 남녀의 역할을 가정과 사회로 이분화 하는 성별분업과, 남성에 의해 관리되는 사회라고 할 수 있다. 이런 각도에서 보았을 때, 사회주의 중국은 양성평등 정책을 적극 추진해왔음에도 불구하고 가부장제의 본질을 벗어나지 못한 사회라고 할 수 있다.

　이 때문에 계획경제 체제에서 그나마 이룩했던 중국 여성의 지위가 자유경쟁을 중심으로 하는 시장경제 체제에서 더욱 동요할 수밖에 없는 것이라고 풀이된다. 여성의 지위 하락은 남성에 비해 더 심각한 취업난과 높은 실직률, 그리고 전통적 성별분업의 지속과 회귀 추세에서 입증된다. 자유경쟁 체제에서 여성의 지위가 하락하자 성 매매, 가정 폭력, 여성빈곤, 비정규직의 증가 등이 새로운 사회문제로 떠오르고 있다.

　이 글에서는 최근 시장경제 체제에서, 취업과 교육 분야를 중심으로, 중국 여성의 실태가 어떤가를 양성평등의 관점에서 살펴보려는 데 목적이 있다. 여성 취업난, 남녀 임금격차, 여성 빈곤, 교육과 전산 정보 영역에서의 비대칭적 양성관계가 성 인지적 관점에서 어떤 의미를 갖는가, 그것은 비단 시장경제 체제에서뿐만 아니라, 계획경제 시기를 비롯해, 시대와 체제를 통틀어 범세계적으로 유지되는 가부장제와 어떤 연관성이 있는가. 이 연구는 위의 문제들을 깊게 살피고자 하는 의도에서 이루어진 것이다.

---

120) 정필화, p.45.

2. 사회노동의 비대칭

2-1. 여성 취업난과 수직적 수평적 남녀분리

양성평등의 주요 지표 가운데 하나가 취업률이다. 시장경제 체제는 3차 산업의 발달로 여성에게도 취업의 문을 넓히는 기회를 제공하게 되었다.

「2000년도 중국 인권 발전 백서」에 따르면, 2000년 10월 현재 중국여성 취업자 수는 3억 3천만 명으로 전체 취업자의 46.7%에 이른다. 여성들은 빠른 속도로 전통 직종 분야로부터 제3차 산업으로, 또 민간기업과 자영업 부문으로 이동하고 있다.

제2차 중국여성의 사회적 지위에 관한 조사를 보면, 2000년도 도시 여성 취업자 가운데, 경영 관리직이 6.1%로 1990년도보다 3.2% 증가했다. 또 전문 기술직은 22.8%로 1990년에 비해 5.4% 많아졌고, 상업과 서비스직도 30.8%로 7.1% 증가했다. 그러나 여성은 주로 판매, 사회 서비스, 교육, 문화, 위생 부문에 종사하고, 금융, 과학기술, 당과 정부 기관에는 남성에 비해 훨씬 적다.[121]

노동부와 사회보장부가 2001년 선양沈阳 등 10개 도시를 대상으로 실시한 표본조사에 따르면, 최근 취업난과 구조 조정에 의한 임시 휴직자들의 재취업난이 모두 심각한 것으로 나타났다. 그런 중에서도 2001년 1월에서 6월 사이에 전국 62개의 노동력 시장을 대상으로 한 조사를 보면, 여성에 대한 수요는 감소한 반면 남성에

---

121) 汝信 外, pp.265-266.

대한 수요는 증가한 것으로 밝혀졌다.[122] 그 이유는 산업구조의 변화, 기술 진보와 일자리 수에 비해 노동력이 과잉인 현실에서 학력, 직업 기능과 기술이 남성에 비해 취약하고, 가정적 부담을 짊어진 여성은 노동시장에서 상대적으로 불리한 조건에 머물 수밖에 없기 때문이다.

제5차 인구조사에 따르면, 1990년부터 2000년도까지 상하이시 25세에서 49세의 여성 취업률은 24.8% 하락했다. 여기에는 1백만 명에 가까운 임시 해고자, 실업자와 조기퇴직자가 포함된다.

여성의 비정규직화도 큰 문제점으로 지적된다. 1997년에 이미 전국 비정규직 비율은 20.3%였으나, 이는 해마다 증가하여 앞으로 여성 실업자의 약 25% 내지 30% 이상이 정규직에서 비정규직으로 전환할 것으로 추정된다.[123] 40세 이상의 여성들은 파출부, 가정부, 소규모 자영업의 고용원이나 청소 미화원 따위의 직종 이외에 취업의 길이 그다지 넓지 못한 것으로 파악된다.

농업의 여성화 추세도 주목해야 할 부분이다. 1995년 현재 전국 24개 현(縣) 80개 촌(村)의 4000호 농가를 대상으로 실시한 조사에 따르면, 여성노동력 비율이 이미 55.9%로 전체 농업노동력의 절반을 넘는다. 이 비율은 매년 증가하여, 2000년도 제2차 중국 여성의 사회적 지위에 관한 조사를 보면, 농업에만 종사하는 여성노동력의 비율이 82.1%로 남성보다 17.4% 더 높아졌다.

반면 비농업 분야에 종사하는 남성의 비율은 35.3%로 여성에 비해 2배가 높다. 이 사실에서 농업의 여성화가 지배적인 추세임을

---

122) 汝信 外, p.266.

123) 汝信 外, p.266.

확인할 수 있다. 2001년의 조사에서는 대도시나 인근 지역으로 나가 농업 이외의 분야에 종사하는 농민의 비율이 23.3%인데, 그 가운데 남성이 64.5%, 여성이 35.5%이다.

이런 현상은 개혁 개방 이후 향진기업과 서비스 산업의 발달에 따라, 농민 노동력이 도시로 유입되고 있음을 말해주는 것이다. 임금 수준이 상대적으로 높은 도시지역으로의 이동과 이동 속도도 여성이 남성에 비해 훨씬 낮다. 그 이유는 가사노동과 가정관리의 부담 때문으로 판단된다. 상해 근교의 경우, 여성의 농업 종사율은 남성보다 16.6% 높은 40.0%이고, 농업 이외 분야의 취업률은 남성보다 11.2% 낮은 12.0%이다. 그나마 비농업 분야 취업자의 대부분은 가정적 부담이 없는 미혼 여성인 것으로 조사되었다.

노동시장에서의 양성불평등은 취업률만으로 논할 수 없으며, 직종 분포와 내용을 살펴보아야 한다. 남녀의 수평적 수직적 분리현상은 불평등한 취업 현상을 잘 설명해주는 대목이기 때문이다.

일반적으로 학력이 높은 여성들은 교사, 의사, 회계사, 간호사 등 전문직에 종사하지만 그들은 소수에 해당한다. 대다수의 학력이 낮은 여성들은 상업, 요식업, 서비스업 등 노동집약적이고 불안정한 직종에 종사한다. 제5차 인구조사에서 여성의 전문, 기술직 종사 비율은 54.6%로 나타나, 수치상으로만 보았을 때 그리 우려할 수준은 아닌 것으로 비쳐진다. 그러나 기술의 등급과 분포 상황이 문제이다. 2000년도 상하이 시의 중·고급 전문기술인 가운데 여성은 38.1%와 21.6%에 불과하고, 대부분이 남성 인력으로 채워져 있다.

상하이 시의 경우, 당과 정부 기관의 간부 가운데 여성의 비율은 9.1%, 구(区)와 현(县) 수준은 11.0%, 진(镇)은 13.8%[124]이다. 변두리 지역으로 갈수록 여성의 비율이 다소 높아지고, 중심 지역은 거의 남성이 주축이 된다. 이 비율들은 유엔의 권장 사항인 30%에 훨씬 못 미치는 수치이다.

중국 정부는 개혁 개방 후에도 양성평등의 실현을 위해 여성의 정책 결정직 참여율을 높이려 노력하고 있다. 그러나 중앙과 지방 정부를 막론하고 최고 책임자는 남성, 부 책임자는 대부분 여성으로 되어 있는 것이 현재의 상황이다.

2-2. 남녀 임금 격차

노동시장에서의 성차별 중 대표적인 것이 임금에서의 차별이다. 법률상으로는 동일노동에 동일임금이 규정되어 있으나, 시장경제 도입 후 현실적으로는 남녀 임금격차가 심화되는 것으로 조사되고 있다.

남녀 임금격차는 노동의 수평적, 수직적 분리현상에 따른 범세계적인 현상이다. 임금이 높고 고급 직업 능력을 필요로 하는 직종은 주로 남성이, 저임금 단순 노동의 직종에는 여성이 더 많이 종사하는 사실과, 같은 직종에서도 남성은 경영 관리직에, 여성은 대부분 하위직에 분포되어 있는 것을 말한다.

2000년도 중국 도시의 여성 취업자 비율은 38%이다. 그 가운데 위생, 복지기관 종사자가 전체의 57%이며, 상업, 요식업, 서비스, 문화 교육 부문도 평균치보다 높다. 또 비교적 안정적이고 성차별

---

124) 陸建民, p.7.

이 덜 하며 수당과 연금 혜택이 양호한 국유기업에는 남성이 여성보다 많고, 경쟁이 심하고 불안정하고 연금 혜택이 보장되지 않은 비 국유기업에는 여성이 남성보다 많다.[125]

이러한 성별 분리 현상은 여성을 가사노동 책임자로 규정하고, 사회 노동에서도 여전히 여성을 가정 관련 노동이나 종속적 부문에 종사하도록 하여 '남성 직종'과 '여성 직종'으로 구분하는 가부장적 사회 문화기제에서 비롯된 것이라고 볼 수 있다.

직종의 질과 수준은 복합적인 요인에 의해 결정되지만, 그 가운데 임금은 가장 중요한 기준이 된다. 직종과 임금의 성별격차에 관한 한 실증적 연구는 여성의 임금이 모든 직종에서 일반적으로 낮음을 확인하고 있다.[126] 또 직종 간의 임금 격차가 더욱 심화되는 추세여서, 직종 간 성별분리 현상이 개선되지 않는 한, 자유경쟁 체제에서 남녀의 임금격차는 더욱 확대될 가능성이 크다. 시장경제가 심화될수록 교육기간, 직업기능 기술이 상대적으로 낮은 여성은 더욱 불리할 수밖에 없다.

남녀의 임금 격차는 계획경제 시기에는 정책적으로 억제하였으나, 시장경제 이후 심화되고 있다. '제2차 여성의 사회적 지위에 관한 조사'에 따르면, 최근 5년간 취업여성의 경제소득은 비교적 큰 폭으로 증가했지만, 남녀 간의 임금격차는 더욱 확대되었다. 1990

---

125) 1998년 현재 직종 분포를 보면, 여성은 주로 임금이 낮은 농업과 제조업(전체 근로자의 43%), 판매, 요식업(46%), 서비스업(56%)에 몰려 있다. 국영기업의 남녀비율은 63.9%와 36.1%, 공기업은 55.4%와 44.6%나, 공공 이외의 부문에서는 반대로 44.6%와 55.4%로 여성이 높다. 이영자(2002), p.76.

126) 徐林清(2004), pp.36 – 37. 여성이 종사하는 직종의 임금 추세를 Pw로 표시하여, Pw가 1.0보다 낮으면 평균임금보다 낮은 것이다. 그런데 1996年 Pw가 최저치를 기록한 것을 기점으로 해마다 조금씩 상승하지만, 평균적으로는 아직 1보다 낮다.

년 현재 도시 지역 여성의 월 평균 소득은 남성의 77.5%였으나 99
년도에는 7.4% 더 낮은 70.1%밖에 안 된다.

농업, 임업과 목축업도 1999년도에 여성은 남성의 59.6%로, 1990
년보다 19.4% 격차가 더 벌어졌다. 소득 분포를 보면, 도시여성 중
연소득 5천 위안 미만이 47.4%로 남성의 같은 소득 수준보다
19.3% 더 높다. 반면, 연 소득 1만 5천 위안 이상인 여성은 6.1%이
고, 중급 이상 소득의 여성 비율은 남성에 비해 6.6% 적다.[127]

여기서 더 주목해야 할 것은 가부장적 사회 문화구조에서 임금
책정의 기준은 '숙련'보다는 성 이데올로기가 주요 요인으로 작용
하고 있다[128]는 사실이다. 다시 말해, 남자는 가족 생계 책임자, 여
자는 생계 보조자라는 전통적 사회 문화 기제가 직업 능력에 관계
없이 남성의 임금을 여성보다 높게 책정하도록 한다. 이는 성 평등
원칙에 정면으로 위배되는 것이다. 또한 가족구조는 동태적인 사회
적 단위로서, 모든 가족이 남성을 가장으로 하고 있지 않으며, 여
성 가장, 편부모, 독신자 가구 수가 세계적으로 증가 일로에 있다.
미국의 경우만 해도, 1977년에 이미 전형적인 핵가족 모형이 16%
에 불과하다.[129] 따라서 가족 부양자 이론에 따른 남녀 임금격차는
가부장제에서의 대표적인 성차별이라 할 수 있다.

중국에서 남녀 임금 격차의 또 다른 주요 원인은 농업의 여성화
라 할 수 있다. 농업 소득이 원래 타 직종에 비해 낮은데다가, 외
지로 이동한 비농업 여성 노동자 수가 남성에 비해 적기 때문이다.

---

127) 汝信(2001); 汝信(2002), pp.267; 全国妇联(2001).
128) 김미주, 「성, 숙련, 임금」(조순경, pp.171－177, 195－196)
129) 이영자(2003), p.636.

제2차 중국여성의 사회적 지위에 관한 조사에 보면, 외지로 이동한 40세 이상의 비농업 여성 노동자의 연소득은 6,628.13위안으로 같은 연령의 여성 농업 노동자(2,884.35위안)보다 2.3배 더 높다. 또 외지 여성 노동자의 소득은 같은 연령의 외지 남성 노동자의 81.53%이고, 여성 농업노동자는 60.29%에 지나지 않는다.[130]

북경 근교의 한 농촌마을을 대상으로 한 실증연구는 경제 성장에도 불구하고 가부장적 사회 문화기제가 개선되지 않는 한 남녀의 임금격차는 해소되지 않음을 잘 보여주는 사례다.

이 연구는 1990년대 후반 집단 경영제와 농업의 산업화를 성공적으로 접목시킨 한춘허 韓村河, 떠우디앤窦店, 시난짱촌西南章村 등 세 행정 촌을 조사대상으로 했다. 이 가운데 한춘허는 북경 근교 농촌의 성공사례로서, 1997년도에 이미 총생산액을 15억 여 위안 올릴 만큼 획기적인 경제성장을 이룩했다. 이 마을은 평균 200평방미터 안팎의 주거면적, 1 - 2만 위안의 개인 연소득과 개인당 월 60위안의 노후연금을 지급하는 부유한 농촌으로 자리 잡았다. 그러나 남녀의 임금격차는 이 농촌들이 고속성장에도 불구하고 여전히 남녀불평등 구조에 놓여 있음을 말해준다.

위의 세 마을의 연소득 3천 위안에서 5만 위안 사이의 100가구를 대상으로 한 조사에 따르면, 한춘허의 경우, 3천 위안에서 5천 위안의 저소득자는 여성이 94명, 남성이 27명이고, 1만 위안에서 5만 위안의 고소득자는 남성만 73명이다. 시난짱촌은 3천 위안 미만의 경우, 여성 48명, 남성 6명이고, 소득 1만 위안 이상의 여성은 3명, 남성은 50명이다.[131]

---

130) 汝信(2002), p.269.

위의 사실은 경제 발전이 양성평등을 자동적으로 가져다주리라
는 안일한 생각을 재고하게 하는 대목이다. 다시 말해, 경제 성장
은 양성평등에 필요조건일 뿐, 충분조건은 못 됨을 말해주는 것이
다. 위의 사례에서 보듯, 경제 성장에도 불구하고 남녀의 소득격차
가 벌어지는 이유는 '남자는 사회, 여자는 가정'이라는 전통적 성
역할과 이에 상응하는 사회구조와 의식에서 비롯되는 것이다. 전통
적 성역할 의식은 여자를 가정적 소극적 수동적으로 만들어, 남자
에 대한 의뢰심을 갖게 하는 요인으로 작용한다. 여기서 문제의 핵
심은 가사, 육아와 사회노동의 이중 부담이 결정적인 장애 요인으
로 작용한다는 점을 강조하고자 한다.

이 세 마을에서도 새로 설립된 기업체 총수, 업체 사장과 고급 기
술직은 대부분 남성이고, 부회장, 부사장, 기층간부와 하위직, 그리
고 도로 미화원 등 임시직의 94%가 여성인 것으로 조사되었다.[132]

2-3. 퇴직 연령의 차이에 따른 연금 격차

취업기간 동안 남녀의 임금격차가 벌어지듯이, 퇴직 후에도 노후
연금 액의 남녀격자는 중국도 한국이나 다른 나라와 다를 바 없다.
그 원인은 일반적으로 여성의 취업기간이 남성에 비해 짧고, 평균
임금도 남성보다 적기 때문이다.

중국의 경우, 여성의 퇴직연령이 남성보다 낮게 규정되어 있기

---

131) 李慧英, p.12.
132) 李慧英, p.12.

때문에, 남녀의 노후연금 격차에 큰 영향을 미칠 수밖에 없다. 이것은 남녀평등을 국가의 기본 정책으로 채택해왔음을 자부하는 사회주의 중국이 실제로는 양성불평등을 제도화하고 있다는 허점을 드러내는 대목으로서, 자주 논쟁의 대상이 되고 있다.

남녀 퇴직연령을 차별적으로 규정한 것은 1958년부터이다. 당시에는 여성의 생리 조건을 고려하여 모성을 보호한다는 취지에서였다. 모성보호 정책에 따라 산전 산후 휴가와 함께 여성의 퇴직 연령을 남성보다 낮게 하는 것이 여성의 권익을 위한 것으로 간주되었다.

이에 따라 일반 근로자의 경우, 남성은 60세, 여성은 50세로 규정했다. 노후 연금액은 근로기간이 20년 이상일 경우, 본인의 평균임금의 75%, 15년에서 20년까지는 70%, 10년에서 15까지는 60%로 산정되었다[133]. 그러나 당시에는 남녀의 임금격차가 적고 임금인상률도 낮아, 노후연금액에 그다지 중요한 영향을 미치지 않았다. 이 때문에 남성과 같은 수준의 임금을 받고 15년에서 20년 미만 근무한 여성의 경우, 남성 노후수당의 93.3%까지 받을 수 있었다.

그러나 개혁 개방 후 남녀임금 격차가 심화되고 임상 인상률이 높은 상황에서는 사정이 달라졌다. 현재 노후연금은 본인의 임금액과 연금불입 연한에 따라 산정되기 때문에, 취업 기간이 남성에 비해 10년이나 짧은 여성은 매우 불리할 수밖에 없다.

구체적으로, 남녀의 임금 수준이 사회 평균 임금수준과 같을 경우, 여성은 남성의 평균 81%밖에 수령하지 못한다. 또 임금이 사회평균 임금 수준의 60% 안팎으로 낮을 경우, 여성은 남성의 84%를 받으며, 사회 평균 임금의 3배 안팎으로 높을 경우에는 남성의

---

133) 「國務院關于工人退休, 退職處理的暫定辦法」, (國際1978. 104號), 1978. 6.2.

75%밖에 받지 못한다[134]. 이처럼 임금이 상대적으로 높은 여성은 남성에 비해 더욱 불리하게 노후연금을 받게 된다. 반대로 임금이 낮을 경우에도, 연금액의 하강 폭은 여성이 남성에 비해 크다. 취업기간 동안 임금격차로 차별을 받는 여성 집단은 퇴직 후 노후연금 혜택에서도 더욱 큰 차별을 받게 되는 셈이다.

2-4. 여성 빈곤 문제

전 세계적으로 여성의 노동량은 남성을 훨씬 능가한다. 아시아, 아프리카의 농업노동, 개도국들에서 염가로 제공되는 산업노동과 평생 무보수로 이루어지는 출산, 육아와 가사노동까지 합하면 여성노동은 세계 총 노동량의 3/2 가량을 차지하는 것으로 추산된다.[135] 그럼에도 불구하고 여성의 임금은 남성보다 훨씬 낮다. 그 이유가 무엇일까? 또 이 문제를 해결할 수 있는 방법은 무엇일까? 그것은 곧 성 평등의 문제며, 사회정의의 문제이다. 또 사회학의 과제며, 여성학의 난제이기도 하다.

1970년대부터 유엔은 여성빈곤 문제에 주목하기 시작했다. 1980년대에 와서도 국제조직들은 '여성과 발전'의 문제를 조명하면서, 계속 여성빈곤 문제를 해결하기 위해 노력해왔다. 특히 1995년 제4차 북경 세계여성대회의 '행동강령'은 세계적으로 약 10억 이상의 빈곤 인구 가운데 대다수가 여성임을 강조하면서 개도국 여성의

---

134) 陆建民, p.7.

135) 이영자(2003), p.291.

빈곤문제에 깊은 관심을 기울였다.[136]

여성 빈곤이 문제가 되는 이유는 모든 가구가 남성이 생계부양자가 아니며, 배우자 사망, 이혼이나 별거, 미혼모 등의 여성 가장 가구가 많다는 점과, 한 가구 안에서도 가족 구성원 사이에 자원분배상의 성차별이 존재한다는 사실 때문이다. 가족은 공동운명체며 공동 소비단위로, 애정으로 결합하여 자녀를 낳아 교육하는 도덕의식이 지배하는 특수 집단이다. 그러나 이런 특수성 때문에 가족의 사회적 관계를 수면 밑에 덮어두고, 개별 구성원의 빈곤이 전체 가정의 빈곤 속에 은폐되어서는 안 된다고 보는 것이다.

성 인지적 관점에서 중국 가족의 빈곤율을 측정한 한 연구는 가족 빈곤 속에 은폐된 여성 빈곤을 조명하면서, 빈곤 가정 속에서도 여성은 남성에 비해 더 빈곤하다는 사실을 지적했다. 이 연구는 최저 생계비로 생활하는 빈곤 가구의 경우, 음식물 같은 생활의 기본 영역과 의복, 의료, 교육 등 그 다음 수준의 지출, 그리고 성별로 지출 종류가 다른 담배, 술이나 화장품 등의 세 수준으로 나누어 지출이 어떻게 차등적으로 이루어지는가를 조사했다. 그 결과 비싸고 귀한 종류의 음식은 주로 남성이 먹고, 먹다 남은 찌꺼기 음식은 여성이 먹는 것으로 나타났다. 피 조사 가구 중 여성이 영양실조에 걸린 비율은 21.6%인데 반해, 남성은 13.8%에 불과하다.[137]

또 농업의 여성화에 따른 여성 빈곤문제도 주목해야 할 부분이다. 농민 중 남성은 도시나 인근지역의 산업근로자로 취업하고, 여

---

136) 95北京非政府组织妇女论坛丛书编委会, 1998.

137) 165가구 중 남성이 식은 음식을 먹는 가구는 23.7%, 여성이 먹는 가구는 55.1%, 함께 먹는 가구는 21.2%로 여성이 식은 음식을 먹는 가구가 남성이 먹는 가구의 약 2배가 된다. 汪雁, pp.26-27.

성은 농촌에 남아 소득이 낮은 농업에 종사하는 농민 가구가 이미 큰 비중을 차지하며, 계속 빠른 속도로 증가하고 있다. 여기서 제기되는 문제가 남녀의 소득격차와 가족부양의 책임을 회피하는 일부 남성들, 여성 가장의 낮은 사회보장 혜택과 농업노동과 집안일의 이중 부담을 도맡아야 하는 점들이다.[138] 이러한 사항들은 여성 빈곤과 직결되는 것으로, 성 인지적 관점에서 정책적 지원이 뒤따르고 사회가 함께 나서서 해결해야 할 문제들이다.

3. 교육의 비대칭

3-1. 교육연한과 내용의 성별차이

교육은 개인과 사회 발전을 위해 매우 중요한 역할을 한다. 그것은 개인의 지적 능력을 높이고, 직업 기능과 기술을 습득하게 하며, 사회적으로는 생산력을 높이고 올바른 가치관을 갖게 하여 정의로운 사회를 이루며 역사발전에 도움이 되게 하는 것이다. 교육은 자아발전과 사회발전에 기초가 되는 중요한 것으로, 고도의 경쟁력을 요구하는 현대사회에서 필수적인 인적 자원으로 기능한다.

이처럼 중요한 교육의 혜택이 계층과 성을 초월하여 평등하게 베풀어지는가 하는 점은 사회적으로 중요한 의미를 갖는다. 여기서는 현재 중국에서 교육이 성 평등적으로 이루어지는가를 살펴보고자 한다.

---

138) 이영자(2002), p.94.

교육에서의 양성평등을 세 가지 차원에서 살펴볼 수 있다.

가장 중요한 것은 교육 기회에서의 평등이다. 중국은 법률 제도적으로 모든 국민에게 교육 기회의 평등을 기본적으로 보장하고 있다. 헌법 46조 1항(1982), '의무교육법' 5조(1986), '미성년교육법' 9조(1991), '부녀권익보호법'(1992) 제3장, '중화인민교육법' 9조 2항들이 모두 성별, 인종, 종교, 재산, 직업의 구별 없이 모든 국민이 교육과 의무교육을 받을 권리가 있음을 규정하고 있다.

특히 '90년대에 제정된 '중국아동 발전계획 요강'(1992)과 전국교육사업 "九五계획과 2010년 발전계획"(1996)은 국제협약과 중국 헌법 정신에 따라, 농촌, 빈곤 지역과 여자 어린이의 입학률 제고와 중도 자퇴 방지를 위한 규정을 마련하고 있다.

그러한 정책에 힘입어, 1949년 당시 20%에 불과하던 여아의 취학률이 2000년 현재 99.07%에 이르러, 남아 취학률과의 차이를 00.7%까지 축소시켰다. 또 1951년 당시 28.0%이던 초등학교 여학생 비율도 1990년에는 46.2%, 2000년에는 47.6%로 상승했다. 현재 9년제 의무 교육에 있어서는 양성 사이의 차이가 별로 없다. 정규 교육에서의 여학생 비율도 전반적으로 상승했다. 2000년도 여대생 비율은 1990년도보다 8.4% 상승한 44.8%이고, 여학생 박사과정 비율은 24.1%, 석사과정은 34.8%로 각각 12.3%와 13% 상승했다[139]. 취학률의 상승은 남녀 학생 모두에게 공통적인 현상이며, 남녀격차가 작아지는 것 또한 긍정적인 측면이라고 할 수 있다.

그러나 교육의 성별차이를 좀 더 구체적으로 살펴볼 필요가 있다. 문제는 성별격차의 축소에도 불구하고, 상급학교로 가면서 여

---

139) 陆建民, p.7.

전히 남학생에 비해 여학생 비율의 약세는 존재한다는 사실이다. 1990년 현재 초등학교의 여학생 비율은 46.2%인데 비해, 중학교는 41.9%로 감소한다. 2000년에는 초등하교가 47.6%로 상승했지만, 중학교는 46.2%로 다소 낮다. 이를 도표로 표시하면 아래와 같다.

초 · 중등학교 여학생 수와 비율140)

연 도	초등학교		중학교	
	여학생 수 (만 명)	비율(%)	여학생 수 (만 명)	비율(%)
1951년	1206.1	28.0	40.12	25.6
1990년	5655.5	46.2	1920.1	41.9
2000년	6194.6	47.6	3402.4	46.2

교육 기회의 불평등은 성별 교육연한의 차이에서도 드러난다. '제2차 중국여성의 사회적 지위 표본조사'에 따르면, 50세 이하 도시 여성의 평균 교육연한은 9년 이상으로 남녀 차이가 축소되어 가는 추세를 보인다. 그러나 농촌 여성의 평균 교육연한은 9년에 훨씬 못 미치며, 30세 이하의 여성 평균 교육연한도 7.32년밖에 안 된다. 또 9년 미만의 여성 비율은 82.5%나 되어, 남성보다 12.8% 높다. 반면 초등학교 학력 이하의 여성이 58.8%로 남성보다 22.8% 나 높으나, 중학교 졸업자는 남성보다 10% 낮다. 여성 문맹률은 13.6%로 남성보다 9.6% 높다.141)

도시 여성의 경우도, 교육연한 9년 미만이 41.4%로 남성보다 10.3% 높다. 위의 사실을 종합할 때, 전반적으로 여성이 남성에 비

---

140) 『中国妇女统计资料』1949－1989; 『中国统计年鉴』, 1991－2000年.
141) 『第二期中国妇女社会地位抽样调查数据报告』, 中国统计出版社, 2001.9.

해 교육 연한이 짧다는 사실을 알 수 있으며, 그것은 경쟁력 약화로 연결될 수밖에 없다.

학령기 아동의 취학률과 중도 자퇴율도 면밀히 살펴야 할 부분이다. 1980년대부터 시행해온 '쌍학쌍비' 운동과 '봄꽃봉오리 계획(春蕾計劃)'은 낙후 지역의 여성과 아동 문맹률, 취학 포기와 중도 자퇴율을 크게 낮추는 데 기여했다. 그 결과 아동 취학률이 1990년의 96.3%에서 2000년 99.1%로 높아졌다[142]. 그러나 13억이라는 거대 인구에서 미취학률 0.9%와 중도 자퇴율 5.52%는 무시할 수 없는 숫자라는 사실도 주목해야 할 부분이다.

특히 낙후한 농촌과 서부 지역은 타 지역보다 여아의 미취학, 자퇴율이 남아에 비해 더 높다. 2000년 현재 9년제 의무교육 시행율은 85%에 지나지 않는다. 나머지 15%의 빈곤 낙후 지역은 특히 여아의 미 취학률이 더욱 높을 것으로 추정된다. 2000년 현재 농촌 지역 초등학교의 자퇴율은 58.52%이고, 학년이 높아질수록 여학생 자퇴율이 남학생에 비해 높아진다.[143]

서부 지역에서는 여아 입학률이 50%에도 못 미치고, 자퇴율도 높으며 그나마 학년이 높아질수록 여학생 수는 더욱 감소하여, 20% 미만이 학업을 계속하는 실정이다. 그 이유는 노동력이 부족하고 최저 생계가 곤란한 농촌에서 여아가 자퇴의 우선순위가 되기 때문이다. 조혼을 시키거나 외지로 나가 취업 하게 하고, 집에

---

142) 전국부련, 내부 문건 2001.2.1.
　　 쌍학쌍비 운동은 1980년대 후반부터 농촌여성을 대상으로 전개되는 거국적 여성운동이다. '지식과 기술을 배우고, 실력과 국가기여도를 경쟁하다'라는 구호로 전국 부녀연합회와 농업부 등 12개 부처가 공동으로 전국에 걸쳐 지도 반을 결성하여, 많은 성과를 거두는 것으로 평가된다(이영자, 2002:89 - 90쪽).
143) 『中国教育事业统计年鉴』, 2000.

남아 가사노동을 시키기 위해, 부모들은 남자보다는 여자 아이에게 먼저 학업을 중단하게 한다.

제5차 총인구조사에 따르면, 15세에서 19세 사이의 여아 가운데 학교에 가거나, 취업도 하지 않은 채 집안일만 하는 비율이 4.12%인데, 남자 아이는 1.02%다. 이들은 대부분 문맹이기도 하다.[144]

성별격차와 더불어 또 문제가 되는 것은 계층 간의 격차다. 중국은 지역 간, 도/농 간 격차가 심각한 사회문제임은 이미 알려진 사실이다. 시장경제 채택 이래, 농촌 인구가 도시로 대거 유입됨에 따라 유동 가정의 자녀교육 문제가 심각한 실정이다. 그들 중에는 경제적 어려움과 도시, 농촌을 구분하는 엄격한 호구제로 말미암아 실제로 교육의 혜택을 누리지 못하는 인구가 적지 않게 존재한다. 제5차 총인구조사에 따르면, 6세에서 14세 사이 유동 가정의 학령기 아동 가운데 4.0%가 미취학 아동이며, 0.8%가 자퇴생이다. 약 42만 명의 아동이 정규 교육의 기회를 갖지 못하는 것으로 추산된다.

여기서 더욱 문제가 되는 것이 여아의 경우다. 국무원과 유엔아동기금회의 공동조사에 따르면, 2003년 현재 유동인구 가운데 학교에 다니지 않는 15세에서 18세 여자 아이의 비율은 남자(2.6%)보다 1.3% 더 높은 3.9%에 이른다.[145] 도시와 농촌을 차별하는 결과로 기능하는 호구제는 도시 유입 농민 자녀에게 현지 학생보다 비싼 등록금을 지불하게 한다. 이럴 경우, 아들에게 우선적으로 교육의 기회를 주고 딸은 집에서 집안일을 돕게 한다. 2000년도 북경시 유입농민의 학령기 아동 가운데 남아 97.3%, 여아 96.9%만이 학교

144) 『中国2000年人口普查资料』 2002.
145) 中国儿童中心. 「中国九城市流动儿童状况调查研究报告」, 2003.9.

에 다니고 있는 것으로 조사되었다.[146)

교육 기회의 평등 이외에 교육 내용에서의 성차별과 교사들의 태도도 문제가 된다. 남학생은 적극적, 이성적, 논리적이고, 여학생은 소극적, 감성적, 수동적이라는 전통적 성별의식으로 잠재적인 우열을 갈라 남녀 학생을 대하는 교사들의 태도는 여학생들이 자신감을 갖고 능력을 발휘하고 자아개발을 극대화 하는데 나쁜 영향을 미칠 수밖에 없다. 교과목과 그 내용에서도 성차별적이거나 전통적 성역할을 합리화 하는 내용들이 문제점으로 지적된다.

교육의 경제적 성과물이라고 할 수 있는 취업을 위해, 여성이 남성보다 불리하기 때문에 딸보다는 아들을 우선적으로 학교에 진학시키는 경우도 많을 것으로 추정된다. 이처럼 교육 투자에 대한 회수율에서의 남녀 차이는 여성의 교육 투자에 대한 소극적 자세로 이어지고, 그럴 경우 교육의 남녀 평준화 추세가 다시 후퇴할 가능성도 많을 것으로 보인다.

취업 후 직업훈련에서도 남녀차별이 광범위하게 존재한다. 우한시 武汉市의 182개 저소득층 가구를 대상으로 한 조사에 따르면, 남성이 직업훈련을 받는 경우가 71.1%, 여성이 받는 경우가 28.9%로 남녀 사이에 큰 차이가 있다. 교육내용에 있어서도, 정보 전산교육과 같은 첨단과목은 주로 남성들에게 배당되고, 가사노동 분야 따위의 경쟁력 없는 과목들만이 여성에게 주어진다는 현지 조사 결과도 있다.[147)

---

146) 韓嘉玲, 2001(8, 9).
147) 陆方文, pp.4-9.

3-2. 전산 분야의 남녀격차

전산 정보 시대는 체력보다는 지능과 감성이 중시된다는 의미에서 여성에게는 새로운 도전의 기회라고 말해진다. 그러나 한편 전산 정보 기술의 세계화는 정보의 이해, 이용도, 활용 수준, 방어 체계에 따라 국가, 지역, 계층과 성별 간의 격차를 심화시킬 가능성이 크다.

2002년 12월 30일 현재 중국의 인터넷 가입자 수는 5천 9백 십만 명으로 6개월 동안 1천 3백 3십만 명이나 증가했다. 1997년 10월부터 2002년 1월 사이에 여성 인터넷 가입자 비율도 12.3%에서 40%로 획기적인 증가율을 보였다.[148]

그러나 세계은행의 발표에 따르면, 여성은 접속 시간과 접속 사이트 수에서 남성에 비해 뒤진다. 남성은 주로 직업 활동과 관련된 전문적이고 광범위한 정보를 검색하는 데 비해, 여성은 여가 활동, 채팅이나 가벼운 생활정보를 얻는 것으로 조사되었다. 중국에 개인용 컴퓨터가 더 일반화되고 이용 수준이 향상되기까지의 초기 단계에서는 전반적으로 정보화 사회에서 여성이 약세를 면하기 어려운 실정이다. 증권 동향, 부동산이나 취업 정보 등 전산망을 따라 이동하는 세계자본시장의 경쟁에서 여성은 뒤처질 수밖에 없다. 정보 전달 속도가 빨라지고 정보 전환의 주기도 축소되는 현실에서, 이전의 약자 집단인 여성은 새로운 정보화 시대에서도 여전히 남성과의 격차를 확대시킬 수밖에 없는 불리한 조건에 놓여 있다.

소프트웨어의 성 차별적 내용도 간과할 수 없는 부분이다. 인터

---

148) 曲雯, p.79.

넷 게임에 대한 관심도 여성이 남성에 비해 낮은 것으로 조사됐다. 또 게임의 내용도 여성을 성적 대상이나 희롱 물로 삼거나, 전통사회에서의 여성 비하, 종속적 지위나 성차별적인 요소를 새삼 부각시키는 측면이 다분히 있는 것으로 지적된다.

전산 기술 교육에서도 성불평등 현상이 심한 편이다. 전산직에 종사하는 여성은 전체 종사자의 3/1에 불과하며, 그나마 대다수가 임금이 낮은 하위직에 분포되어 있다.[149] 이런 양성 불평등은 가정과 사회로 이어져 미래지향적인 성 역할의 사회화, 여성의 종속화, 주변화의 해소와 성 평등의식을 함양하는 데에도 부정적 영향을 미칠 수밖에 없다.

맺는 말: 결과와 조건의 평등을 위한 사회구조개선 필요

양성평등이란 '형식상의 평등'인 법률적 제도적 평등에 머물 것이 아니라, 실질적 평등, 즉 '결과의 평등을 이루어 낼 수 있는 것이어야 한다. 그것은 여성의 모성역할, 생리적 특성과 역사적으로 누적된 차별을 고려한 '조건상의 평등'을 제공할 때 가능한 일이다. 이 점은 유엔이 이미 1970년대에 제정한 '여성차별철폐에 관한 조약', '성 인지적 관점을 주류 정책에 포함시킬 것'에 관한 선포(1997)와 수차례의 세계여성대회의 선언문들이 이미 제시한 원칙이다.

---

149) 黃育馥 外, 『e 时代的女性 － 中外比較研究』, 北京: 社会科学文献出版社, 2002. 曲雯:79쪽에서 재인용.

중국은 시장경제 도입 후 여성의 취업난과 남녀 임금격차가 계획경제 시기에 비해 훨씬 더 심각해진 것으로 나타났다. 그 이유가 무엇일까? 그것은 세계 어느 나라나 그렇듯이, 여성을 가사노동자로, 남성을 사회노동자로 간주하는 가부장제의 전통적 성별분업 기제에서 비롯되는 것이다. 여성은 출산을 담당하는 외에도 육아와 가정관리를 책임져야 하기 때문에 노동시장에서 남성과 동등한 조건에서 경쟁할 수 없다. 이 때문에 노동에서의 수직적 수평적 남녀 분리현상이 나타난다. 또 가족 부양자 이데올로기와 여성의 인적 자원의 열세에 따라 남녀의 임금격차가 생긴다.

여성은 교육연한, 교육 내용과 교사들의 태도에서도 차별을 받는다. 또 정보화 시대에서 남성에 비해 정보의 이용도, 활용 범위와 수준이 뒤떨어진다. 이 모든 비대칭적 양성관계가 계획경제 시기에는 정책적 보호와 지원 아래 표면화 되지 않았으나, 시장경제 아래서는 불리한 경쟁 조건으로 작용하는 것이다.

그렇다면 그 해결책은 무엇일까? 그것은 여성을 종속화, 주변화 시키는 가부장적 사회기제를 개선하는데 있다. 다시 말해, 사회 공정성에 입각한 성 평등 의식을 갖고, 전통적 성별분업을 해소하여, 무급 가정노동과 사회 임금노동의 경계를 허물어, 평등한 조건에서 실질적, 결과적 평등을 얻어내도록 지원해야 한다.

따라서 중국이 시장경제 체제에서 진정한 양성평등을 이룩하려면, 근본적으로 가부장적 의식과 그런 사회 경제 구조를 개선하는 데 있다.

참고문헌

이영자, 「중국의 여성고용정책과 양성평등」, 한국여성학회, 『한국여성
학』 제18권 2호, 2002.12.

_____, 『중국여성 잔혹 풍속사』, 서울: 에디터, 2003.

_____, 「중국 현 당대 소설작품에 나타난 성 정체성 연구」, 한국중어중
문학회, 『중어중문학』 제33집, 2003.12.

정필화, 「결혼제도와 성」, 한국여성학회, 『한국여성학』 제13권 2호, 1997.

조순경, 『노동과 페미니즘』, 이대출판부(2000).

95北京非政府組織婦女論壇叢書編委會編, 『95北京非政府組織婦女論
壇論文選』, 中國婦女出版社, 1998.

姜秀花, 「將性別平等与婦女發展指標納入全面建設小康社會指標体系」,
全國婦聯中國婦女研究會, 『婦女研究論從』 59, 2004.3.

陳衛民 外, 「退職年齡對我國城鎮職工養老金性別差异的影響分析」, 全
國婦聯中國婦女研究會, 『婦女研究論從』 57期, 2004.1.

國務院人口普查辦公室, 國家統計局人口統計司編, 『中國2000年人口
普查資料』, 中國統計出版社(2002).

韓嘉玲, 「北京市流動儿童義務敎育狀況調査報告」, 『靑年研究』, 2001.8.9.

陸建民, 「發展權: 社會主義初級階段男女平等的突破口」, 全國婦聯中
國婦女研究會, 『婦女研究論從』 59期, 2004.3.

陸方文, 「職業性別歧視」, 全國婦聯中國婦女研究會, 『婦女研究論從』
36期, 2000.1.

李慧英, 「農村集体經濟發達地區的性別狀況及性別結构分析」, 全國婦
聯中國婦女研究會, 『婦女研究論從』 31期, 1999.3.

曲雯, 「消除全球化背景下的性別數字鴻溝」, 全國婦聯中國婦女研究會,
『婦女研究論從』 59期, 2004.3.

汝信 外, 『中國社會形式分析与預測』, 北京: 社會科學文獻出版社(2001).

沈智, 「社會性別主流化的策略与途徑」, 全國婦聯中國婦女研究會, 『婦

女硏究論從』58期, 2004.2.

宋月萍 外, 「論我國基础敎育的性別公平」, 全國婦聯中國婦女硏究會,
　　　　『婦女硏究論從』58期, 2004.2.

汪雁 外, 「對城市貧困主流測量方法理論假定的社會性別分析」, 全國
　　　　婦聯中國婦女硏究會, 『婦女硏究論從』59期, 2004.3.

徐林淸, 「女性就業的行業 − 工資傾向与性別歧視」, 全國婦聯中國婦女
　　　　硏究會, 『婦女硏究論從』58期, 2004.2.

張一平 外, 「論男女平等內涵与目標的哲學基础及社會學定位」, 全國
　　　　婦聯中國婦女硏究會, 『婦女硏究論從』58期, 2004.2.

中華全國婦女聯合會婦女硏究所編, 『中國婦女統計資料』1949 − 1989, 中
　　　　國統計出版社(1991).

　　　　　　　　　　　　　　, 中華人民共和國統計局, 『第二期中
　　　　國婦女社會地位抽樣調查數据報告』, 中國統計出版社(2001).

　　　　　　　　　　　　　　, 內部文件, 2001.2.1. "十五建新業".

中華人民共和國敎育部發展計划司, 『中國敎育事業統計年鑒』, 人民敎
　　　　育出版社, 2000.

中華人民共和國統計局, 『中國統計年鑒』1991 − 2000年, 人民敎育出版社,
　　　　2000.

　　주제어: 中国女性, 两性平等, 性別分业, 家父长制度,

　　　　　　　남녀 임금격차, 교육 격차, 여성빈곤

　　　　　　　　　　　　(2004년 9월 『한중언어문화연구』 7집에 발표한

　　　　　　　　「중국 사회노동과 교육에서의 양성 불평등」의 수정본임.)

IX. 사회주의 시장경제 중국의 양성평등과 새로운 비전

- 교육 경제 가정을 중심으로 -

문제 제기: 양성불평등의 원인과 대응 전략

시장경제에서 중국의 양성평등은 왜 뒷걸음질 치는가. 시장은 본
질적으로 여성의 재생산노동을 배제하기 때문이다. 과거 사회주의
건설이 절반의 인구인 여성노동력을 필요로 했고, 사회 경제활동이
여성해방의 출구라는 공통분모가 맞아떨어진 결과, 중국여성은 성
평등정책의 혜택을 일정한 한계 내에서지만 상대적으로 많이 누렸
다. 그러나 시장은 재생산노동 덕에 성장은 하되, GDP는 그것과는
상관없는 체계를 이룬다. 그 재생산노동의 담당자가 여성이고, 성
불평등의 근원이 바로 거기에 있다고 보는 것이 이 연구의 문제의
식이다. 이 논문은 시장경제 중국의 성 평등 실태가 어떠하며, 이를
이룩하기 위한 대응 전략은 어떤가를 살펴보려는 데 목적이 있다.

중화전국 부녀연합회(中华全国 妇女联合会 이하 약칭 전국부련
全国妇联)는 2006년과 2008년 두 차례에 걸쳐 『1995년-2005년:
중국의 양성평등과 여성발전 보고』와 『2006년-2007년: 중국의 양
성평등과 여성발전 보고』를 내놓았다. 이 종합보고서는 국가통계
국, 정부 기관의 통계자료들, 총인구조사와 1% 인구 표본조사 및
각 지역의 표본조사 수치들을 토대로, 전국 31개 성과 시의 건강,
교육, 경제, 정치, 가정 및 환경의 6개 영역의 양성 평등 지수를 산
출, 평가한 것이다.

全国妇联은 1993년 신설된 국무원 산하의 '부녀아동공작위원회'
를 제외하고, 1950년 이래 중국 정부의 여성정책을 총괄 대행하는
최대 기구다. 따라서 위의 조사보고서는 최근 10여 년 간 중국 양

성평등 정책의 방향, 성 평등 실태와 대응 전략을 살펴볼 수 있는 기본적이고 종합적인 자료의 의미를 갖는다.

중국은 일관되게 남녀평등을 헌법의 기본원칙으로 정하고 양성 평등을 사회발전을 위한 기본 정책으로 규정, 추진해왔다. 중국부녀발전요강(中国妇女发展要纲) 2001 - 2010'에 따르면, "여성도 남성과 동등한 경제적 권리를 갖고 경제자원과 사회발전 성과를 향유하는 것이 여성발전의 기본조건"이라고 밝히고 있다[150]. 그런데 여기서 말하는 '경제자원의 동등한 향유'에 대한 구체적 기준은 무엇일까? 성 평등은 나라, 지역과 계층에 따라 복잡다단한 양상을 보여, 일률적으로 말하기는 어렵다. 그러나 공통적으로 재생산노동이 시장에서 배제되고 있다는 것에는 예외가 없다.

이 논문에서는 노동의 공정한 남녀분담이야말로 경제 사회자원의 동등한 향유며, 성 평등의 요체라는 전제 아래, 재생산노동에 주목하면서 시장경제의 남녀 노동관계를 중심으로 성 평등 실태와 대응전략을 살펴보고자 한다. 따라서 이 글에서 논의의 대상으로 삼는 것은 교육, 경제, 가정의 세 영역으로 한정한다. 경제와 가정은 남녀의 노동이 직접 부딪치고 관계 맺는 장소이고, 교육은 노동관계를 규정하는 주요변수라 생각되기 때문이다.

全国妇联의 두 평가조사는 6개 영역에서 권리, 기회, 책임과 자원분배가 평등하게 이루어지는가에 초점을 맞추고 있다. 남녀의 경제 사회발전에의 평등한 참여, 성과에 대한 평등한 향유와 제어권을 평가목표로 하기 때문이다[151]. 여기서 내가 주목하는 부분은 조

---

150) 王金玲, 『中国妇女发展报告 No.1 '95＋10』, 北京: 社会科学文献出版社, 2006, p.210.
151) 谭琳 主编, 『中国性别平等与妇女发展报告 1995 - 2005』, 北京: 社会科学文献出版

사도구와 방법이 불평등의 실태와 원인을 규명하는 데 어느 정도 유효한가 하는 점이다.

1995년 제4차 북경 세계여성대회(北京 世界女性大会)를 계기로 중국의 젠더 연구와 정책은 '절반의 하늘'인 여성의 노동력을 필요로 하던 사회주의에서 한 단계 발돋움 한 것으로 평가된다. 쟝저민(江泽民) 정권은 기존의 양성평등 기본정책을 계승하면서, 1992년 부녀권익보장법(妇女权益保障法)을 제정하고 1993년 국무원 산하 妇女儿童工作委员会를 신설했다. 1995년에 '中国妇女发展要纲 1995 - 2000년'을, 2001년에는 유엔의 '천년발전목표'의 요구에 부응하여 '中国妇女发展要纲 2001 - 2010년'을 발표하고, 성 평등을 위한 34개 주요 목표와 100개의 전략적 조치들을 공포했다.

그런데 그에 따라 수행되는 노동 관련 통계조사는 모두 가사노동을 배제한 임금노동만을 대상으로 하고 있다. 그렇다면 위에서 의미하는 평등이란 시장경제, 즉 재생산노동을 제외한 사회 생산노동만의 평등이라 할 수 있다. 그것은 생산노동이 재생산노동의 도움 없이는 존재 불가능한 현실을 무시하고 재생산노동과 '조건의 평등'을 배제했기에 양성불평등의 실체를 제대로 반영해내지 못한 것이라고 나는 생각한다.

따라서 이 논문에서는 중국 양성 불평등의 실태와 원인이 무엇이며, 대응전략이 문제해결을 위해 적합한가를 살피고자 한다.

다시 말해, 재생산노동이 시장에서 분리, 배제되고 있는 양상을 짚어보고, 그것이 새로이 시장경제 속으로 통합될 수 있는 방법이 무엇일가를 고민해보는 시도의 의미를 갖는다.

社. 2006. pp.267 - 268.

1. 교육

교육은 평등한 사회참여와 사회 경제자원의 평등한 향유를 위한 기초가 된다. 그것은 국가적으로는 고급 인적 자원의 생산 방식이며, 개인적으로는 지적 수준과 직업 능력을 높여 경쟁력을 갖추게 하는 기본 수단이 된다. 성 평등의 전제조건으로 교육 실태를 파악하는 것은 이런 이유에서 중요한 의미를 갖는다.

중국 정부는 국가 경쟁력과 성 평등을 위해 교육 발전에 힘쓴 결과 1990년대 이후 획기적인 성과를 이뤘다. 2007년 말 현재 전국 학생 수는 약 2억 5천 9백만 명, 교직원 수는 1천 5백 5십만 명, 학교 수는 약 6십 3만 개, 직업기술학교는 20여 만 개에 이른다[152]. 남녀 학생 수를 비교하면, 유치원의 경우, 2004, 2005, 2006년 여/남 유치원생 비율이 각각 0.81, 0.81과 0.80인데, 이것은 출생 성비 불균형에서 비롯된 것으로 풀이된다.

초등학교와 중학교는 2004, 2005, 2006년 교육 영역의 성 평등 지수가 각각 89,65, 89.17과 88.94로 지속적으로 약간씩 하락했다.[153] 이것은 학령기 여아의 입학률이 비교적 낮은 데 원인이 있는 것으로 보인다. 한편 9년제 의무교육의 도입으로 농촌 여아의 입학률이 높아진 것도 특기할 만한 일이다.

---

152) 莫文秀 主编, 『中国妇女教育发展报告』, No.1 1978 - 2008, 北京 : 社会科学文献出版社, 2008, p.1.

153) 초등 교육평등 평가지수＝초등학교 교육평등지수 × 0.4＋중학교 교육평등지수 × 0.6. 교육영역 성 평등지수＝입학생 성비 × 0.3＋재학생 성비 × 0.35＋졸업생 성비 × 0.35) 이상의 계산 방식은 '중국 양성평등과 여성 발전' 조사팀에서 작성한 것이다. 贾云竹, 「教育领域性别平等与妇女发展评估报告」, 谭琳 主编, 『中国性别平等与妇女发展报告 2006 - 2007』, p.389.

중고교 교육의 성 평등과 여성발전 지수는 10년 사이 16.45 포인트 상승했고(종합지수에 3.29 기여). 특히 여고생 수가 1994년 전체의 34.2%에서 2004년 44.3%로 대폭 증가했다. 2004, 2005, 2006년 성 평등 지수가 각각 88.34, 91.19와 92.43으로 초등학교에 비해 점차 개선되는 양상을 보인다.[154]

중국은 계층, 지역과 도시 농촌 간의 차이가 유난히 심해, 동일한 잣대로 접근할 수 없다는 점에 유의할 필요가 있다. 문맹율과 초 중등학교의 남녀 학생 비율은 농촌과 빈곤 지역의 성 평등을 살피는 데는 유효하지만, 도시 중산층은 대학 이상의 교육 내용과 성비를 분석해야 할 것이다.

1990년대 후반부터 고등교육 제도 개선으로 모집인원이 증가했는데, 여학생 수의 증가폭이 남학생보다 크다. 2004년에서 2006년 사이 대학 졸업 남학생 수는 1.8배 증가한 데 비해 여학생은 2.0배 증가했고, 대학원 졸업 남학생 수는 1.8배 증가했으나, 여학생은 2.5배 증가하여, 남녀 학생 수의 격차가 대폭 축소되었다. 그 결과 2006년 대학 재학 여학생 비율이 48.9%, 대학원은 44.7%가 되었다. 교육 영역 성 평등과 여성발전 지수가 1995 − 2005년의 10년 사이 38.77에서 82.89로 44.12포인트 상승했는데, 여대생 수의 증가가 성 평등지수 상승에 6.62나 기여했다. 2006년에는 95.54로, 2년 사이 대학교육의 성 평등지수가 8 포인트, 대학원은 4.5포인트 상승했다[155].

---

154) 고등학교 교육 성 평등 지수＝고등학교 성 평등지수 × 0.7＋중등 직업. 기술훈련 성 평등지수 × 0.3: 위의 책. pp.393 − 394.

155) 贾云竹, 「教育領域性別平等与妇女发展评估报告」, 谭琳 主编, 『中国性別平等与妇女发展报告 2006 − 2007』, 北京 : 社会科学文献出版社. 2008, pp.394 − 395.

그러나 우수한 지원자가 몰리고 정부의 지원이 집중되는 북경, 상해나 동부 지역의 중점대학들에서는 여학생의 비율이 일반 대학보다 떨어지는 반면, 경제 수준이 낮은 지역과 일부 소수 민족 집중 지역의 일반 대학과 대학원에서는 여학생 비율이 높은 편이다. 또 전문대학에 여학생이 몰리고, 대다수 여학생이 기술 수준이 낮고 발전성이 상대적으로 적은 분야에 집중되는 현상도 간과할 수 없는 대목이다.[156]

직업 훈련은 취업이나 직업적 발전과 직결된 평생교육에 속한다. 전국부련은 실직여성들을 위해 1990년부터 대규모 기능 기술훈련을 실시해오고 있다. 2004년에서 2006년 사이 정부 또는 민간 차원의 직업훈련 규모가 증대했다. 정부 주관 직업훈련 이수 여성 수는 2004년 348만 명으로 전체 이수자의 46.6%, 2006년은 414만 명 45.9%며, 민영 직업 훈련 이수자의 여성비율은 2004년 41.0%, 2006년 42.0%로 소폭 상승했다[157].

교육 연한은 경쟁을 위한 개인자원의 핵심요소다. 여성의 평균 교육 연한은 95 - 00년 사이 1.07년 상승, 남성의 상승폭 0.73년보다 0.34년 많다. 2005년 총인구 1% 표본조사를 보면, 전국 평균이 7.35년으로 2000년도에 비해 0.35년 길어졌고, 남녀격차가 1.03년(2000년엔 1.30년), 여/남＝87.7(2000년은 84.3)포인트로 좁혀졌다. 15세 이상의 여성 비 문맹률도 1995년 76.0%에서 2000년 83.1%로 7.1% 상승, 남성의 상승폭보다 높다[158].

156) 谭琳 主编, 『中国性别平等与妇女发展报告 1995 - 2005』, p.374.
157) 贾云竹, 「教育领域性别平等与妇女发展评估报告」, 谭琳 主编, 『中国性别平等与妇女发展报告 2006 - 2007』, p.396.
158) 谭琳 主编, 『中国性别平等与妇女发展报告 1995 - 2005』, p.374.

교육 영역의 양성평등 종합지수는 2004년 82.37에서 2006년 85.39로 상승했다. 구체적으로는, 유치원과 초등학교 수치가 약간 하락한 것 외에 모든 과정에서 개선됐다. 특히 대학은 2004년 82.89에서 2006년 95.54로 3년간 12.65포인트나 상승했고, 고등학교는 4.09 상승해 종합지수에 0.82포인트의 상승효과를 가져왔다. 이것을 표로 보면 아래와 같다.

〈표 1〉 전국 교육영역 성 평등 종합지수

	종합지수	유치원	초중교	고교	대학	직업훈련
2000년	78.04	85.44	89.63	80.17	66.36	−
2004년	82.37	82.04	89.65	88.34	79.78	78.36
2005년	84.31	81.18	89.17	91.19	82.89	82.63
2006년	85.39	80.95	88.94	92.43	88.35	78.56
2006년 − 2004년	3.02	− 1.09	− 0.71	4.09	12.65	0.20

자료: 譚琳, 2008, p.399에서 재구성

그러나 지역별 상황을 보면, 신쟝성(新疆省), 지린성(吉林省), 산시성(山西省)과 네이멍구(内蒙古)는 성 평등 종합지수가 상위 10위지만 GDP는 그리 높지 않은 반면, 쟝쑤성(江苏省), 푸젠성(福建省) 및 쓰촨성(四川省)은 경제 수준이 비교적 양호하나 평등 지수는 하위 10위에 속한다[159]. 여기서 우리는 교육 영역의 성 평등은 경제성장과 비례하지 않음을 알 수 있다.

더 중요한 것은 1990년대 이후 교육 영역 성 평등 지수의 상승이 경제 영역의 성 평등과 총체적 성 평등으로 어떻게 연결되는가 하는 점이다. 그 부분을 다음 장들에서 살펴보고자 한다.

---

159) 贾云竹, 「教育領域性別平等与妇女发展评估报告」, 谭琳 主编, 『中国性別平等与妇女发展报告 2006 - 2007』, pp.400 - 406.

2. 경제

全国 妇联 연구팀은 아래 표와 같은 평가도구를 작성하여 1995
년 – 2005년과 2006년 – 2007년 경제 영역의 『양성평등과 여성 발
전 보고서』를 내놓았다.

〈표 2〉 경제영역 성 평등과 여성발전 평가지표와 비중160)

일차 지표	비중	이차 지표	비중
경제자원 분배	0.4	여성 15세 이상 취업율	0.15
		남녀 15세 이상 취업자 비율	0.15
		도시 취업자의 여성 비율	0.40
		도시 실업자의 여성 비율(06 – 07년에만 조사)	0.30
소득과 사회보장	0.2	남녀 근로자의 월평균 소득 비교	0.40
		여성 기본사회보장(실업, 양로, 의료) 가입률(06 – 07년)	0.15
		남녀 기본사회보장 가입자 비율	0.15
		도시 근로자 출산육아보험 가입율	0.30

일차 지표	비중	이차 지표	비중
고용구조와 직업지위	0.3	여성 근로자의 비농업자 비율(06 – 07년)	0.15
		남녀 비농업자 비율	0.15
		전문 기술직의 여성 비율	0.40
		기업체 사장의 여성 비율	0.30
빈곤	0.1	빈곤인구의 여성 비율	0.50
		남녀 빈곤인구 비율	0.50

자료: 譚琳, 2006, p.376; 譚琳, 2008, p.406에서 재구성

---

160) 中国性别平等与妇女发展指标研究与应用 课题组에서 작성한 위의 두 시기 「中国性别
平等与妇女发展评估报告」의 조사도구는 동일하다.

이를 토대로 항목별 실태를 보면 아래와 같다.

2-1. 고용률

경제성장은 여성 취업에도 긍정적인 영향을 미친다. 특히 적극적인 취업지원 정책 덕에 2004년 여성 실업자 비율은 전체 실업자의 49.2%로 2000년에 비해 1.7% 감소했다는 조사가 있다. 또 여성 취업자 수의 감소 추세가 2003년을 기점으로 회복세로 돌아서, 2004년에는 38.1%로 최저치인 2001년의 37.8%보다 0.3% 높아졌다. 여성 근로자의 비농업화 비율도 높아져 남녀 사이의 비농업화 비율의 격차가 좁혀졌다. 2000년도 제5차 인구조사 결과 1995년 1% 표본조사 때에 비해 여성 비농업화율이 1.6% 상승했다. 그러나 이 사실들만으로 성 평등이 개선되었다고 보기는 어렵다. 남녀 대비 고용률과 고용구조 등 총제적인 고용실태를 분석해야 할 것이다.

경제성장이 여성고용에 긍정적 영향을 끼치는 반면, 자유경쟁이 여성에게 불리하게 작용한다는 증거가 곳곳에서 드러난다. 첫째 여성의 취업난이 남성에 비해 심각하다. 2000년도 전국 15세 이상의 여성 고용률이 67.96%, 여/남 비율이 84.89였으나, 2005년에는 61.33%, 여/남이 82.10(도시지역 75.06)으로 하락했다.

전국 16세 이상 여성 고용률은 1995년 85.1%, 2000년 84.9%, 05년 82.5%, 06년 82.5%로 하락일로에 있다. 그 주요 원인은 도시 여성 고용률이 낮아진 때문인데, 2000년 16세 이상 도시 여성 고용률은 76.9%에 그친다[161]. 04년 도시 여성 근로자 비율은 전체

근로자의 38.1%에 불과하며, 2005년 여성 근로자의 하강폭이 남성의 하강폭보다 크다.[162]

둘째 여성의 비정규직화와 실업률이 남성보다 높다. 전국 도시 여성 실업률은 05년 전체 실업률의 50.64%, 06년 48.00%인데, 이 수치는 여성 고용률이 04년 전체 근로자의 38.09%, 05년 37.92%, 06년 37.95%인 것을 고려한다면 매우 높은 비율이다. 또 2000년도 전국 15 - 60세의 여성 실업률은 9.64%로 남성 실업률의 1.91배에 이른다[163].

위의 내용을 종합하면, 전반적 취업난 가운데도 고용률과 실업률의 남녀격차가 확대되고 있다. 그런데 위의 수치들만으로는 남녀격차 확대의 원인을 정확히 파악하기 어렵다. 성 불평등의 원인을 알아내기 위해서는 그 부분의 심층 분석이 필요할 것이다.

시장경제 도입 후 전반적인 취업난 속에서도 여성이 취약집단으로 되자, 1980년대 '여성귀가론'이 설득력 있게 고개를 쳐들었다. 결국 여성계의 강한 반발로 그 꼬리를 내렸지만, 다시 한 번 전통 성별분업과 성 불평등의 연원에 대해 되짚어보는 계기가 되었다. 또 2001년에는 여성의 '탄력적 취업'을 제도화하기 위한 대규모 논쟁이 일었지만, 역시 정식 채택되지 못했다.

이런 사태들을 지켜보면서, 우리는 양성평등이라는 정부의 강력한 구호에도 불구하고, 실제로는 철저한 젠더의식과 제도적 장치가

---

161) 譚琳 主編,『中国性別平等与妇女发展报告 1995 - 2005』, p.377.

162) 中华人民共和国国务院新闻办公室,『中国性別平等与妇女发展状况』白皮书, 北京: 社会科学文献出版社, 2005, p.201.

163) 蒋永萍,「经济领域性別平等与妇女发展评估报告」, 譚琳 主編,『中国性別平等与妇女发展报告 2006 - 2007』, pp.409 - 412.

미흡함을 지적할 수밖에 없다. 재생산 담당자인 여성 집단은 시장경제에서 평등 이념과 구호만으로 보호될 수 없음을 거듭 확인하게 된다.

2-2. 소득격차

1988년 도시 여성근로자의 평균 소득은 남성의 84%였으나 1995년 82%, 2003년 81.9%다. 또 2005년에는 전국 여성근로자의 월평균소득이 465.51위안으로 남성의 67.75%에 불과하여, 남녀 임금격차가 갈수록 확대된 것으로 조사됐다[164].

농촌여성은 도시여성에 비해 소득은 낮으나 남녀 임금격차는 오히려 도시보다 크다. 2005년 도시 여성소득은 남성의 72.14%나, 농촌 여성은 65.32%로 도시의 남녀 격차보다 6.82% 더 크다[165]. 시장경제 도입 후 도 농, 지역, 계층과 성별 간의 격차가 중층적으로 얽혀 확대되는 추세지만, 그에 관한 실증조사나 이론연구는 미흡한 편이다.

---

164) 王美艳, 「中国城市劳动力市场上男女两性的就业机会和工资差距分析」, 谭琳 主编, 『中国性别平等与妇女发展报告 1995-2005』, 社会科学文献出版社, 2006, pp.259 - 260, 377.
165) 蒋永萍, 「经济领域性别平等与妇女发展评估报告」, 谭琳 主编, 『中国性别平等与妇女发展报告 2006-2007』, pp.409-412.

2-3. 고용구조

노동시장에서 남녀 노동의 수직적 수평적 분리는 범세계적인 현상이다. 경제영역의 성 평등을 이루기 위해서는 그 원인을 정확히 파악하기 위한 정교한 작업이 필수적이다. 그러나 중국의 경우도 아직 뚜렷한 연구 성과가 있지 못한 실정이다.

2-3-1. 수평적 분리

1·2·3차 산업 직종은 여성 비율이 남성보다 높으나, 4차 산업은 남성보다 낮다. 여성은 주로 취업 문턱이 낮고 고급 지식이나 기술을 필요로 하지 않는 직종에 집중된다. 또 여성의 사무직 비율은 남성보다 낮으나, 육체노동자 비율은 남성보다 높다. 이것은 교육 연한과도 관련이 있는 것이다.

그런데 주목할 것은 육체노동의 경우, 여성이 남성보다 교육연한이 짧으나, 사무직은 여성이 남성보다 교육연한이 길다는 것이다. 저임금 직종은 여성 근로자 수가 남성보다 많으나, 고임금 직종은 남성보다 적다. 한편 저임금 직종에서는 여성의 평균 교육 연한이 남성보다 낮으나, 고소득 직종에서는 반대로 남성보다 높다[166]. 이것은 동일 수준의 고급직종에서 여성에겐 더 높은 학력을 요구한다는 의미다. 이를 도표로 보면 다음과 같다.

---

166) 王美艳, 「中国城市劳动力市场上男女两性的就业机会和工资差距分析」, 谭琳 主编, 『中国性别平等与妇女发展报告 1995-2005』, 社会科学文献出版社, 2006, pp.260-261.

〈표 3〉 여남 직종 분포와 교육연한 비교

교육연한과 직종 분포		전국		도시 지역		농촌 지역	
		여성	남성	여성	남성	여성	남성
저임금직종	고용률(%)	94.67	89.93	85.00	77.86	99.02	96.07
	교육연한(년)	7.00	8.00	9.04	9.51	6036	7.53
고임금직종	고용률	5.33	10.07	15.00	22.14	0.98	3.93
	교육연한	11.68	10.98	11.91	11.48	10.07	9.57

자료: 위의 책, p.261에서 재구성

또 국유기업과 비국유기업의 남녀 수평적 분리와 임금도 주목해야 할 대목이다. 남성이 많은 국유기업은 남녀 임금격차가 비교적 적지만, 시장화가 심한 비국유기업은 임금격차가 심하다. 시장 경쟁에서 멀고 안정된 국유기업에는 남성이 많고, 비국유기업에는 여성이 많다. 그런데 비국유 부문은 개인자원의 영향을 많이 받기에, 지식과 기능이 낮은 여성은 저임금 하위직에 집중될 수밖에 없다. 가령 2005년 여성 전문 기술직 비율은 전체 종사자의 43.08%, 2006년 43.39%로 2004년보다 0.13%밖에 증가하지 않았다[167]. 그나마 그것도 여성 종사자 비율만으로는 판단할 수 없고 업무 수준과 직위를 보다 구체적으로 분석해야 비로소 성 평등 실태를 올바로 파악할 수 있을 것이다.

2-3-2. 수직적 분리

2000년 공 상업 자영업주의 여성 비율은 37.7%나 기업체 사장은 16.1%, 05년 21.795%로 점차 개선되는 양상이지만, 여전히 절

---

167) 위의 책, 262.

대다수가 남성이다.[168] 여성이 국유기업이나 집체기업의 구조조정에서 일차 대상자가 되는 것은 이미 알려진 사실이다. 정부와 全國婦聯이 주관하는 취업과 재취업훈련은 주로 지역사회의 여성 관련 직종이나 비정규직이 대부분이기에, 이 부분도 학자들 사이에 큰 쟁점이 되고 있다[169]. 단기성과에 급급한 고용정책과 젠더의식에 바탕을 둔 장기전략 사이에는 상당한 거리가 있기 때문이다.

중국에서 비농업 근로자 수는 중요한 의미를 갖는다. 여성 농업 노동자는 무임금이거나 도시와의 임금격차가 커, 고용구조에서 불리하기 때문이다. 2005년 1% 인구 표본조사를 보면, 05년도 여성 근로자의 비농업율은 35.62%로 2000년도에 비해 4.42% 상승했다. 그러나 남녀 비농업 근로자 비율의 격차는 1982년 20.61%에서 2005년 22.12%로 오히려 확대되었다.[170]

여성의 농업 의존도가 크다는 것은 소득과 사회보장 등 사회 경제자원 분배에서 불리함을 뜻한다. 1992년 공포, 2005년 수정한 '부녀권익보장법'과 2003년의 '농촌토지청부법'은 여성도 남성과 동등한 토지사용권을 가질 뿐 아니라, 결혼, 이혼이나 배우자 사망을 이유로 이를 박탈할 수 없음을 명시하고 있다. 그러나 실제 지방 정부로 내려가면, 호구 단위와 호주 명의로 분배되는 가족책임 청부제는 민약(民約)과 관습에 따라 흔히 여성에게 토지사용권을 인정하지 않는다.[171]

---

168) 『中国性別平等与妇女发展报告 1995-2005』, p.377; 『中国性別平等与妇女发展报告 1995-2005』, p.418.
169) 蔣永萍「经济领域性別平等与妇女发展评估报告」, 『中国性別平等与妇女发展报告 2006-2007』, p.14.
170) 위의 책, p.417
171) 결혼을 앞둔 미혼녀나 남편이 사망한 여자는 지방 정부 또는 시집이 지방 정부의 규정이

2-3-3. 사회보장

여성은 규정 또는 관례에 따라 남성에 비해 5-10년 앞당겨 퇴직하기 때문에 급여 외에 각종 사회보장과 복지 혜택에서 불리할 수밖에 없다. '제2차 중국여성의 사회적 지위조사'에 따르면, 직장에서 제공하는 의료비와 의료보험, 퇴직금과 노후연금, 실업수당, 상해보험, 유급휴가, 주거비수당 및 유급병가 등의 혜택이 모두 남성보다 낮은 것으로 나타났다. 이런 양상은 조기퇴직 외에도 여성이 급여와 보험 보장 혜택이 안정적인 국유기업이나 정규직에 남성보다 적기 때문인 것으로 조사됐다.[172]

2005년 인구 1% 표본조사를 보면, 노후 연금과 기본의료보험 가입자의 전국 양성평등 지수[173]는 88.52, 도시는 92.46이다. 직장에서 가입하는 보험 항목은 남녀격차가 더욱 벌어진다. 특히 노후연금에서 남녀격차가 가장 크고(지수 81.83), 그 중에서도 농촌 지역(66.67)이 더 큰 것으로 나타났다. 기본의료보험도 남녀격차가 큰 항목이다. 도/농 이원화 호적제도 탓에 농촌 근로자의 보험 가입률은 도시보다 훨씬 뒤진다. 수혜 수준이 가장 높은 의료보험의 도시 근로자 가입률은 42.9%나, 농촌 지역은 25%에 불과하다.

출산 육아보험 제도 개혁은 본격적으로 이뤄지지 않았고, 보험 체계도 통일되지 않아 정확한 통계가 아직 제시되지 않고 있다. 2004년 도시 근로자의 보험 가입률은 38.9%로 5년 간 0.2% 성장

나 관습에 따라 토지를 분배하지 않거나 회수한다. 『中国性別平等与妇女发展报告 1995-2005』, p.9

172) 위의 책, p.74.

173) 기본사회보험 양성평등지수 = 의료보험 × 0.5 + 기본의료보험 × 0.5. 이 계산방식은 '중국 양성평등과 여성 발전' 과제 연구조에서 작성한 것이다.

에 그쳤으나, 2006년에는 가입자 수가 6천 4백 5십여 만 명으로 2004년보다 47.3% 증가했다.[174] 제시된 통계들만을 토대로 소득과 사회보장의 양성평등 지수를 계산하면, 2005년 60.18, 2006년 61.31이다.[175]

2-3-4. 빈곤 문제

정부의 빈곤구제 정책 덕에 빈곤인구가 점차 줄긴 하지만, 여전히 여성 빈곤인구 비율은 남성보다 높다. 여성 절대빈곤 인구율은 2005년 8.48%, 2006년 7.30%로, 남성에 비해 각각 0.28%와 0.34% 더 높다. 또 1995-2005년 사이 여성 저소득층 비율은 11.82%와 10.01%로 남성보다 0.38%와 0.25% 높다.[176] 그러나 빈곤의 남녀 차이는 아주 큰 편은 아니며, 연도에 따른 변화도 많지 않다.

위의 경제 영역 양성평등 지수를 표로 보면 아래와 같다.

---

174) 『中国性別平等与妇女发展报告 1995-2005』, p.377; 『中国性別平等与妇女发展报告 2006-2007』, p.415. 2006년도 기업체 근로자의 출산, 육아보험 가입률은 각각 48.23%와 51.99%로 나타났다. 위의 책, p.416.
175) 소득과 사회보험 양성평등지수＝소득 × 0.4＋기본사회보험 가입률 × 0.3＋출산보험 가입률 × 0.3. '중국 양성평등과 여성 발전' 과제 연구조에서 작성한 계산방식이다.
176) 『中国性別平等与妇女发展报告 1995-2005』, p.377.

<표 4> 1995 - 2006년 경제영역 양성평등 지수

연도	종합지수	경제자원	소득과 사회보장	고용구조	빈곤
1995	69.25	75.78	70.70	50.92	95.18
2000	71.20	75.31	70.70	58.06	95.18
2004	72.83	76.30	73.86	60.07	95.18
2005	68.54	74.66	60.18	56.02	98.35
2006	69.39	76.09	61.31	56.40	97.68

자료: 谭琳, 『中国性別平等与妇女发展报告 1995 - 2005』, p.376; 『中国性別平等与妇女发展报告 1995 - 2005』, p.420에서 재구성

지역별 경제 평등지수 비교를 보면, 일부 지역은 양성평등 지수와 GDP가 유사한 순위에 머물지만, 다른 지역의 경우 이 두 변수는 동행하지 않는다. 가령 2005년과 2006년의 경우, 신쟝성은 31개 성과 시 중 GDP가 14위지만, 양성평등 지수는 2위로 높고, 윈난성(云南省)은 GDP가 29위나, 양성평등은 9위다. 반대로 랴오닝성(辽宁省)은 GDP가 8위지만 양성평등은 24위와 17위며, 산시성(陝西省)은 GDP가 15위나, 양성평등은 21위와 22위다.

여기서도 경제성장이 양성평등에 어느 정도 순작용은 하지만, 동행하지는 않는다는 사실을 재확인할 수 있다.

3. 가정

가정은 사회의 기본 단위로, 가정 내의 불평등한 자원분배는 가정의 양성평등을 저해하고, 나아가 사회의 양성평등에 부정적 영향을 미치게 된다. 3장에서는 교육과 경제 영역의 성 평등 실태를 토

대로, 가정의 성 평등을 측정하는 도구가 얼마나 적절한가를 살피려 한다. '1995 - 2005년 중국 양성평등과 여성발전 보고서'는 가정 영역 평가지표를 아래와 같이 구성했다.

〈표 5〉 가정 영역 성 평등과 여성발전 평가지표 및 비중

일차 지표	비중	이차 지표	비중	비중	수치 출처
결혼 관계	0.5	여성 조혼율	0.4	0.4	인구통계연감
		여성 만혼율	0.3	0.3	인구통계연감
		남녀 재혼율 비율	0.2	0.2	인구통계연감
		65세 이상 남녀 독거노인 비율	0.1	0.1	2000년 인구총조사
가정 책임 분담	0.4	남녀 출산 결정권자 비율	0.3	0.3	인구통계연감
		남녀 가사노동 시간 비율	0.2	0.2	2000년 여성지위조사
		25 - 34세 남녀 근로자 비율	0.5	0.5	2000년 인구총조사
가정 자원 분배	0.1	남녀 여가 시간 비율	0.1	1.0	2000년 여성지위조사

자료: 譚琳, 『中国性别平等与妇女发展报告 1995 - 2005』, p.382.

조사 결과 성 평등과 여성 발전 수준은 아래와 같다.

〈표 6〉 전국 가정 영역 성 평등과 여성발전 수준

지수 유형	양성평등지수	결혼 관련 지수	가정책임 분담지수	가정 자원 분배 지수
전국	67.01	74.39	53.53	84.0

자료: 譚琳, 『中国性别平等与妇女发展报告 1995 - 2005』, 2006, p.383.

2006 - 2007년 동일 내용의 조사는 일차지표 '가정 자원 분배'에 이차지표 '가옥 소유주의 남녀 비율' 한 항목을 추가한 것만이 다르다.

위의 두 조사를 보면, 측정 도구가 정밀하고 합리적이지 못함을 지적할 수 있다. 평등이란 지역별, 계층별로 다양한 양상을 보여,

일률적으로 접근할 수 없다. 그런데 위에 제시한 지표의 '결혼 관계' 영역에서 조혼, 만혼 비율은 중국 전체 여성의 개괄적 실태, 특히 농촌이나 일부 소수민족 집중 지역 등 기층 여성의 성 평등 수준을 파악하는 데는 중요한 변수가 된다. 가령 조혼율이 높고 만혼율이 낮을 경우, 교육 수준이 낮은 것과 관련 있어 자연히 성 평등 지수가 낮지만, 반대의 경우, 교육 수준이 높아 평등 지수도 높게 되기 때문이다. 그런 예가 지역별 조사에서도 드러난다.[177]

그러나 위의 측정도구가 도시 중산층 여성의 실태를 심층적으로 파악하는 데는 큰 도움이 되지 못한다. 2006 – 2007년의 조사를 보면, 양성평등의 기준을 다음 세 항목으로 요약하고 있는데, 이것은 중산층 여성의 실태 파악에는 일정 정도 유효하다.

1. 결혼에서 양성관계가 평등하고 조화로운가.
2. 가정의 책임을 남녀가 공동 분담하는가.
3. 자원과 기회가 양성 사이에 공평하게 분배되는가.[178]

특히 2, 3의 내용은 매우 중요한 의미가 있다. 연구팀도 '가정 책임 분담 지수가 평등의 중요 지표'라고 밝히고 있다.[179] 그런데 여기서 가정의 책임이란 육아와 가사노동의 공평한 분담이 그 핵

---

177) 이 조사는 지역별 비교를 통해, 지역 편차의 양상을 소개한다. 결혼 관련 지수중에서도 특히 조혼율이 낮고 만혼율이 높은 산동, 북경, 상해 등 상위 10개의 성과 시는 학력 수준이 높아 양성평등 지수가 높고, 그 반대인 贵州省, 陕西省, 甘肃省, 云南省 등 하위 10개 성과 시는 양성평등 지수가 낮다. 『中国性别平等与妇女发展报告 1995 – 2005』, pp.383 – 384.

178) 『中国性别平等与妇女发展报告 2006 – 2007』, p.439.
2006년 조사에서 가정자원 분배지수의 2차 지표를 '남녀 여가시간 비율'(95년)과 '가옥 소유주 남녀비율'(05년)의 두 항목으로 제한한 것도 문제점으로 지적된다.

179) 위의 책, p.446.

심이겠고, 노동시간과 노동량의 공정한 배분이야말로 자원과 기회의 공평 분배. 즉 평등의 기본요소가 될 것이다.

그렇다면 남녀의 육아와 가사노동 시간 비교에 관한 조사도구와 방법이 어느 정도 적절하고 정밀한지가 문제의 초점일 것이다. 가령 '육아를 누가 담당 하는가'를 묻는 것만으로는 가정 책임의 공평 분담, 더 구체적으로 남녀 노동시간의 공평 배분 여부를 조사하기에는 너무 미흡하다. 가사노동은 매일 4－6시간, 육아의 경우 거의 종일을 주말, 휴가와 정년도 없이 수행된다. 따라서 정밀한 조사도구와 방법이 아니면 사실을 정확히 반영해낼 수 없는 것이다.

이런 관점에서 제1기(1990년)와 2기(2000년) '중국부녀의 사회적 지위조사'의 '남녀의 하루 활동시간 비교표'를 보았을 때 문제점이 없지 않다. 가령 2000년 하루 식사준비 시간이 여성 1시간26분, 남성 31분, 빨래가 여성 1시간 7분, 남성 21분, 기타 가사노동이 여성 1시간2분, 남성 34분이라 했는데, 이것은 실제와는 거리가 적잖은 것으로 보인다. 일반적으로 한 끼 식사준비와 설거지에도 최소한 1시간 이상이 소요되고 두 끼 내지 세 끼를 간단히 준비한다 해도 1시간 26분(남성이 31분 노동한다 해도)보다는 훨씬 긴 시간이 필요할 것으로 판단된다.[180]

한국의 경우, '2004년 생활시간조사'에 보면, 가사노동에 맞벌이 여성은 하루 3시간 28분, 남성은 32분, 전업주부는 6시간 25분, 남

---

180) 실증조사를 위해, 나는 일주일간 최대한 정밀하게 하루 가사노동시간표를 기록한 결과 한 끼 식사준비에 평균 1시간 20분, 설거지 20분이었다. 각자 조건에 따라 차이가 날 수 있으나, 우리는 2식구에 세척기를 사용하고 육아노동이 없는데도 이 정도인데, 육아, 청소, 빨래, 기타 가정관리를 합하면 노동시간은 더 길어질 것이다. 내 경우, 남편의 하루 가사노동 시간이 10분 이하이긴 하다.

성은 16분 소비한다. 그렇다면 전업주부에 비해 직장 여성은 하루 2시간 57분 덜하게 되는데, 그 중 필수적인 항목은 주말에 보충하거나 타인에 의해 수행되어야 할 것이다. 따라서 설문지 문항을 훨씬 세분화하거나, 사용시간을 실제 측정하는 등 현실을 최대한 정확히 반영해낼 수 있는 보다 정밀한 조사도구와 방법이 개발되어야 할 것이다.

또 중요한 것은 남녀 총 노동시간을 적시하여, 성불평등에 어떻게 얼마나 영향을 끼치는지를 보여줄 수 있어야 한다는 것이다. 설령 위의 조사에 나타난 대로 한국 맞벌이 여성의 하루 총 노동시간이 8시간 42분(직장과 가정), 남성이 6시간 55분이라 해도, 일주일이면 12시간 27분, 일 년이면 103시간 25분의 격차가 난다. 게다가 육아란 위의 노동시간으로 계산할 수 없는 엄청난 시간과 정력을 요하는 노동이다. 이런 재생산노동이 노동시장에서 교섭권을 어떻게 약화시킬 수밖에 없는지, 그 과정을 남녀 노동시간의 측정조사를 토대로 추적, 분석해 보여줄 수 있어야 한다. 그러나 위의 두 종합 조사보고서는 이를 충족시키기에는 너무나 거리가 먼 것으로 판단된다. 그것은 한국이나 다른 어느 나라의 경우도 비슷한 것으로 보인다.[181]

문제는 시장경제에 포함되지 않는 여성의 재생산노동이 실제에 근거하여 성불평등의 변인으로 측정, 입증되지 못하고 있다는 사실이다. 즉 재생산노동을 포함한 남녀 총 노동시간의 수치화를 통해 정당성과 권위를 갖춘 성 불평등이론이 탄생되어야 한다는 것이다.

---

181) 지금까지 비교적 유효한 통계자료로는 80년대 유엔과 한국 보건복지부의 자료 외에 잘 접하지 못했다. 이 책 각주 36과 196 참조.

전국 10개 성과 시의 9천 33쌍의 부부를 대상으로 한 조사에 따르면, 총체적으로 전통 성별역할이 유지되어, 1990년 도시 여성의 95%가 사회노동을 함에도 불구하고 가사노동은 여성이 주로 담당하며, 2000년에는 가사노동의 85% 이상을 여성이 담당한다. 이것은 남성의 가사노동 참여율이 한국보다 높은 것으로 알려진 중국이기에 더욱 간과할 수 없는 대목이다.

특기할 것은, 여성이 고소득자일 경우, 남성의 가사노동 참여율이 높으나, 남성이 고소득자일 경우, 참여율이 낮다는 것이다. 또 남성은 학력이 높을수록 가사노동 참여율이 높고 낮을수록 저조하여, 대졸 70%, 초등교 39%, 문맹은 24%이며 여성은 고학력의 참여율이 92 - 96%다.[182] 이 사실은 시장에서 배제된 재생산노동을 여성에게 배타적으로 부과시켜온 사회 문화적 배경을 살피는 데 중요한 단서의 하나가 될 수 있을 것이다.

1991년 중국사회과학원 인구연구소가 조사한 '당대 중국 부녀 지위 표본조사'는 일정 정도 유효한 자료가 된다. 도시 20 - 25세 응답자 중 남자의 98%, 여성의 95%가 임금노동에 종사하는데. 10개 항목의 가사노동 중 식사준비와 빨래의 93%와 96%, 아이 돌보기의 74%, 노인 돌보기의 54% 가량을 여성이 담당하는 것으로 나타났다.[183]

식사준비의 경우, 남성은 참여율이 72%, 참여시간이 하루 1.37시간, 여성은 참여율 93%, 참여시간 1.76시간이고, 빨래는 남성이 참여율 60%에 0.81시간, 여성이 96%에 1.00시간이다.[184] 이것을

---

182) 이상 沙吉才, 『当代中国妇女家庭地位研究』, pp.17, 244 - 246, 260 - 261.
183) 위의 책 , pp.239, 240 - 247.

남녀의 참여율과 참여 시간으로 곱한다면, 남녀 총 노동시간의 차이는 엄청난 수치다. 한국의 경우 남성 참여율이 이보다 훨씬 저조할 것이다. 이처럼 시공을 초월해 세계적으로 여성이 가사노동 담당자라는 사실이 시장에서 어떻게 얼마나 불리하게 작용하는가를 밝혀내는 작업이 성 불평등 해결의 관건임을 강조하고자 한다.

위의 '중국 양성평등과 여성 발전' 조사에서 '결혼 관련' 지수(74.39)와 '가정 자원 분배' 지수(84.0)가 비교적 높고, '가정 책임 분배' 지수(53.53)가 낮은 것도 이 같은 사실을 암시한다.

그 가장 대표적 항목이 '육아의 주요 담당자'가 여성이라는 것이다. 즉 '육아의 주요 담당자'의 여남 비율은 2005년 86.68:13.32, 2006년 86.61:13.39며, 이 수치는 2003년 이후 크게 변하지 않았다.[185]

2005년 25－34세 도시 여성근로자 비율은 62.72%인데 반해, 남성은 75.56%로 여성의 사회노동 참여율은 남성의 82.98%에 그친다[186]. 여기서 여성이 사회노동 참여율은 남성보다 낮지만, 가정과 사회 양쪽에서 수행하는 총 노동량은 남성보다 훨씬 많다는 것은 어떻게 증명해 보여줄까. 그것이 바로 위에서 언급한 재생산노동을 포함한 남녀의 포괄적 노동시간의 비교조사가 될 것이다.

종래 젠더 정책의 목표는 여성 고용률을 남성 수준으로 높이는 것이다. 그러나 시장에서 소외되고 GDP에서 배제된, 그래서 '은폐된' 재생산노동을 통계수치에서 여전히 배제하고서 어떻게 공정한 자원분배, 공평한 노동시간과 노동의 평등을 말할 수 있을까. 따라

---

184) 위의 책, pp.240－242. 1991년 남녀 가사노동 시간에 관한 미국의 한 조사도 여성이 가사노동의 담당지임을 보여준다. 위의 책 같은 쪽.
185) 『中国性別平等与妇女发展报告 2006－2007』, p.448.
186) 위의 책, p.447.

서 시장 내의 평등이 실제의 평등이 될 수 없음을 입증하는 일이 젠더연구의 과제임을 강조하고자 한다.

가사노동이 시장 속에 포함되도록 시장경제의 패러다임 자체가 재편되는 역사발전은 빠른 시일 안에 기대할 수 없을 것이다. 그러나 적어도 재생산노동이 시장노동과 동일한 수준으로 '노동'의 통계조사 범주에 포함될 수 있는 방안은 모색되어야 할 것이다.

여성이 재생산 담당자가 되고 노동시장에서 소외됨에 따라 가정의 권력 관계도 직접 영향을 받는다. 결혼 후 거주 형태를 보면, 독립 가구는 30%에 불과하며[187], 시부모 집에 거주하는 비율이 66%로, 친정부모 집에 거주하는 비율 4%에 비해 압도적으로 높다. 이것은 부계, 부명, 부거(夫系, 夫名, 夫居)를 요체로 하는 가부장제를 더욱 공고히 하는 결과라고 풀이된다.

이처럼 시장경제와 더불어 가부장제로의 회귀 현상은, 부동산 구입, 투자나 대출 따위의 중요한 경제적 결정권은 거의 모두 남성이 갖고, 부동산과 은행 대출도 남편 명의로 하는 자연스런 흐름을 이루게 된다.[188] 경제적 열세는 여성을 가사노동의 책임자로 규정하는 전통 성별분업으로 회귀, 강화시키고, 그것은 다시 남녀격차를 확대하는 악순환이 되풀이 된다. 계획경제 시기와는 달리, 남성은 점점 더 가사노동을 기피하는 경향이 있고, 사회와 가정의 이중 부담을 져야 하는 여성은 적잖은 반발심을 품게 된다.[189]

---

187) 아마도 본인이 가옥을 구매할 능력이 없다는 경제적 이유일 것이다. 그런 소수의 독립 가구 중에서도 여성 가옥 소유주는 12.17%, 남성은 87.83%로, 절대다수가 남성인 것은 과거와 조금도 다르지 않다. 위의 책, p.449.

188) 『中国性別平等与妇女发展报告 1995-2005』, p.74.

189) 위의 책, pp.75-76.

노동시장에서 배제된 여성은 농촌에서 도시로 유입되는 과잉노동력 앞에 더욱 불리해져, '여성귀가론'이 한편에서 설득력을 얻는다. 공중매체들은 전통적 여성성과 남성의 능력을 부추겨, 유능한 여성이 되기 위해 안간힘을 쓰기보다는 유능한 남편을 만나는 것이 낫다는 편이 피조사자 여성의 37%, 남녀 도합 52%며, 남성이 여성보다 선천적으로 유능하다는 응답자가 31%가 된다. 결국 전통 성별분업 의식은 지난 10년 동안 큰 변화 없이 유지되고 있다. 이런 현상은 모택동 이후 '하늘의 절반', '남자가 하는 일은 모두 여자도 할 수 있다.'며 남녀평등을 기본 정책으로 표방해온 중국에서 깊이 되짚어 봐야 할 일임에 틀림없다. 세계적으로 전통 성별분업의 시대가 지평 너머로 사라져가는 오늘, 중국은 과거로 회귀하려는 움직임마저 보이는 것은 많은 시사점을 던져준다.

2002년의 한 조사에 따르면, 일본, 한국, 필리핀, 미국, 스웨덴, 독일과 영국은 전통 성별 규범을 부정하는 응답자가 10년 전에 비해 14, 2, 11, 7, 15, 9와 14%씩 증가했다. 성별분업에 '절대 반대'하는 응답자가 스웨덴은 88%, 미국, 영국, 독일은 모두 50% 이상이나 중국은 17%로 한국, 일본, 필리핀보다도 낮다. 또 중국은 전통 성별분업에 '절대 반대'하는 응답자가 10년 전보다 10%나 감소했고, '매우 동의'가 13% 상승했다. 이것은 재생산노동을 배제한 시장경제가 성별분업의 강화를 통해 여성을 영구히 소외시킨다는 의미에서 경계해야 할 일이다.

<표 7> '남자는 바깥일, 여자는 가정을 지켜야 한다.'

단위:%

태도	일본	한국	필리핀	미국	스웨덴	독일	영국	중국
찬성	8	3	25	6	1	4	2	19
비교적 찬성	29	10	20	12	4	11	8	32
비교적 반대	32	60	30	28	5	32	23	30
반대	26	25	26	54	88	53	66	17
무응답	6	2	0	1	3	0	2	3

자료:『中国性別平等与妇女发展报告 1995－2005』. p.76.

중국에서 농촌 여성문제는 중요한 의미를 갖는다. 계획경제 시기인 1954년 농촌 인구는 약 85%를 차지했으나, 1991년에는 79%, 현재는 약 60%로 추산하여[190] 감소 추세에 있지만, 여전히 가장 두터운 층을 이루기 때문이다.

1959년 인민공사(人民公社)가 본격화되면서 전국 여성의 95%가 인민공사에 참여하여 농업, 임업, 목축업, 어업 등 남성과 큰 구별 없이 사회노동을 했다. 이 시기에는 가사노동의 경감책으로 공동식당, 공동세탁소와 탁아소가 설치되었다. 그 후 시장경제가 시작되고 1978년 '가구 책임청부제'가 도입되어 대다수 여성이 가정으로 복귀하게 되자, 전통적 성별분업이 되살아나는 추세를 이뤘다. 농촌에서는 미혼여성을 중심으로 다수의 노동력이 향진 기업이나 도시로 진출, 상대적으로 소득이 높은 비농업노동력으로 전환하여 오늘에 이르렀다.

농촌여성은 도시 여성에 비해 갖가지 불리한 조건 탓에 양성평등이 어려운 상황에 놓이게 된다. 도 농 이원화 정책에 따라 열악한 소득과 복지 혜택에다 전통 성별의식은 농촌 여성을 장기적인

---

190) http://www.stats.gov.cn/zgnypc/ckzl/ 참조.

소외계층으로 버려두게 한다. 그들은 평생 고된 농업노동에 시달리지만 무보수거나 남성보다 적은 임금을 받는다.

가구책임청부제가 가계소득 향상과 농촌 여성의 경제적 자립에 어느 정도 긍정적 역할을 한 건 사실이다. 그러나 남성이 주로 도시로 가서 취업하여 높은 소득을 올리는 반면, 여성은 농촌에 남아 가사와 농업의 이중 노동 부담을 짊어지면서도 남성보다 낮은 소득밖에 못 올리게 된다. 남녀소득의 격차에 따라 경제권과 발언권 등 가정에서의 권력관계는 더욱 형평성을 잃게 된다. 게다가 교육 수준의 저하, 가전제품 보급의 미비와 각종 보험혜택의 차별로 도시 여성에 비해 더욱 사회 경제자원의 공평한 분배에서 소외될 수밖에 없다.

위의 사실들을 잠시 논외로 하고, 농촌 남녀 노동관계만을 살펴보면, 밭 갈기, 파종, 가을걷이 등 참여율이 항목별로 각각 남성은 30.97%에서 55.23%, 여성은 10.67에서 48.78%며, 가사노동 참여율은 항목별로 남성이 1.74%에서 30.27%, 여성이 57.58에서 92.02%다.[191]

이 조사에서 보듯, 농촌 여성은 농촌 남성이나 도시 여성에 비해 매우 불리한 소득과 복지혜택을 누리면서도 노동량은 어느 계층보다도 많다. 여기에서 젠더 문제를 포착해내기 위해서는 농촌 남녀별 총 노동시간을 토대로 성불평등의 양상과 원인을 정확히 분석할 수 있는 자료가 밑받침되어야 한다.

가정 영역의 전국 성 평등 종합지수는 2004년 67.01, 05년 68.88, 06년 64.89로, 경제성장은 양성평등과 비례하지 않으며, 오히려 후퇴할 수도 있다는 사실이다. 더 구체적으로, 2005년과 2006

---

191) 沙吉才, 『当代中国妇女家庭地位研究』, pp.252, 254.

년은 2004년에 비해 가정자원 분배지수가 급격히 낮아졌는데(04년: 84.0, 05년: 48.93, 06년: 48.93), 이것은 위에서 말한 전통 성역할로의 회귀나 성 평등의 후퇴와 일치하는 대목이다. 또 주목할 것은, 가정 책임분담(3년 모두 약 53)과 가정자원 분배지수는 한결같이 낮은 수치로, 여성이 재생산 담당자라는 사실이 변하지 않았다는 점이다.

또 경제발전과 양성평등은 동행하지 않는다는 사실은 지역 간 비교에서 확인할 수 있다. 2005년과 2006년 허베이성(河北省)과 네이멍구(內蒙古)는 GDP가 31개 성과 시 가운데 11위와 10위지만, 양성평등 지수는 23위와 21위고, 후난성(湖南省), 광시성(广西省)과 꾸이쩌우성(贵州省)은 GDP가 21위, 27위, 31위지만 양성평등 지수는 각각 11위, 6위, 12위이다.[192]

맺는 말: 사회 임금노동에서 배제된 가사노동

「1995 - 2005年 중국성별평등과 부녀발전상황분석(中国性別平等与妇女发展状况及分析)」에 따르면 중국은 1995년 이후 문맹률, 교육 연한, 고등학교와 대학생 수 등 교육영역의 남녀격차가 크게 개선되었다. 그러나 아직 격차는 남아있고 우수 중점대학에는 남학생이 많으며, 일반 지방대학에 여학생이 몰리는 것 등에서 여전히 여성 개인자원의 열세를 확인할 수 있다.

192) 『中国性別平等与妇女发展报告 1995 - 2005』, p.452의 일람표 참조.

경제 영역에서 남녀격차는 계획경제 시기에 비해 확대되었다. 여성은 취업난과 실직률이 남성보다 심하고, 고용구조면에서 더 열악해졌다. 여성 고용률의 하락은 '여성귀가론'과 '탄력적 고용정책' 제안의 수준에까지 이르러, 한편에서 전통 성별분업으로의 회귀 추세마저 조성되었다. 남녀노동의 수평적, 수직적 분리현상이 심화되어, 여성의 비정규직화가 남성보다 심각하고 임금격차의 확대에서 불평등의 심화가 극명하게 드러난다.

주목할 것은 지역별 비교에서 보듯, 성 평등은 경제성장과 동행하지 않는다는 것이다.[193] (그 상호관계의 다양성과 복잡성에 대해서는 별도의 이해가 요구된다.) 또 교육의 남녀격차가 축소되었음에도 불구하고 경제적 성 불평등은 심화되었다. 여기서 우리는 성 불평등의 원인을 규명해내기 위한 분석연구와 그에 따른 정책적 뒷받침 없이 성 평등은 저절로 오지 않음을 인식하게 된다. 이 논문에서는 중국 양성평등의 연구조사가 불평등의 원인을 규명하는 데 어느 정도 유효한가를 살펴보았다.

성 평등문제는 지역과 계층에 따라 접근 방법이 일률적일 수 없다. 여기에 선행되어야 할 것이 평등에 대한 구체적 함의와 목표설정이다. 그리고 계층별 지역별로 구체적 발전 목표와 전략을 세워야 한다. 이를 위해 불평등의 실태와 원인을 분석해낼 수 있는 정밀한 조사도구와 방법을 개발하고, 정기적 통계조사와 권위 있는 분석, 심사, 감독과 평가를 거쳐 정책으로 연결되어야 한다.

이 글에서는 전국 부련의 평가보고서를 살펴본 결과 재생산노동

---

193) 위의 책, pp.377-379, 384, 391, 396; 같은 보고서 06-07, p.407. 이 점은 국제사회가 이미 인정한 바다.

이 성 불평등의 근원이라는 판단을 하게 되었고, 이에 따라 성 불평등과 재생산노동의 관계에 초점을 맞췄다. 전국 부련의 중국성별평등과 부녀발전(中國性別平等與妇女发展) 연구팀은 경제 영역에서 성 불평등의 원인을 개인 자원의 부족, 즉 교육 수준의 저하 때문이라고 했다. 또 남녀 임금격차의 주원인이 직종간의 소득격차 (6.9%)보다는 동일 직종내의 소득격차(93.1%)이며, 따라서 이것은 개인 자원의 부족(교육 수준, 직업 능력)이라는 변수 외에 '해석 불가능한 편견이나 성차별' 또는 제도상의 미비 때문이라고 결론지었다.194)

과연 그럴까? 내 생각에 그 '해석 불가능한 성차별'이란 곧 시장에서 소외된 재생산노동, 즉 육아와 가사노동 때문이라고 생각한다. 또 여성의 교육 수준이 남성보다 낮은 것 역시 재생산의 담당에서 비롯되는 것이며, 따라서 성 불평등의 근원은 시장경제에서 배제된 재생산노동을 여성에게 배타적으로 부과하는 데 있다고 생각된다. (사실 이것은 여성학에서 보편적으로 인식되는 사실이기도 하다.) 따라서 그것을 입증해내는 작업이 문제 해결의 열쇠라고 보는 것이 나의 생각이다.

그렇다면, 성 불평등의 실태와 원인을 분석하기 위한 조사도구와 방법은 적절한가. '중국성별평등과 부녀발전' 연구팀이 제시한 많은 평가지표 가운데는 재생산노동을 포함한 남녀 노동시간과 노동량을 정확히 측정해낼 수 있는 조사항목이 없다. 다른 연구들과 마찬가지로, 이 연구의 노동 관련 조사항목에 재생산노동은 포함되지 않았으며, '남녀 가사노동 시간비교'란 항목으로 피상적이고 간략한 통계만을 제시했다. 한국도 '남녀 생활시간 조사'라는 이와 유

194)『中国性別平等与妇女发展报告 1995 - 2005』, pp.263 - 265.

사한 통계조사가 있을 뿐이다.[195)

집안일에 '가사노동'이란 용어를 만들어 노동의 개념 속에 포함시킨 것은 여성학의 중대한 성과다. 그러나 가사노동은 여전히 시장과 주류 경제학의 '노동' 속에 포함되지 않는 가정 내의 무급노동이다. 그것이 경제관련 지표나 노동시간 조사 대상에 포함되지 않는 이유일 것이다. 이 때문에 남녀 총 노동량과 노동시간을 정확히 측정해낼 길이 없다[196). 가사노동은 '노동'의 범주에 공식수치로 제시되지 않는 은폐된 노동이다. 그 결과 노동시장의 성 불평등은 언제까지나 '해석 불가능한 성 차별'로만 풀이될 뿐, 해결 불가능한 과제로 남겨지는 것이다.

결론적으로 경제영역 성 불평등의 실태와 원인을 분석하기 위해서는 가사노동을 '(사회 임금) 노동'에 포함시켜, 남녀의 포괄적 노동관계를 측정 분석해야 함을 강조하고자 한다. 가사노동이 시장 속에 포함되도록 시장경제의 패러다임 자체가 재편되는 역사발전은 빠른 시일 안에 기대할 수 없다는 데 문제의 복잡성이 있다. 그러나 적어도 가사노동이 시장노동과 동일한 수준으로 '노동'의 통계조사 범주에 포함될 수 있는 방안은 모색되어야 할 것이다. 그런 작업 없이 성 평등은 언제까지고 이론적으로 '해석 불가능한 차별' 앞에 요원한 난제로 남을 것이라 생각된다.

---

195) 위의 책, 446; 동일 보고서 06 - 07, p.382. '가사노동시간 비교'는 가정의 성 평등 평가 지표 중 8%의 비중만을 두었다. 한국의 경우, 통계청, '2004 생활시간조사', 2005. http://www.kosis.kr/OLAP/Analysis/ 참조.

196) 1975 - 1980년의 조사에서 유엔은 세계 총 노동량의 약75%를 여성이 담당한다고 발표했다. 『젠더연구』, 336.7. 또 한국 보건복지부는 1981년 여성의 총 노동시간(412억 시간)은 남성(약220억 시간)의 약 두 배가 된다고 발표했다. 『성 평등의 사회학』, 221. 나의 과문 탓인지 이후 상세한 관련 통계를 잘 접하지 못했다.

참고문헌

國家統計局人口統計司編),『中國人口統計年鑑 - 1993』, 北京: 中國統計出版社, 1993.

莫文秀 主編,『中國婦女教育發展報告』, No.1 1978 - 2008, 北京: 社會科學文獻出版社, 2008.

沙吉才,『当代中國婦女家庭地位研究』, 天津: 天津人民出版社, 1995.

徐安琪,「中國婦女的家庭生活狀況」, 譚琳 主編,『中國性別平等与婦女發展報告 1995 - 2005』, 北京: 社會科學文獻出版社, 2008.

万仁孝 外,「性別差异与決定大學生就業收入的主要因素」, 譚琳 主編,『中國性別平等与婦女發展報告 1995 - 2005』, 社會科學文獻出版社, 2006.

王美艶,「中國城市勞動力市場上男女兩性的就業机會和工資差距分析」, 譚琳 主編,『中國性別平等与婦女發展報告 1995 - 2005』, 北京: 社會科學文獻出版社, 2006.

王金玲,『中國婦女發展報告 No.1 '95 + 10』, 北京: 社會科學文獻出版社, 2006.

賈云竹,「教育領域性別平等与婦女發展評估報告」, 譚琳 主編,『中國性別平等与婦女發展報告 2006 - 2007』, 北京: 社會科學文獻出版社, 2008.

蔣永萍,「經濟領域性別平等与婦女發展評估報告」, 譚琳 主編,『中國性別平等与婦女發展報告 2006 - 2007』, 北京: 社會科學文獻出版社, 2008.

蔣永萍,「世紀之交關于'婦女回家', '階段就業'的大討論」, 中國婦女研究會,『婦女研究論從』2001年 2期, 北京: 全國婦聯.

中華人民共和國國務院新聞辦公室,『中國性別平等与婦女發展狀況』白皮書, 北京: 社會科學文獻出版社, 2005.

中性別平等与婦女發展指標研究与應用課題組,「中國性別平等与婦女發展評估報告」: 譚琳 主編,『中國性別平等与婦女發展報告

1995－2005』, 北京: 社會科學文獻出版社, 2006.

中國性別平等与婦女發展指標研究与應用課題組, 「中國性別平等与婦女發展綜合評估報告」, 譚琳　主編, 『中國性別平等与婦女發展報告　2006－2007』, 北京: 社會科學文獻出版社, 2008.

中國性別平等与婦女發展指標研究与應用課題組, 「中國性別平等与婦女發展評估報告1995－2005」, 譚琳　主編, 『中國性別平等与婦女發展報告　1995　－2005』, 北京: 社會科學文獻出版社, 2006.

金一虹, 「婦女与經濟」, 『中國婦女發展報告』No.1 ‘95＋10, 王金玲　主編, 北京: 社會科學文獻出版社, 2006.

譚琳, 蔣永萍, 「世紀之交的平等, 發展与和諧－1995－2005年 中國性別平等与婦女發展狀況及分析」, 譚琳　主編, 『中國性別平等与婦女發展報告1995－2005』, 北京: 社會科學文獻出版社, 2006.

和建花, 「家庭領域性別平等与婦女發展評估報告」, 譚琳　主編, 『中國性別平等与婦女發展報告　2006－2007』, 北京: 社會科學文獻出版社, 2008.

이영자 외, 『성평등의 사회학』, 서울: 한울출판사, 1993.

크리스티나 폰 브라운 외, 『젠더연구』, 서울: 나남출판사, 2002.

http://www.stats.gov.cn/zgnypc/ckzl/

http://gsis.kwdi.re.kr:8080/cgi-bin/

http://www.kosis.kr/OLAP/Analysis/

中文提要

　　根據『中國性別平等与婦女發展報告　1995－2005』和『中國性別平等与婦女發展報告　2006－2007』(全國婦聯, 譚琳　主編, 社會科學文獻出版社, 2006年, 2008年), 中國改革開放以后, 兩性平等后退.盡管在教育領域男女差距縮小, 而就業, 失業和工資方面男女差別正在擴大.

　　本研究以上述全國婦聯編制的兩篇發展報告爲背景, 從教育, 經濟和家庭三个層面切入, 分析資源和机會分配的兩性平衡問題, 旨在對目前中國勞動上兩性平等調查体系是否适合, 針對女性從屬性的改善方案有效等主要問題作出重点考察.

本研究結論認爲: 兩性不平等的原因 是從市場經濟排除的无工資再生産勞動主要是由女性來承担的, 測量男女勞動時間和勞動量的方法和工具, 特別是有關社會經濟勞動時間統計不包括再生産家庭勞動, 換言之, 再生産家庭勞動不納入市場報酬勞動和經濟學范疇, 卽一類'隱蔽的勞動, 所以僅用'生活時間調査, 或'家庭勞動時間調査'的方法來計算, 顯然在方法上是存在缺陷的, 這种統計方法所意味的"勞動的兩性平等"實際上僅是市場經濟勞動上的平等, 而幷不意味着眞正的勞動上平等.

此外, 由于現代經濟學理論不包括家庭里的再生産勞動, 改變現代市場經濟結构不那么簡單, 但可以嘗試把再生産勞動納入男女勞動時間統計里來比較勞動方面兩性非對稱的情況, 用這樣的做法來逐步達到男女之間人力資源和勞動時間的平衡分配漸趨完善, 爲早日實現事實上兩性平等奠定基础的目的.

주제어: 양성평등, 중국 시장경제, 재생산노동, 젠더 통계

(2009년 6월 『중국학보』 59집에 실린
「시장경제 중국의 양성평등과 대응전략」의 수정본임.)

이영자 ───

▌학 력

1967년 서울대학교 문리과대학 중어중문학과 졸업
1970년 서울대학교 대학원 졸업
1983년 프랑스 파리 제7대학 동양학과 대학원 졸업. 문학박사
학위논문「루쉰 단편소설의 하층민 연구」

▌경 력

경기대학교 중어중문학과 교수(현재)
중국현대문학회 고문(현재)
중국 북경정법대학 초빙교수
중국현대문학회 부회장
경기대학교 한국 동양어문학부장
경기대학교 여학생문화원장
경기대학교 여성학연구실장
경기대학교 중국문제연구소장

▌주요저서, 역서 및 논문

『노신전』(공역)
『여지견 작품집』
『중국현대문학전집 13』
『현대중국여성의 지위』
『노신의 문학과 사상』(공저)
『중국여성 잔혹풍속사』
『문학이 만든 여성, 여성이 만든 문학』(공저)
「아큐정전 연구」
「공자사상의 진보성과 보수성」
「루쉰의 휴머니즘」
「문학의 자유와 한계」
「王蒙小說과 社會主義 文學의 可能性」
「關于性別分工機制的探討」
「韓國大學生的性別分工意識」
「개혁개방 이후 중국여성의 취업실태와 문제점」
「취업확대를 위한 경기지역 여성 사회교육의 개선방안」 외.

현대 중국의 여성 젠더를 말하다

초판인쇄 | 2009년 11월 20일
초판발행 | 2009년 11월 20일

지 은 이 | 이영자
펴 낸 이 | 채종준
펴 낸 곳 | 한국학술정보㈜
주   소 | 경기도 파주시 교하읍 문발리 파주출판문화정보산업단지 513-5
전   화 | 031) 908-3181(대표)
팩   스 | 031) 908-3189
홈페이지 | http://www.kstudy.com
E-mail | 출판사업부 publish@kstudy.com
등   록 | 제일산-115호(2000. 6. 19)

ISBN   978-89-268-0551-0 93820 (Paper Book)
        978-89-268-0552-7 98820 (e-Book)

내일을여는지식 은 시대와 시대의 지식을 이어 갑니다.